# MI OBSESIÓN

MI TORMENTO: LIBRO 2

ANNA ZAIRES

♠ MOZAIKA PUBLICATIONS ♠

Publicado por Mozaika Publications, de Mozaika LLC.
www.mozaikallc.com

Traducción de Scheherezade Surià

Diseño de cuberta de Najla Qamber Designs
najlaqamberdesigns.com

ISBN: 978-1-63142-601-8

Print ISBN: 978-1-63142-602-5

# PARTE I

eter

—Nos están pisando los talones —comenta Ilya mientras el aullido de las sirenas y el rugido de las aspas del helicóptero se oyen con más fuerza.

Las luces de los coches que se encuentran al otro lado de la autopista se le reflejan en la cabeza afeitada creando la ilusión de que las calaveras de los tatuajes están bailando, al mismo tiempo que echa una ojeada por el espejo retrovisor con el ceño fruncido, inquieto.

—Vale. —Hago caso omiso a la adrenalina que me recorre las venas y estrecho el brazo en torno a Sara. Así, evito que se le deslice la cabeza de mi hombro a la vez que Ilya esquiva a toda velocidad a un coche que va más despacio.

Por supuesto, esperaba que nos persiguieran, ya que uno no puede raptar a una mujer vigilada por el FBI sin tener consecuencias, pero ahora que está ocurriendo, estoy preocupado. Mis tres compañeros y yo podemos soportar sin ningún problema una carrera a toda velocidad, pero no puedo poner en peligro a Sara de ese modo.

Tomo una decisión y le digo a Ilya:

—Frena. Dejemos que nos alcancen.

Anton, sentado en el asiento delantero, se gira hacia mí y su rostro barbudo denota incredulidad mientras agarra la M16.

—¿Estás loco?

—No podemos llevarlos hasta el aeropuerto —señala Yan, el hermano gemelo de Ilya. Está sentado al otro lado de Sara y debe de haber entendido el plan porque ya está rebuscando en la bolsa de viaje grande que tenemos escondida bajo el asiento trasero del coche.

—¿Crees que los del FBI saben que la tenemos? —Anton echa un ojo a la mujer inconsciente apoyada sobre mi costado y siento un destello irracional de celos cuando recorre el rostro de Sara con esos ojos negros, quedándose abstraído por un momento, más de lo necesario, en sus labios rosados y suaves.

—Seguro. Los tíos que siguen a Sara serán tontos, pero no totalmente inútiles —opina Yan mientras endereza el lanzagranadas que tiene en las manos.

A diferencia de a su hermano, prefiere el corte de

pelo conservador y el traje de hombre de negocios planchado e impecable, su disfraz de banquero, como lo llama Ilya. Normalmente, Yan no parece alguien que sepa usar una llave inglesa y mucho menos una pistola, pero es una de las personas más letales que conozco, como todos los de mi equipo. Nuestros clientes nos pagan cifras millonarias por un motivo y no tiene nada que ver con nuestra ropa.

—Espero que tengas razón —contesta Ilya mientras aprieta los puños contra el volante y mira otra vez por el espejo retrovisor. Dos SUV negros del gobierno y tres patrullas están a cuatro coches de nosotros. Se ven las luces azules y rojas al esquivar a los vehículos más lentos. —Los policías estadounidenses son unos blandengues. No se van a arriesgar a disparar si saben que la tenemos.

—Ni abrirán fuego en mitad de una autopista —comenta Yan mientras pulsa un botón para bajar la ventanilla—. Hay demasiados civiles por aquí.

—Espera un momento —le aviso cuando se acerca a la ventana, con el lanzagranadas en la mano—. Queremos al helicóptero lo más cerca posible sobre nosotros. Ilya, frena un poco más y métete en el carril derecho. Cogeremos la próxima salida.

Ilya hace lo que le ordeno y se pasa al carril más lento, nuestra velocidad desciende a menos del límite de velocidad permitido. Un Toyota Camry gris nos adelanta por la izquierda y yo presiono a Sara contra mí un poco más mientras le digo a Yan que se prepare.

El ruido del helicóptero es ensordecedor, ahora casi está planeando sobre nosotros, pero espero. Después, la veo. La señal de salida, a menos de medio kilómetro.

—Ahora —grito y Yan entra en acción. Saca la cabeza y el torso por la ventana con el lanzagranadas en las manos.

¡Boom! Suena como si la madre de todos los fuegos artificiales acabara de explotar sobre nosotros. Los frenos chirrían a nuestro alrededor, pero ya estamos en la salida e Ilya se desvía de la autopista justo cuando el infierno se desata, los coches se chocan en ambos carriles emitiendo un sonido de metal arrugado y el helicóptero explota formando una bola de metal ardiente.

—Joooder —suspira Anton mientras observa el desastre que dejamos atrás.

A la vez que los fragmentos del helicóptero en llamas caen desde el cielo, un camión enorme de Walmart está a punto de volcar, al menos una docena de coches chocan y el montón aumenta con cada segundo que pasa. Los SUV del gobierno se encuentran entre las víctimas y los patrullas están atrapados tras ellos. Nuestros perseguidores ya no tienen posibilidad de seguirnos y, aunque no estoy contento por los civiles heridos, sé que era la única manera de poder escaparnos. Cuando se organicen de nuevo y quieran mandar a más policías a buscarnos, ya hará tiempo que nos habremos ido. Nadie va a alejar a Sara de mí. Ella me eligió y va a seguir siendo mía.

~

SIN QUE NADIE NOS SIGA, LLEGAMOS AL PASO subterráneo donde habíamos dejado el otro coche y, una vez que hemos cambiado de vehículo, todos respiramos un poco más aliviados. Sin duda alguna, los del FBI nos localizarán, pero, cuando lo hagan, ya estaremos en el aire, a salvo.

Ya estamos casi en el aeropuerto cuando Sara suelta un leve quejido, sus párpados se abren con un aleteo y se revuelve a mi lado. La droga que le he dado ha dejado de surtir efecto.

—Shhh. —La calmo y le beso la frente mientras intenta librarse de la manta que le arropa todo el cuerpo desde el cuello—. Estás bien, *ptichka*. Estoy aquí y todo va bien. Toma, bebe esto. —Con la mano libre, abro una botella llena de agua y se la pongo en los labios para que absorba algo de líquido.

—¿Qué...? ¿Dónde estoy? —suelta un graznido con voz ronca cuando le alejo la botella y le aprieto el brazo en torno a los hombros para evitar que se quite la manta y deje su desnudez al descubierto—. ¿Qué ha pasado?

—Nada malo —le aseguro y suelto la botella para alejarle un mechón de pelo de la cara—. Vamos a hacer una escapadita.

Al otro lado de Sara, Yan resopla y murmura algo en ruso sobre quedarme muy corto.

La mirada de Sara se dirige a toda velocidad hacia

Yan. Después, recorre el coche por completo y observo el momento justo en el que se da cuenta de lo que está ocurriendo.

—Por favor, no me digas que... —Su voz se agudiza—. Peter, no me digas que acabáis de...

—Shhh. —La giro hacia mí y le pongo dos dedos sobre los labios suaves—. No podía quedarme ni dejarte atrás, *ptichka*. Ya lo sabes. Todo va a ir bien. No te va a ocurrir nada malo, te mantendré a salvo.

Me mira fijamente con los ojos de color almendra llenos de horror y de sorpresa. A pesar de la certeza de que he hecho lo correcto, se me encoge el pecho de manera desagradable.

Sara me advirtió sobre el FBI, sabiendo que lo más probable fuera que la llevara conmigo, pero seguro que no se esperaba que hiciera esto. Y quizá hubiera otra forma, algo que podía haber hecho sin drogarla y secuestrarla en mitad de la noche.

No. Me libro de las dudas tan poco típicas en mí y me centro en lo que importa: tranquilizar a Sara y hacer que acepte la situación.

—Escúchame, *ptichka*. —Le rodeo la delicada mandíbula con la mano—. Sé que estás preocupada por tus padres, pero, en cuanto estemos en el aire, les podrás llamar y...

—¿En el aire? ¿Así que todavía estamos en...? Oh, gracias a Dios. —Cierra los ojos y siento cómo un estremecimiento le recorre el cuerpo antes de que los abra para mirarme—. Peter...—Su voz se suaviza para persuadirme—. Por favor, Peter. No tienes por qué hacer esto. Puedes dejarme aquí. Será más seguro para ti y te será más fácil escapar si ellos no me buscan. Podrías desaparecer y que nunca te pillaran y después…

—De todas formas, nunca me pillarán. —Mi tono se entrecorta y no puedo frenar el brote de ira mientras bajo la mano.

Sara tenía la oportunidad de deshacerse de mí, pero no la ha aprovechado. Cuando me avisó, selló su destino y ya es demasiado tarde para retroceder. Sí, la drogué y me la llevé sin preguntar, pero tenía que saber que no la dejaría atrás. Ya le dije lo mucho que la quería y, aunque no me devolvió las palabras, sé que ella no se siente indiferente. Quizás esto no es exactamente lo que deseaba, pero ella me eligió y que ahora me suplique que la deje aquí, que intente manipularme con esos ojos grandes y la voz dulce… duele, este rechazo duele, aunque no debería. Yo maté a su marido y la obligué a aceptarme en su vida.

—Hemos llegado —comenta Anton en ruso mientras frena el coche y giro la cabeza hacia nuestro avión, que está a unos veinte metros.

—Peter, por favor. —Sara empieza a resistirse bajo la manta, el volumen de su voz aumenta cuando el coche se detiene por completo y mis hombres salen de él—. No hagas esto. Está mal, sabes que está mal. Mi vida entera está aquí. Tengo familia, pacientes y amigos… —Empieza a llorar y sus forcejeos aumentan cuando me inclino para agarrarle por las piernas envueltas por la manta y sacarla de coche—. Dijiste que no harías esto si te ayudaba y lo hice. Hice todo lo que quisiste. ¡Por favor, Peter, para! ¡Déjame aquí, por favor!

Se pone histérica, retorciéndose y sacudiéndose bajo la manta cuando la saco del coche, la presiono contra el pecho y Anton me dedica una mirada incómoda mientras ayuda a los gemelos a coger las armas del asiento trasero. Aunque mi amigo me había sugerido en más de una ocasión que me llevara a Sara si la quería, la realidad debe ser más cruel que lo que imaginaba.

Muchas personas nos ven como monstruos, pero tenemos sentimientos y necesitaría un corazón de piedra para no sentir nada cuando Sara continúa suplicando e implorando, a la vez que forcejea dentro de la manta mientras la llevo al avión.

—Lo siento —le digo cuando la meto en la cabina de pasajeros y, con cuidado, la dejo sobre uno de los amplios asientos de cuero.

Su sufrimiento es como una espada envenenada en el costado, pero solo pensar en dejarla atrás es mucho más agonizante. No puedo imaginarme la vida sin Sara y soy lo bastante despiadado y egoísta como para asegurarme de que no ocurra.

Puede que ahora tenga dudas sobre su decisión, pero entrará en razón y aceptará la situación igual que comenzaba a aceptar nuestra relación. Después, será feliz de nuevo, más aún. Vamos a construir una vida juntos, una que también ella disfrutará.

Debo creer en eso porque es la única manera de poseerla, la única forma que tengo de conocer de nuevo el amor.

## 2

LÁGRIMAS DE PÁNICO Y FRUSTRACIÓN AMARGA ME recorren el rostro cuando las ruedas del avión se separan de la pista y las luces del pequeño aeropuerto desaparecen en la negra oscuridad. Veo las luces de Chicago y sus barrios desde la distancia, pero, poco después, ellas también desaparecen, dejándome con la devastadora certeza de que mi antigua vida se ha acabado. He perdido a mi familia, mis amigos, mi trabajo y mi libertad.

Se me revuelve el estómago mientras fragmentos de cristal me perforan las sienes. El dolor de cabeza empeora por lo que me ha inyectado Peter para dejarme inconsciente. Aunque, lo peor de todo, es la sensación asfixiante en el pecho, la horrible impresión de no tener aire suficiente. Respiro con intensidad para combatirlo, pero eso solo lo agrava. La manta es como una camiseta de fuerza, tengo los brazos pegados a los costados y no me llega suficiente oxígeno a los pulmones. Mi torturador ha cumplido su amenaza. Me ha secuestrado y puede que no vuelva a casa jamás.

Ahora no está a mi lado. Nada más despegar, se ha levantado y ha desaparecido por la parte trasera de la cabina de pasajeros, donde se encuentran sentados dos de sus hombres. Me siento aliviada. No puedo soportar mirarle, sé que fui lo bastante estúpida como para advertirle cuando él ya lo sabía todo, cuando tenía esa inyección preparada y estaba jugando conmigo.

¿Cómo lo sabía? ¿Había cámaras y dispositivos de escucha en el vestuario del hospital en el que Karen salió a mi encuentro? ¿O fueron los hombres que Peter había asignado para seguirme los que localizaron al vigilante del FBI y se lo contaron? Quizá tenga contactos en el FBI, como el que tiene en la CIA. ¿Es eso posible o ha sido culpa mía? Da igual, la cuestión es que él lo sabía. Lo sabía, pero fingía que no, jugando con mis sentimientos, esperando a que confesara.

Dios mío, pero ¿cómo he podido ser tan idiota? ¿Cómo le avisé, sabiendo que esto podía pasar? ¿Cómo volví a casa cuando sospechaba, bueno, no, cuando ya sabía lo que mi acosador podía hacer si se enteraba del peligro inminente? Le debería haber contado todo a Karen cuando tuve la oportunidad para que enviara a los agentes a casa mientras el FBI me mantenía en custodia preventiva. Sí, Peter todavía podría haberse escapado, pero no me habría llevado con él, al menos no en ese momento. Habría tenido más tiempo para trazar un plan, para estimar qué era lo mejor para que mis padres y yo estuviéramos a salvo. Es muy probable que hubiera vuelto a por mí, pero al menos habríamos tenido la oportunidad de que el FBI nos protegiera.

En vez de eso, caí de lleno en la trampa de Peter. Fui a casa y dejé que me mintiera. Me dejé engañar pensando que había algo humano, algo bueno en él. Dijo que me quería y caí en sus redes, ilusionándome con que lo que teníamos era auténtico, con que su ternura significaba que de verdad le importaba. La atracción irracional que sentía hacia el asesino de mi marido me ha impedido ver la realidad y lo he perdido todo.

La opresión en el pecho crece, los pulmones se me estrechan hasta que cada toma de aire es una lucha. La rabia y la desesperación se mezclan, haciendo que quiera gritar, pero lo único que consigo emitir es un doloroso jadeo, la manta que me rodea el cuerpo me está asfixiando como una soga al cuello. Tengo mucho calor, demasiadas sensaciones contenidas, la cabeza me palpita y el corazón me late muy rápido. Siento como si me estuviera ahogando, muriendo, y quisiera arañarme la garganta para desgarrarla y poder absorber aire.

—Vamos, no pasa nada. —Peter está agachado frente a mí, aunque no le he visto volver.

Afloja la presión de la manta con manos fuertes y me aparta el pelo de la cara empapada en sudor. Estoy temblando y jadeando, a punto de tener un ataque de pánico, y cuando me toca me resulta reconfortante de una manera extraña, llevándose lo peor de esta sensación sofocante.

—Respira, *ptichka* —me ordena y lo hago. Mis pulmones le obedecen del mismo modo en el que se han negado a obedecerme. Se me expande el pecho gracias a una respiración plena y, luego, otra y, después, estoy respirando de una manera casi normal. La garganta se abre para que entre el oxígeno preciado. Sigo sudando y temblando, pero el pulso se me ralentiza. El miedo a la asfixia desaparece en cuanto Peter me libera los brazos de la manta y me da una camiseta negra de hombre—. Lo siento, no tuve ocasión de traerme nada de tu ropa —explica mientras me ayuda a meterme la enorme camiseta por la cabeza —. Por suerte, Anton encondía una muda de ropa en la parte trasera. También puedes ponerte estos pantalones. —Guía los pies temblorosos por los vaqueros negros de hombre, me ayuda a ponerme unos calcetines negros y me quita la manta, dejándola sobre una mesa próxima.

Los pantalones me quedan grandes, como la camiseta, pero hay un cinturón dentro de las presillas y Peter me lo ajusta alrededor de las caderas, abrochándolo al frente como si fuera una corbata antes de subir las perneras de los pantalones.

—Ya está —comenta mientras ojea su labor con satisfacción—. Debería ser suficiente para el vuelo. Después, te compraré ropa nueva.

Cierro los ojos y no le hago caso. No soporto

mirar sus facciones esplendidas y exóticas ni la calidez de esos ojos de color gris metalizado. Todo es mentira, una ilusión. No le importo en absoluto. La obsesión no es amor y eso es lo que siente por mí: una obsesión oscura y terrible que me hace daño y me destruye. Ya me ha arruinado la vida de muchas maneras.

Le escucho suspirar antes de que me envuelva las manos frías con las suyas.

—Sara… —Su voz profunda, acaramelada, con un ligero acento, me recorre la piel—. Esto va a funcionar, *ptichka*. Lo prometo. No será tan malo como te imaginas. Ahora dime, ¿quieres llamar a tus padres y explicarles todo?

¿Mis padres? Me sobresalto y abro los ojos para mirarle boquiabierta. Entonces me doy cuenta de que ya lo había mencionado, solo que no lo había asimilado.

—¿Me dejas llamar a mis padres?

Mi captor asiente y una pequeña sonrisa le curva los labios esculpidos mientras está agachado frente a mí. Me sujeta las manos con suavidad.

—Por supuesto. Sé que no quieres preocuparles, por el corazón de tu padre y todo eso.

Oh, no. El corazón de papá. El dolor de cabeza aumenta al recordarlo. Mi padre está bastante bien de salud para los 87 años que tiene, pero se operó de un triple *bypass* hace unos años y tiene que evitar el estrés. No me puedo imaginar algo más estresante que…

—¿Crees que el FBI ya habrá hablado con ellos? —

Respiro con dificultad ante el horror repentino—: ¿Les habrán contado a mis padres que estoy secuestrada?

—Dudo que hayan tenido tiempo. —Peter me aprieta las manos para tranquilizarme. Después, las suelta y se pone de pie. Mete la mano en el bolsillo, saca un móvil y me lo da—. Llámales, así les puedes dar primero tu versión de la historia.

—¿Mi versión de la historia? ¿Y qué versión es esa? —Siento como si tuviera un ladrillo en la mano, su peso se incrementa al saber que, si digo algo malo, mi padre moriría—. ¿Qué les puedo decir que suene más o menos bien?

Mi tono es sarcástico, pero mi pregunta es sincera. No sé qué decirles a mis padres para reducir su pánico por mi desaparición, cómo puedo explicarles lo que el FBI está a punto de contarles, sobre todo porque no sé cuánta información les desvelarán los agentes.

El avión elige este momento para traspasar una zona de turbulencias y Peter se sienta mi lado.

—Diles que has conocido a un hombre… que te has enamorado de él. —Me cubre la rodilla con la calidez de su mano mientras me cautiva con la intensidad de esa mirada metálica—. Diles que por primera vez en tu vida has decidido hacer una locura, algo irresponsable. Que estás bien, pero que en las próximas semanas viajarás por el mundo con tu amante.

—¿Las próximas semanas? —Una esperanza salvaje florece dentro de mí—. ¿Estás diciendo que…?

—No, no volverás en unas semanas, pero no tienen por qué saberlo todavía.

La esperanza se marchita y muere mientras vuelve la devastadora desesperación.

—Entonces, ¿no les volveré a ver?

—Lo harás. —Me aprieta la rodilla con la mano—. En algún momento, cuando sea seguro.

—¿Y cuándo será eso?

—No lo sé, pero lo averiguaremos.

—¿Averiguaremos? —Una carcajada amarga se me escapa de la garganta—: ¿Crees que esto es algún tipo de asociación? ¿Que mi secuestro es cosa de los dos?

La mirada de Peter se endurece.

—Podemos colaborar, Sara. Solo si tú quieres.

—¿Sí? ¿En serio? —Le aparto la mano de la rodilla —. Pues que de la vuelta el puto avión, compañero. Quiero irme a casa.

—Eso es imposible y lo sabes. —Tensa la mandíbula oscurecida por la barba.

—¿Lo es? ¿Por qué? ¿Porque te encanta follarme o porque me amas? —Alzo la voz mientras me pongo en pie y pego las manos a los costados.

Puedo ver a sus hombres en los asientos traseros, con cara de póquer y mirando por la ventana, fingiendo que no nos escuchan, pero no me importa. Ya he pasado el bochorno y la vergüenza. Lo único que siento es rabia.

Nunca he querido hacer tanto daño a nadie como quiero hacérselo a Peter ahora mismo.

La mirada de mi torturador se oscurece y se le endurece la expresión cuando se levanta.

—Siéntate, Sara —ordena con dureza, extendiendo

la mano hacia mí cuando el avión sufre otra sacudida. Me apoyo contra la pared de cristal para estabilizarme —. No es seguro. —Me coge del brazo para obligarme a tomar asiento y mi otra mano actúa por su cuenta.

Todavía con el móvil en ella, intento golpearle y no fallo porque justo en ese momento el avión se zarandea de nuevo y nos hace perder el equilibrio a los dos. Con un golpe audible, el móvil choca con la cara de Peter. El impacto hace que me tiemblen los huesos y le hace girar la cabeza hacia un lado.

No sé quién está más sorprendido de que le haya asestado un golpe, si los hombres de Peter o yo.

Puedo ver sus caras de incredulidad cuando Peter me suelta el brazo con lentitud y de manera intencionada y se limpia la sangre que le cae por el pómulo. La carcasa metálica del teléfono debe haberle cortado la piel o quizás la turbulencia inesperada le haya inyectado impacto al golpe, incrementando su fuerza.

Fija los ojos en los míos y siento el corazón en la garganta al observar la ira gélida que brilla en esas profundidades plateadas. Retrocedo con cuidado, el teléfono se me escapa de los dedos entumecidos y cae al suelo con un sonido metálico. No he olvidado lo que es capaz de hacer Peter, lo que me hizo cuando nos conocimos.

Solo puedo dar dos pasos antes de tocar la pared de la cabina del piloto con la espalda, deteniendo mi retirada. No tengo ningún sitio donde pueda correr o esconderme dentro de este avión y el miedo me encoge el estómago mientras se acerca. Su mirada furiosa me mantiene cautiva mientras pone las manos en la pared, a ambos lados de mí, encerrándome entre los brazos musculosos.

—Yo... —Debería decir que lo siento, aunque no lo sienta, pero no consigo pronunciar la mentira, así que cierro la boca antes de que lo empeore al decirle lo mucho que lo odio.

—¿Tú qué? —Su voz es baja y severa. Se acerca e inclina la cabeza hasta que me roza la parte superior de la oreja con los labios—. ¿Tú qué, Sara?

Tiemblo por el calor húmedo de su respiración, se me debilitan las rodillas y se me acelera cada vez más el pulso. Solo que esta vez no es solo por miedo. A pesar de todo, su cercanía me provoca un caos de sensaciones, mi cuerpo se estremece por las ganas de notar su tacto. Hace solo unas horas, estaba dentro de mí y todavía siento las secuelas de su posesión, el dolor interno por el ritmo duro de sus embestidas. Al mismo tiempo, soy dolorosamente consciente de que tengo los pezones endurecidos, sobresaliendo de la camiseta prestada, y de la cálida humedad acumulada entre las piernas. Incluso vestida, me siento desnuda en sus brazos.

Levanta la cabeza, contemplándome, y sé que lo siente también: el calor magnético, la oscura conexión que vibra en el aire a nuestro alrededor, que intensifica cada momento haciendo que hasta los milisegundos parezcan horas. Los hombres de Peter están muy cerca de nosotros, vigilándonos, pero es como si estuviéramos solos, envueltos en una burbuja de necesidad sensual y tensión volátil. Siento la boca seca, el cuerpo me late consciente y hago lo imposible para no acercarme, para mantenerme quieta en vez de presionarme contra él y rendirme al deseo que me quema por dentro.

—*Ptichka...* —Su voz se dulcifica, adquiriendo un tono íntimo, mientras el hielo de la mirada se descongela. Quita la mano de la pared para rodearme la mejilla, la yema dura del pulgar me acaricia los labios y hace que la respiración se me detenga en la garganta. Al mismo tiempo, me sujeta el codo con la otra mano, de forma delicada, pero firme—. Venga, siéntate —ordena y me aleja de la pared—. No es seguro estar de pie.

Confusa, le dejo que me guíe de vuelta al asiento. Sé que debería seguir peleando o, al menos, oponer algo de resistencia, pero el enfado que tenía dentro se ha esfumado, dejándome adormecida y desesperada en su huida. Incluso después de lo que ha hecho, le deseo. Le quiero tanto como le odio.

Tengo los pies helados de caminar por el suelo frío, a pesar de llevar calcetines, y me siento agradecida cuando Peter coge la manta de la mesa y me la pone sobre las piernas antes de sentarse. Me abrocha el cinturón y cierro los ojos para no ver la calidez que ahora desprende su mirada. Aunque el lado oscuro de Peter me da miedo, la faceta que más me asusta es la que muestra ahora, la de amante tierno y cariñoso. Puedo soportar al monstruo, pero al hombre es otra historia.

Me roza la mano con dedos cálidos y algo metálico y frío me presiona la palma. Sorprendida, abro los ojos y veo el móvil que Peter me acaba de dar.

Debe haberlo cogido de donde lo dejé caer.

—Si quieres llamar a tus padres, quizás deberías hacerlo ahora —dice con dulzura—. Antes de que escuchen algo por su cuenta.

Trago saliva y me quedo mirando al teléfono que tengo en la mano. Peter tiene razón, no hay tiempo que perder. No sé qué les voy a decir a mis padres, pero cualquier cosa será mejor que lo que les vaya a contar el FBI.

—¿Cómo llamo? —Miro a Peter. —¿Hay un código especial o algo que necesite?

—No. Todas las llamadas están encriptadas de manera automática. Solo tienes que escribir el número, como siempre.

Cojo aire y tecleo el teléfono de mi madre. Seguro que se pondrá de los nervios al recibir una llamada en mitad de la noche, pero ella es nueve años más joven que mi padre y no tiene problemas de corazón. Sujeto el móvil contra la oreja. Me aparto de Peter y observo el cielo nocturno por la ventana mientras espero a que se conecte la llamada. Suena varias veces antes de saltar el buzón de voz.

Mamá debe estar durmiendo demasiado profundamente para oírlo o quizás apague el teléfono por la noche.

Frustrada, lo intento de nuevo.

—¿Diga? —La voz de mamá suena adormilada y contrariada—. ¿Quién es?

Exhalo aliviada. No parece que el FBI haya hablado con ellos todavía. Si lo hubiera hecho, mamá no estaría durmiendo tan a gusto.

—Hola, mamá. Soy yo, Sara.

—¿Sara? —Mi madre se pone alerta—. ¿Qué pasa? ¿Desde dónde llamas? ¿Ha ocurrido algo?

—No, no. Todo va bien. Estoy muy bien. —Cojo aire, pensando a toda velocidad para inventarme una historia menos preocupante.

En algún momento, pronto, el FBI contactará con mis padres y se descubrirá el pastel. Sin embargo, el simple hecho de que les llame y les cuente esto debería tranquilizarlos. Al menos, mientras dura la llamada, estoy viva y bien, reduciendo el impacto de lo que les cuenten los agentes.

Mantengo firme la voz y le digo:

—Perdón por llamar tan tarde, mamá, pero me voy de viaje de última hora y solo quería que lo supieras para que no te preocuparas.

—¿Un viaje? —Parece confusa—. ¿Adónde? ¿Por qué?

—Bueno... —Dudo y, después, decido seguir la recomendación de Peter. De esta manera, cuando mis padres sepan lo del secuestro, quizá piensen que me fui con Peter por voluntad propia. Lo que piense el FBI ya es otra cosa, pero me guardaré esa preocupación para otro día—. He conocido a alguien. A un hombre.

—¿Un hombre?

—Sí, llevo saliendo con él desde hace semanas. No quería decir nada porque no le conocía mucho y no estaba segura de si íbamos en serio. —Puedo sentir que mi madre está a punto de hacerme un interrogatorio así que suelto a toda velocidad—: En cualquier caso, tenía que salir del país de manera inesperada y me ha invitado a ir con él. Sé que es una completa locura, pero necesito evadirme, ya sabes, de todo y esto parece una buena oportunidad para hacerlo. Vamos a viajar por el mundo juntos durante algunas semanas, así que…

—¿Qué? —Se pone a gritar—. Sara, esto es…

—¿Una locura? Lo sé. —Hago una mueca, agradecida de que no pueda ver mi cara de dolor. Entre la mentira y el dolor continuo de cabeza, me encuentro como una auténtica mierda—. Lo siento, mamá. No tienes por qué preocuparte, pero es algo que tenía que hacer. Ojalá papá y tú lo entendáis.

—Espera un momento. ¿Quién es ese hombre? ¿Cómo se llama? ¿Qué hace? ¿Dónde os conocisteis? —Dispara las preguntas como balas.

Miro a Peter, quien asiente ligeramente con cara impasible. No sé si está escuchando la conversación, pero interpreto ese «sí» como que puedo darles más detalles a mis padres.

—Se llama Peter —contesto y decido ajustarme a la verdad lo máximo posible—. Es un contratista que trabaja sobre todo en el extranjero. Nos conocimos cuando estaba en la zona de Chicago y llevamos saliendo desde entonces. Quería hablarte de él cuando fuimos a tomar sushi, pero creí que no era el momento adecuado.

—Vale, pero… ¿qué hay del trabajo? ¿Y la clínica?

Me pellizco el puente de la nariz.

—Ya me encargaré de eso, no te preocupes. —No lo haré, claro. Estas tonterías no les valen a los del consultorio del hospital, incluso si Peter me dejara llamarles, pero no puedo contarle eso a mamá sin hacer que se preocupe antes de tiempo. Ya tendrá bastante con el ataque de pánico que sufrirá cuando los agentes aparezcan en la puerta. Hasta entonces, tanto ella como papá pensarán que me he vuelto loca.

Una hija portándose mal de manera tardía es muchísimo mejor que una hija secuestrada por el asesino de su marido.

—Sara, cariño… —De todas formas, mamá parece preocupada—. ¿Estás segura de esto? A ver, has dicho que no conoces mucho a ese hombre y ¿ahora quieres irte del país con él? No es muy propio de ti. Ni siquiera me has dicho adónde vas, si vas en avión o en coche… ¿Y desde qué número estás llamando? Aparece como oculto y la señal llega mal, como si…

—Mamá. —Me masajeo la frente, el dolor de cabeza empeora. No puedo contestar a más preguntas, así que le digo—: Escucha, me tengo que ir. Nuestro avión está a punto de despegar. Solo quería informarte para que no te preocuparas, ¿vale? Te llamaré otra vez en cuanto pueda.

—Pero, Sara…

—Adiós, mamá. ¡Ya hablaremos!

Cuelgo antes de que pregunte algo más y Peter me quita el móvil. En sus labios aparece una curva aprobatoria.

—Buen trabajo. Se te da bastante bien esto.

—¿Mentir a mis padres sobre el secuestro? Claro, se me da genial. —La amargura empapa las palabras, pero no me molesto en suavizar el tono. Estoy harta de ser buena y agradable. Ya no estamos jugando a ese juego.

Peter no parece desconcertado.

—Les has contado algo que reducirá la peor parte de su preocupación. No sé cuánta información les revelarán los del FBI, pero que estés sana y salva les debería aliviar por ahora. Con suerte, será suficiente hasta que les llames de nuevo.

Eso creo yo también y me molesta que pensemos lo mismo. Tener la misma lógica sobre esto es una tontería, pero siento como si estuviera entrando en terreno pantanoso, como si fuese un paso más hacia la colaboración que Peter mencionó, hacia la ilusión de que hay un «nosotros», de que nuestra relación es, de algún modo, auténtica.

No puedo creer en esa mentira de nuevo ni lo voy a hacer. No soy ni su compañera ni su novia ni su amante.

Soy su prisionera, la viuda del hombre al que asesinó para vengarse por lo de su familia, y no puedo olvidarlo.

Luchando para mantener la voz neutra, le pregunto:

—¿Así que tendré otra oportunidad de hablar con ellos? —Al ver que asiente, le presiono—: ¿Cuándo?

Le brillan los ojos grises.

—Cuando el FBI haya hablado con ellos y hayan tenido la oportunidad de digerirlo todo. En resumidas cuentas, pronto.

—¿Cómo vas a saber si lo hacen o no? Oh, no importa. Estás también vigilando a mis padres, ¿verdad?

—Estoy vigilando su casa, sí. —No siente ni pizca de vergüenza—. Así sabremos si los agentes han hablado con ellos o no. Después, pensaremos en qué decir y cómo contactar con ellos otra vez.

Formo una línea recta con los labios. Ahí está de nuevo ese nosotros traicionero. Como si fuera un proyecto conjunto, como la decoración de la casa o elegir una botella de vino para una reunión familiar. ¿Espera que se lo agradezca? ¿Que le agradezca que sea tan agradable y considerado con la logística de mi secuestro? ¿Cree que, al dejarme aliviar la preocupación de mis padres, me olvidaré de que me ha robado la vida?

Aprieto los dientes, me alejo para mirar por la ventana y me doy cuenta de que todavía no sé la respuesta a ninguna de las preguntas de mamá.

Al girarme para enfrentarme a mi secuestrador, me encuentro con una mirada distraída y tranquila.

—¿Adónde vamos? —pregunto obligándome a hablar con calma—. ¿Y desde dónde exactamente vamos a solucionar todo esto?

Peter sonríe, revelando así su dentadura blanca, ligeramente torcida en la parte inferior. Eso, unido a la pequeña cicatriz del labio inferior, debería hacer que la sonrisa fuera menos atractiva, pero esas imperfecciones solo resaltan su belleza de manera peligrosa.

—Lo haremos en Japón, *ptichka* —contesta y estira el brazo para sujetarme la mano—. La tierra del sol naciente será nuestro nuevo hogar.

## 3

No hablo con Peter en lo que queda de viaje. En cambio, me quedo dormida, mi cerebro se desconecta como si intentara escapar de la realidad. Me alegro de que sea así. El dolor de cabeza no cesa, el zumbido me golpea el cráneo cada vez que intento abrir los ojos y solo cuando empezamos a descender me despierto lo suficiente como para arrastrarme hasta el baño.

Cuando vuelvo, veo a Peter en el asiento de al lado, trabajando con el portátil. Creo que ha estado ahí durante todo el viaje, pero no estoy segura. Recuerdo quedarme dormida mientras me sujetaba la mano, masajeándome la palma con dedos fuertes, y recuerdo que me tapó con la manta, justo cuando empezaba a hacer frío en la cabina.

—¿Cómo te encuentras? —pregunta, levantando la mirada del ordenador al mismo tiempo que camino cerca de él y me dejo caer en el asiento suntuoso de piel.

Ahora que se me ha pasado el impacto inicial del secuestro, me doy cuenta de que el avión es bastante lujoso, aunque no sea muy grande. En la parte trasera del mismo, hay dos filas más de asientos además de los nuestros. Todos son grandes y totalmente reclinables y, en el medio, hay un sofá de piel de color beis con dos mesas auxiliares pegadas a él.

—Sara —me refresca la memoria cuando no le contesto y me encojo de hombros en señal de respuesta, sin estar dispuesta a aliviar su conciencia al admitir que me siento mejor después de la larga siesta.

Los efectos de la droga deben haber desaparecido por completo porque ya no siento las náuseas y el dolor de cabeza que me torturaban.

Pero sí que tengo hambre y sed, así que cojo la botella de agua y el bol con cacahuetes que hay sobre la mesita, entre nuestros asientos.

—Vamos a comer pronto —comenta Peter acercándome el bol—. No teníamos la intención de abandonar el país tan rápido, esto es todo lo que tenemos a bordo.

—Ajá. —No le miro a los ojos, me bebo la mitad de la botella, me como unos cuantos frutos secos y me los trago con el resto del agua.

No me sorprende oír que escasea la comida en el

avión, lo sorprendente es que tuviera un avión esperando, punto. Sé que él y su equipo ganan grandes cantidades de dinero por matar a señores del crimen y esas cosas, pero el coste de este avión mediano debe superar los ocho dígitos.

Miro a mi captor, incapaz de contener la curiosidad.

—¿Es tuyo? —Muevo la mano para indicar lo que hay a nuestro alrededor—. ¿Lo has comprado?

—No. —Cierra el portátil y sonríe—. Fue el pago de uno de nuestros clientes.

—Ya veo. —Desvío la mirada y me centro en el cielo oscuro al otro lado de la ventana, en vez de en esa sonrisa magnética.

Ahora que me siento mejor, soy incluso más consciente de lo que ha hecho Peter y de mi situación desesperada.

Si ya estaba a merced de mi torturador en casa, donde temía lo que podía ocurrir si me dirigía a las autoridades, ahora lo estoy mucho más. Peter Sokolov puede hacer lo que quiera conmigo, mantenerme cautiva hasta que me muera si quiere. Sus hombres no me van a ayudar y estoy a punto de llegar a un país donde no sé hablar el idioma y no conozco nada ni a nadie. Me encanta el sushi, pero es lo único que conozco de Japón.

—¿Sara? —La voz profunda interrumpe mis pensamientos y de manera instintiva me giro para mirarle.

—Abróchate el cinturón. —Señala con la cabeza el

cinturón de seguridad desabrochado—. Vamos a aterrizar enseguida.

Me coloco el cinturón sobre el regazo antes de centrar la atención en la ventana de nuevo. No puedo ver mucho en la oscuridad, debemos haber volado el tiempo suficiente para que sea de noche en Japón a pesar de la diferencia horaria, pero mantengo la vista en el cielo, tanto por la esperanza de ver algo como por las ganas que tengo de evitar hablar con Peter.

No voy a actuar como si de verdad fuéramos amantes de viaje ni a fingir que estoy de acuerdo con esto de ninguna manera. La influencia que tenía él en mí, su amenaza de raptarme si no le acompañaba en su fantasía de felicidad hogareña, se ha esfumado y no tengo intención de ser la víctima obediente otra vez. Estaba empezando a darme por vencida, a caer en su hechizo retorcido, pero ya todo se ha acabado. Peter Sokolov me ha torturado y ha asesinado a mi marido y ahora me tiene secuestrada. No hay nada entre nosotros salvo un pasado jodido y un futuro mucho más jodido.

Quizá me posea, pero no disfrutará conmigo.

Me aseguraré de eso.

## 4

AÚN ME ARDE EL PÓMULO POR EL GOLPE DE SARA cuando aterrizamos en un aeropuerto privado cerca de Matsumoto y nos trasladamos al helicóptero que nos estaba esperando allí. Mañana tendré el ojo morado, algo que me resulta bastante divertido ahora que el cabreo inicial se me ha pasado. El dolor que me ha causado Sara es lo de menos —estoy acostumbrado a cosas peores en el entrenamiento—, pero la reacción inesperada de mi pequeña y preciosa doctora arremetiendo contra mí físicamente es lo que me ha conmovido.

Ha sido como si me arañara un gatito, uno al que solo quieres abrazar y proteger.

Sigue enfadada conmigo. Lo noto por la postura rígida, porque no me dirige la palabra y porque ni siquiera me mira cuando el helicóptero despega. Aunque está muy oscuro, la veo observando el paisaje, y sé que está intentando recordar cuál es nuestro destino.

Va a intentar escaparse a la mínima oportunidad, lo presiento.

Anton pilota el helicóptero e Ilya se sienta en la parte de atrás conmigo y con Sara mientras Yan se sienta delante. No esperamos ningún problema, pero vamos armados, así que mantengo la mirada fija en Sara para asegurarme de que no hace ninguna estupidez, como intentar agarrar mi pistola o la de Ilya.

Con el enfado que tiene, no pondría la mano en el fuego por ella.

Nuestra casa franca japonesa se encuentra en la prefectura poco poblada y escarpada de Nagano, en la cima de una montaña empinada y boscosa con vistas a un lago pequeño. En un día sin nubes, el paisaje es impresionante, pero la razón principal por la que adquirí la propiedad es porque esta cima en particular solo es accesible por el aire. Solía haber una carretera pequeña en la ladera oeste, —así es como un hombre de negocios bastante rico de Tokio construyó su casa de verano allí arriba en los noventa—, pero un terremoto desencadenó un deslizamiento de tierra que convirtió la ladera en un acantilado y cortó todo acceso a la propiedad, destruyendo su valor.

Los hijos de este hombre de negocios se mostraron más que agradecidos cuando una de mis compañías compró la propiedad el año pasado, ahorrándoles la carga de pagar impuestos por un lugar que no querían ni podían visitar con regularidad.

—Bueno, ¿por qué Japón?

El tono de Sara es neutro e indiferente mientras observa por la ventanilla del helicóptero, pero sé que está muerta de curiosidad, deseando romper el largo silencio y hablarme.

Eso o está reuniendo información que la ayude a escapar.

—Porque este es el último lugar en el que nos buscarían —contesto, suponiendo que no hay peligro en decirle la verdad—. Nada me conecta a este país. Rusia, Europa, Oriente Medio, África, las Américas, Tailandia, Hong Kong, Filipinas... De una manera u otra, he caído en el radar de las autoridades en todos esos sitios, pero aquí no.

—Además, es un escondite agradable —dice Ilya en inglés, dirigiéndose a Sara por primera vez—. Mucho mejor que refugiarse en una cueva en Daguestán o sudando a mares en India.

Sara le lanza una mirada indescifrable y, luego, vuelve a dirigir la atención a las vistas exteriores. No la culpo. El cielo se ilumina con los primeros signos del amanecer y es posible observar las laderas de la montaña y los bosques. Cuando lleguemos a la cima de la montaña, podrá admirar las vistas en su plenitud, y se dará cuenta de que es imposible escapar. Porque esa ha sido otra de las razones por las que he elegido Japón: la remota localización de esta casa en concreto.

La jaula nueva de mi pequeño pajarillo es preciosa y, a la vez, es imposible huir de ella.

ATERRIZAMOS CUARENTA MINUTOS MÁS TARDE EN UN helipuerto pequeño junto a la casa y observo la cara de Sara cuando centra la vista en nuestro nuevo hogar, una moderna construcción de madera y cristal que se funde suavemente con la naturaleza virgen que la rodea.

—¿Te gusta? —pregunto, observando sus ojos mientras la ayudo a bajar del helicóptero, y mira hacia otro lado, alejando la mano de mi alcance tan pronto como toca el suelo con los pies.

—¿Acaso importa? Si digo que no, ¿me llevarás de vuelta? —Se gira y empieza a andar hacia el límite del helipuerto, donde la ladera de la montaña se transforma en un acantilado que lleva al lago.

—No, pero si esta no te gusta, podemos considerar otras de nuestras casas francas.

La sigo y le agarro la muñeca antes de que se acerque al borde. No creo que esté lo suficientemente enfadada como para saltar colina abajo, pero prefiero no arriesgarme.

—¿Dónde? ¿En Daguestán o India? —Finalmente me mira, con los ojos entrecerrados.

Aunque sea primavera, parece invierno a esta altitud. El viento fresco mañanero le alborota las ondas de color castaño alrededor de la cara y moldea la camiseta holgada en torno al delgado torso. Puedo notar que siente escalofríos al agarrarle las muñecas delgadas y frágiles, pero se le marca la delicada mandíbula mientras me sostiene la mirada con expresión terca.

Es tan vulnerable, mi Sara, pero tan fuerte a la vez. Una superviviente, como yo, aunque seguro que no está muy de acuerdo con la comparación.

—Daguestán e India eran dos de las posibilidades, sí —digo, dejando que note la diversión en mi voz. Intenta contrariarme, que me arrepienta de haberla traído, pero ni una pizca de sarcasmo o silencio va a conseguirlo.

Necesito a Sara como necesito el aire y el agua, y nunca me arrepentiré de mantenerla conmigo.

Aprieta los labios suaves y gira el brazo, intentando separarme de ella.

—Déjame ir —refunfuña cuando ve que no consigue alejarme—. Quítame la puta mano de encima.

A pesar de mi decisión de permanecer indiferente, una punzada de enfado me atraviesa. Sara eligió, aunque no fuera precisamente esto, y no voy a tolerar que me trate como si fuese un leproso.

En vez de soltarle la muñeca, la agarro más fuerte y la empujo contra mí, alejándola del borde del helipuerto. Cuando está lo bastante lejos, me agacho y la levanto, ignorando el chillido de protesta.

—No —digo con tristeza, apretándola contra el pecho—. No dejaré que te vayas.

E, ignorando sus intentos por zafarse de mi sujeción, llevo a nuestra casa a la mujer a la que amo.

PETER NO ME SUELTA HASTA QUE ESTAMOS DENTRO DE LA casa e, incluso entonces, cuando me deja en el suelo, continúa agarrándome por la muñeca, encadenándome a su lado en esta nueva y preciosa prisión.

Desde luego, es preciosa. Incluso con el enfado y la frustración ahogándome, puedo apreciar las líneas finas y modernas de la planta y las vistas dignas de postal de las montañas y el lago, visibles a través de los enormes ventanales que van del suelo al techo. En el centro, junto a una cocina ultramoderna, se encuentra un conjunto de escaleras en espiral de madera maciza que conducen al segundo piso y ahí es donde Peter me lleva, agarrándome la muñeca con una mano posesiva.

—Un hombre de negocios japonés construyó esta

casa hace veinte años, pero la renové cuando la compré el año pasado —dice Peter mientras subimos las escaleras—. No sabía que íbamos a venir aquí tan pronto, pero pensé que era mejor tenerla preparada cuanto antes.

No respondo porque, si intento hacerlo, puede que me derrumbe y me ponga a llorar. En este mismo instante, el FBI podría estar avisando a mis padres de mi desaparición, y seguro que tengo decenas de llamadas perdidas y mensajes del trabajo, al igual que de la clínica en la que colaboro. Una de mis pacientes se supone que se pone de parto esta semana y tenía una cesárea planeada para mañana. ¿O era hoy? Es muy temprano en Japón; ¿significa que es por la tarde en casa? No sé cuál es la diferencia horaria, pero no creo que sea menos de diez horas. Si es así, llevo perdida un día entero y la gente me estará buscando. Quizá estén hablando con mis padres para averiguar dónde estoy y por qué no respondo a ninguna de sus llamadas o mensajes.

Mis pobres padres deben estar preocupadísimos.

—¿Puedo llamarles? —pregunto con voz ronca mientras Peter me conduce hacia una habitación espaciosa. Una de las paredes está hecha completamente de cristal, dejando ver una sobrecogedora vista de las montañas cubiertas de nieve al fondo y el lago justo debajo. O, al menos, la vista sería sobrecogedora si pudiese concentrarme en ella, en lugar de en el nudo asfixiante de la garganta.

Por favor, que mi padre esté bien.

—Aún no —dice Peter, suavizando la expresión mientras me libera la muñeca. Si no lo conociese tanto, pensaría que comparte la preocupación por mis padres —. Necesitamos ver las grabaciones de la cámara para saber qué ha pasado y, después, buscar una manera de llegar a tu familia sin alertar a nadie sobre nuestro paradero.

Trago saliva y me doy la vuelta antes de que alcance a ver las lágrimas que me brotan de los ojos. Todo esto es culpa mía. Si no hubiese vuelto a casa, si hubiese confiado en Karen en ese vestuario, todo habría sido diferente. Sí, mis padres y yo hubiéramos tenido que someternos a custodia preventiva y probablemente reubicarnos, pero eso habría sido mejor que esta pesadilla. No sé en qué estaba pensando cuando fui a casa desde el hospital anoche. ¿Imaginé que, si aparecía en casa como si nada, Peter no sabría que el FBI había hablado conmigo? ¿Que los agentes no se darían cuenta de que el hombre al que estaban buscando había estado viviendo en mi casa todo este tiempo y que seguiríamos como hasta ahora?

¿Que, si avisaba a mi torturador del peligro inminente, me daría las gracias y se iría tranquilo?

—No, Sara. —Se para frente a mí, obligándome a levantar la vista para encontrarme con su mirada. Tiene la mandíbula tensa y, en los ojos, un brillo oscuro mientras me dice en voz baja y áspera—: No hagas como que no era esto lo que andabas buscando. Sé que estás asustada y que tienes dudas, pero me elegiste, nos elegiste. Por eso me avisaste de que estaban viniendo a por mí, por eso viniste a casa en vez de dejar que te llevasen lejos. Esperé por ti. Sabía que estaban cerca y, aun así, esperé porque necesitaba saber si realmente me odiabas… si me deseabas fuera de tu vida. Pero no querías eso, ¿verdad? —Me agarra la cara y con el pulgar me acaricia el pómulo—. ¿Verdad, *ptichka*?

—No. —Me tiembla la voz y, para mi vergüenza, empiezan a brotar las lágrimas. No quiero parecer débil, pero no puedo evitar sentir un hervidero ponzoñoso en el pecho—. Estaba agotada y me dolía la cabeza. No pensaba con claridad. En cualquier otro momento…

—¿Ah, sí? —Esboza una sonrisa irónica mientras deja caer la mano—. ¿Esa es la mentira que te estás contando a ti misma? ¿Que te llevé en contra de tu voluntad…? ¿Que no querías nada de esto?

—¡No quería! —Retrocedo, mirándolo con incredulidad. No puedo creer lo que está diciendo—. Nunca aceptaría algo así. Mis padres, mis pacientes, mis amigos, mi vida entera, todo está allí. Me has secuestrado, Peter. No hay ambigüedad en eso. Me clavaste una aguja en el cuello y me llevaste a donde querías mientras estaba drogada e inconsciente. ¿Cómo puedes pensar que vine aquí de forma voluntaria? ¿Te has olvidado de la parte en la que grité y pataleé suplicando que me dejases atrás cuando me desperté? ¿Estabas sordo mientras lloraba y suplicaba que no hicieras esto?

Estoy más que furiosa, pero las lágrimas no cesan, y

me las limpio con el dorso de la mano, temblando de rabia de pies a cabeza.

Los labios de Peter se han transformado en una delgada y peligrosa línea y vuelvo a ver al extraño aterrador que irrumpió en mi casa y me torturó. Pero esta vez estoy tan enfadada que no siento ningún miedo. Si me quiere castigar por esto, que lo haga. Solo conseguirá que le odie aún más.

No hace ningún movimiento, pero su voz es dura cuando dice:

—¿Entonces por qué lo hiciste? ¿Por qué me avisaste, Sara? Sabías que sería incapaz de dejarte atrás. Y no me sueltes esa mierda de que no pensabas con claridad. Sabías muy bien a qué riesgos te exponías. ¿Por qué hacerlo si no querías estar conmigo?

Mi respiración se vuelve temblorosa y me doy la vuelta, decidida a controlar las lágrimas que siguen derramándoseme por la cara. La rabia que me llenaba está disipándose, dejándome muy cansada y vacía. Quiero defender mi postura, negar lo que está diciendo, pero no puedo. Quizá no tenía la mente tan lúcida como debería, pero sabía lo que estaba haciendo.

No me sorprendí cuando la aguja me atravesó la piel del cuello.

Siento a Peter detrás de mí, aunque no le he oído moverse.

—Dime, *ptichka*.

Su voz es tierna de nuevo mientras me sujeta los hombros con suavidad, empujándome contra su duro cuerpo.

—Dime por qué.

Me roza la mejilla con la barba mientras inclina la cabeza para besarme la sien y me tenso, luchando contra el impulso de apoyarme en él y dejar que me acaricie hasta que me olvide de que lo he perdido todo. Hasta que no me importe que me haya robado la vida.

Tras levantar la cabeza, Peter me gira para ponerme frente a él, mirándome atentamente a través de esos ojos grises, y sé que no va a olvidarse del tema. No va a descansar hasta que admita mi debilidad, ese impulso irracional e insano que hace que sabotee mi propia libertad.

Me chupo los labios y noto la sal de las lágrimas

—Yo… —Trago saliva con fuerza—. No quería verte muerto.

Incluso ahora, no puedo borrar las aterradoras imágenes de mi mente, sigo visualizando cómo todo podría haberse ido al traste con espeluznante detalle. Casi puedo sentir el olor característico a cobre de la sangre mientras las balas de los SWAT atraviesan el cuerpo musculoso de Peter, casi puedo ver a los agentes protegidos irrumpiendo a través de la puerta del dormitorio y arrastrándolo fuera de la cama.

Casi siento la soledad cruda y aplastante que habría provocado en mi vida la muerte de mi torturador.

No. No, no, no. Deshecho el pensamiento, lo alejo como la locura que es. Yo no quería esto. Solo porque echase de menos a Peter cuando estaba en una de sus misiones no significa que no lo hubiese acabado superando. Y ni siquiera le echaría de menos a él.

Echaría de menos la comodidad engañosa que me proporcionaba, la ilusión de amor y cuidado. Lo que sentía por él no era real y tampoco lo es lo que él cree sentir por mí. Todo ha sido una mentira enfermiza entre nosotros, una obsesión patológica por su parte y una necesidad perversa por la mía.

Los ojos de Peter se empequeñecen y me aprieta los hombros con las manos mientras procesa lo que acabo de decir.

—¿Así que me avisaste por buena voluntad? ¿Estabas siendo una buena samaritana?

Asiento, parpadeando a toda velocidad para contener una nueva oleada de lágrimas. Esa no era la única razón para mi falta de juicio, pero es la única que estoy dispuesta a admitir.

La cara de mi secuestrador se endurece y deja caer las manos, echándose para atrás.

—Ya veo.

Si no le conociese bien, podría decir que le he herido.

Sin embargo, al momento, sigue como si nada hubiese pasado.

—Esta es nuestra habitación. —Su voz es fría y monótona, sin ningún rastro de emoción—. El baño está ahí. —Señala una puerta al fondo del cuarto—. Puedes ducharte y relajarte mientras sacamos algunas cosas de las maletas y preparamos el desayuno. Mañana te traerán ropa, pero, de momento, debería haber una bata en el baño y algunas prendas mías en el armario. —Señala con la cabeza un conjunto de puertas en el lado opuesto de la habitación—. Si necesitas algo, estaré abajo. El desayuno estará listo en media hora.

Me muerdo el labio.

—Vale, gracias.

Cuando él sale de la habitación, camino hasta la ventana, con el pecho lleno de pena por todo lo que he perdido y por lo que acabo de vislumbrar en los ojos de Peter.

Dolor.

Le he hecho daño de verdad y, por algún extraño motivo, eso me duele a mí.

 eter

—No está muy contenta, ¿eh? —dice Anton en ruso mientras saco una huevera enorme que acaba de meter en el frigorífico, la pongo en la encimera al lado de la vitrocerámica y empiezo a buscar una sartén.

—No. —No puedo evitar cerrar la puerta del armario de un portazo cuando no la encuentro ahí—. Pero se acostumbrará.

—¿Y si no lo hace?

Por fin la localizo en uno de los cajones de la encimera.

—Joder, entonces estará amargada.

Tras coger la sartén, cierro el cajón con fuerza y me maldigo cuando veo una grieta en la brillante madera blanca. Renovar una casa y un helicóptero a la vez fue una mierda y no puedo darme el lujo de descargar mi ira en las encimeras de la cocina. La cara de Anton en el entrenamiento de hoy será un objetivo mucho mejor.

—Sabías que esto iba a pasar, ¿verdad? —continúa mi amigo, sin darse cuenta de la rabia que me hierve en el estómago—. Esa tontería suburbana no podía continuar para siempre. Es un milagro que no nos arrestasen antes. Si quieres a esta chica durante un período largo… porque la quieres, ¿verdad? Pues esta es la única manera.

Aprieto la mandíbula tan fuerte que me rechinan las muelas.

—Déjalo, Anton. Nada de esto es de tu puta incumbencia.

—Vale, vale. Solo te recuerdo los hechos. Sé que es una mierda que esté enfadada y tal, pero…

Para de repente, dándose cuenta de que estoy a medio segundo de reventarle los dientes. Saca una navaja suiza, corta una bolsa de naranjas y pone la fruta en un bol enorme de madera sobre la encimera. Después, mirando el cartón de huevos con interés, pregunta:

—¿Qué hay para desayunar?

—¿Para ti? Nada —Rompo cinco huevos en un bol, echo un poco de leche y añado condimentos antes de agitar la mezcla—. Los gemelos y tú podéis apañároslas por vuestra cuenta.

—Qué duro, hombre —dice Yan, entrando en la cocina. Va cargado con una gran caja llena de más frutas y verduras, así como de pan y carne congelada, alimentos que nuestro contacto local cargó en el helicóptero antes de que viniésemos.

—Ilya y yo estamos hambrientos y a ti te gusta cocinar —continúa Yan al ver que no respondo—. ¿Qué te cuesta hacer algo más? Te prometo que mantendré la boca cerrada sobre esa doctora preciosa.

Luchando contra el deseo de pegarle una paliza, rompo más huevos en el bol. No suelo cocinar para los chicos, pero Yan tiene razón: sería muy cruel privar a mi equipo de un buen desayuno tras un viaje tan largo.

Solo necesito que dejen de hablar de Sara porque si los escucho sacar el tema una sola vez más, les volaré la tapa de los sesos.

Sabiamente, Yan y Anton permanecen en silencio, desempaquetando el resto de la comida mientras hago una tortilla y, cuando Ilya entra, ya estoy más calmado, sin contar el impulso esporádico de atravesar la encimera de cuarzo blanco con el puño.

Ilya se sienta en uno de los taburetes de acero inoxidable y abre el portátil, recordándome que tenemos otros problemas de los que preocuparnos, aparte de Sara.

—¿Qué han dicho los piratas informáticos? —pregunto cuando le veo frunciendo el ceño ante la pantalla—. ¿Alguna pista sobre ese *ublyudok*?

—No. —Ilya está serio cuando levanta la mirada—. Ningún movimiento de tarjetas, ningún intento de contactar con amigos o familiares, nada. El cabrón es bueno.

Agarro con fuerza el mango de la sartén y noto que

regresa la furia. El último nombre en la lista —un tal Walton Henderson III, más conocido como Wally, de Asheville, Carolina del Norte— es el general que estaba a cargo de la operación de la OTAN que salió mal y tuvo como consecuencia la muerte de mi mujer y mi hijo. Fue él quien dio la orden de atacar sin verificar la validez de la supuesta pista sobre el grupo terrorista y quien ordenó a los soldados usar cualquier fuerza necesaria para detenerlo.

Ya he matado a todos los soldados y a las mentes operativas involucradas en la masacre de Daryevo, pero Henderson, quién más explicaciones tiene que dar, sigue libre, desaparecido con su mujer y sus hijos desde que los rumores sobre mi lista de objetivos llegaron al servicio de inteligencia.

—Diles a los piratas que hagan una búsqueda intensiva de todos sus amigos y familiares, sin importar lo lejana que sea la relación —ordeno mientras Yan camina hacia nosotros y se sienta en un taburete junto a su hermano—. Deben buscar cualquier cosa fuera de lo normal, como una gran retirada de efectivo, compras de teléfonos, viajes fuera de casa, adquisiciones de propiedades o alquileres vacacionales, absolutamente todo lo que pueda indicar que están en contacto con ese imbécil. Alguien tiene que saber adónde ha ido Henderson y apuesto a que ese alguien es algún primo lejano. Si en unos meses seguimos sin tener noticias, igual es necesario que visitemos en persona a los contactos de Henderson para que revelen su paradero por otros medios.

—Eso está hecho —dice Ilya, con los gruesos dedos volando sobre el teclado del ordenador con una agilidad sorprendente—. Nos va a costar, pero creo que tienes razón. La gente tiene problemas para romper lazos.

—Yan, ¿tenemos las grabaciones de las cámaras? —pregunto cuando el otro gemelo abre su propio portátil—. Las de la casa de los padres de Sara. Necesitamos ver si los federales han hablado con ellos.

—Las estoy descargando ahora mismo —responde sin despegar la vista de la pantalla—. Esta conexión vía satélite es lenta de cojones. Dice que va a tardar unos cuarenta minutos para descargar los archivos de la nube.

—De acuerdo, vamos a comer entonces —contesto, apagando la vitro—. Anton, ¿puedes poner la mesa para los cinco? Voy a por Sara.

Mis hombres guardan silencio mientras voy hacia las escaleras, pero cuando comienzo a subir, veo a Yan acercándose a Ilya para susurrarle algo al oído.

SARA ESTÁ SALIENDO DEL BAÑO CUANDO ENTRO EN LA habitación, con el torso estilizado envuelto en una gran toalla blanca y el pelo mojado enrollado en un moño en lo alto de la cabeza. Tiene la piel pálida enrojecida, quizás por el agua caliente, y los ojos color avellana de gruesas pestañas están rojos e hinchados por el llanto.

Debería tener un aspecto patético, pero está muy

guapa, como una princesa Disney con muy mala suerte. Quizá la de *La Bella y la Bestia*, aunque no estoy seguro de poder identificarme como la Bestia en ese cuento.

Bella no odiaba a su captor tanto como Sara me odia a mí.

—El desayuno está listo —digo con frialdad, intentando no pensar en la revelación de antes. Sé que el hecho de que Sara me avisase para salvarme la vida no debería enfadarme (después de todo, es la confirmación de que no me quiere muerto), pero aun así sus palabras han sido como si un atizador al rojo vivo me atravesase el pecho. Supongo que me convencí a mí mismo de que quería venir, de que, cuando me rogaba que la liberase, era solo por miedo.

Me duele porque me engañé a mí mismo creyendo que algún día me amaría.

—Gracias, ahora mismo bajo. —No quiere mirarme mientras dice esto, solo va hacia el armario y reaparece un minuto más tarde sujetando una de las camisas de franela de manga larga y unos pantalones de chándal.

—¿Te importa? —pregunta, dejando la ropa sobre la cama, y yo cruzo los brazos, percatándome de que quiere que me dé la vuelta mientras se cambia.

—Claro que no. Adelante.

Me mira.

—Me refiero a que...

—Sé a lo que te refieres. —Mantengo el rostro impasible, incluso mientras la ira me carcome por dentro. Si piensa que voy a dejar que me trate como si fuese un extraño, está bastante equivocada. Puede que no me ame, pero es mía y no pienso fingir que nunca he sentido sus orgasmos en la polla. Si hay algo que siempre hemos tenido, es esa conexión carnal, un hambre mutua tan intensa que supera a la simple lujuria. Deseo a Sara más de lo que he deseado nunca a ninguna mujer y sé que, a ella, tampoco le soy indiferente.

Me desea, y no voy a dejar que lo niegue.

El enrojecimiento se intensifica en la cara de Sara y los nudillos se le vuelven blancos mientras agarra los pantalones.

—Vale.

Mirándome, se sienta en la cama y se pone los pantalones con movimientos bruscos, dejándose la toalla anudada en el pecho hasta que se los sube. Después, se levanta y la toalla se cae. Consigo a atisbar unos pechos preciosos con un botón rosado mientras, enfadada, agarra la camisa y se me endurece la polla, la predecible y rápida reacción del cuerpo ante la visión de su desnudez.

—¿Estás contento? —Tira de los cordones de los pantalones, atándolos con fuerza para no acabar con ellos por los tobillos y, aunque no estoy de humor, no puedo evitar pensar en lo adorable que está con mi ropa.

Si los vaqueros y la camiseta de Anton le quedaban grandes, estos pantalones y la camisa de franela le quedan enormes. Soy unos cuantos centímetros más alto y ancho que mi amigo y estas prendas me quedaban holgadas incluso a mí. Mi joven doctora parece una niña probándose ropa de adultos, una impresión realzada por los pequeños pies descalzos y el pelo alborotado.

Sin poder contenerme, avanzo con rapidez, le sujeto la muñeca y la empujo contra mí, ignorando la furiosa rigidez de su cuerpo mientras le presiono la cadera contra la mía. Con la mano que tengo libre, le agarro el moño húmedo para inclinarle la cabeza hacia atrás, bajo la mía y la beso.

Tiene una boca dulce y un cierto sabor a menta, como si se acabase de lavar los dientes. Separa los labios con un grito de asombro y yo inhalo ese aliento cálido, poseyendo el aire como quiero poseer todo de ella. Quiero el cuerpo y la mente, la ira y la alegría. Y, sobre todo, quiero su amor, lo único que puede que no me dé nunca.

Le invado la boca, húmeda y sedosa, con la lengua y me clava los dedos en los costados bajo la chaqueta, arañándome con las uñas afiladas a través de la camisa de algodón. Unas pequeñas punzadas de dolor me sacuden las terminaciones nerviosas, mandando más sangre a la polla, y se me endurecen los huevos, sintiendo unas ganas de follarla tan intensas que casi la empujo contra la cama y le arranco esos ridículos pantalones. Solo el pensamiento de que mis hombres estén esperándonos abajo me frena.

La deseo demasiado como para un polvo rápido.

Con una voluntad sobrehumana, la libero y doy un paso atrás, respirando de manera entrecortada. Sara parece sentirse como yo, con los ojos entrecerrados y la cara enrojecida.

—Baja antes de que se enfríen los huevos —digo con un tono tenso, desabrochándome el pantalón para poder liberar la dolorosa presión—. Estaré ahí en un minuto.

Se da la vuelta y huye antes de que termine de hablar y cierro los ojos, respirando hondo y pensando en los inviernos siberianos para calmar la erección.

Cuando bajo las escaleras, los compañeros de Peter están sentados alrededor de la mesa rectangular de madera, mirando deseosos la sartén que está en el centro. Uno de ellos, el que viste totalmente de negro, con el pelo por los hombros y una barba oscura y espesa, levanta la mirada mientras me acerco.

—¿Dónde está Peter? —me pregunta frunciendo el ceño con un acento ruso un poco más pronunciado que el de Peter—. La comida se está enfriando.

—Ya viene —le digo, mientras me aumenta el calor en las mejillas; el hombre barbudo arquea las cejas. Puede que adivine lo que ha pasado arriba porque tengo los labios hinchados o, incluso, por el nerviosismo. Me temblaban las rodillas al bajar y menos mal que la camiseta de Peter es holgada y gruesa y me esconde los pezones duros.

Si mi secuestrador hubiese escogido follarme, no hubiese podido negarme y tenerlo tan claro me llena de vergüenza.

—Anton, estás siendo grosero —dice un hombre alto de pelo castaño con una sonrisa suave.

Al contrario que su compañero barbudo, quien podría haber salido perfectamente de una película de acción y asesinatos, este chico no desencajaría nada en un gabinete de abogados. Lleva el pelo corto y peinado a la moda, va muy bien afeitado y apostaría cien pavos a que esa camisa de rayas sutiles y los pantalones de vestir grises están hechos a medida. Tan solo sus fríos ojos verdes contradicen la imagen de ejecutivo; son duros y carecen de emoción, como si no les afectara esa sonrisa que le curva los labios.

—Has olvidado presentarte —prosigue el hombre bien vestido dirigiéndose a Anton con un acento similar al suyo. Girándose hacia mí, señala a su amigo barbudo y dice—: Sara, te presento a Anton Rezov. Solía pilotar cualquier cosa con motor en nuestro antiguo trabajo y ahora es útil de vez en cuando. Y yo soy Yan Ivanov. Ah, y este es mi hermano, Ilya.

Presto atención al tercer chico, el hermano de Yan, y me doy cuenta de que es el que me habló antes y me explicó por qué este sitio era un buen escondite. Es el que más miedo da de todos, con un torso de culturista, cabeza rapada llena de tatuajes y una gran mandíbula que me hace pensar en un gorila. Pero, cuando me sonríe, entrecierra los ojos verdes y se le suavizan las facciones duras.

—Encantado de conocerte, Dra. Cobakis —dice con un acento más pronunciado mientras se levanta a retirarme la silla para que me siente.

—Gracias. Encantada de conocerte también —le digo mientras me siento. Debería odiar a cada uno de estos hombres, después de todo, son cómplices de mi secuestro y del asesinato de mi esposo, pero algo genuino en la sonrisa del ruso y la manera tan respetuosa de dirigirse a mí hace que me sea imposible pagar mi ira con él.

La reservaré para el hombre que está bajando las escaleras en este mismo instante, con esa bonita cara oscura e impenetrable.

—Ya era hora —comenta Anton con entusiasmo cuando Peter llega a la mesa y se sienta a mi lado. Tras coger la sartén que hay en el centro, Anton parte un trozo de la tortilla y se lo pone en el plato—. Me muero de hambre.

—Sírvete tú mismo. —La voz de Peter está llena de un sarcasmo incomprensible para Anton. Los hermanos Ivanov parecen tener mejores modales, ya que esperan a que Peter ponga una porción en mi plato y en el suyo antes de repartirse el resto.

Comemos en silencio, acabando con la tortilla en cuestión de minutos y, entonces, Peter se levanta y parte unas naranjas.

—¿Postre? —pregunta con sequedad y los chicos

aceptan con ansia. Yo no digo nada, pero, aun así, Peter me trae un bol con una naranja cortada.

—Gracias —digo en voz baja. Incluso en esta situación tan jodida, las normas de educación aprendidas desde pequeña son difíciles de quebrantar. Meto la mano en el bol, cojo un gajo de naranja y lo muerdo antes de saborear el jugo dulce y refrescante. Además de todo lo demás, debo haber tenido bajo el azúcar en sangre porque, ahora que he comido, me siento un poco mejor, ya que el sentimiento de desesperación se ha disipado lo suficiente para dejarme pensar.

Sí, a primera vista, mi situación no es la mejor. Mientras volábamos hacía aquí, no vi nada que se pareciese a la civilización en todas las inmediaciones cercanas a esta montaña, tan solo acantilados y bosques espesos, con nieve cubriendo todavía algunas cimas de las montañas cercanas. Incluso si consigo escaparme de estos cuatro asesinos, andar por aquí no va a ser sencillo. He ido de acampada exactamente una vez en mi vida y estoy lejos de ser una experta en la naturaleza. Por no mencionar que, si consigo llegar a alguna granja o pueblo cercano, todavía tendría que enfrentarme a la manera de comunicarle mi situación a gente que posiblemente no entienda ni una palabra de inglés.

Sin embargo, no está todo tan perdido como parece. Por lo visto, Peter tiene intención de dejarme hablar con mis padres pronto y ahí quizás tenga la oportunidad de decirles dónde estoy y, por lo tanto, que se entere el FBI. Además, tampoco estoy atada o sujeta de ninguna manera. Por lo que he entendido, tengo la libertad de merodear alrededor de la casa, lo que incrementa las posibilidades de escaparme. Si soy inteligente y cuidadosa, a lo mejor puedo robar algo de agua y provisiones, por si la andadura por la montaña dura un par de días.

No está todo perdido. De una manera u otra, voy a enmendar mi error y volver a casa.

Mientras tanto, tengo que asegurarme de que no empeoro las cosas haciendo algo estúpido... como enamorarme de mi captor.

TRAS EL DESAYUNO, SUBO A LA HABITACIÓN Y ME QUEDO dormida rápidamente, el cambio de hora, junto con el sopor tras la comida, me adormece a pesar de la larga siesta en el avión. Me levanto cuando oigo el helicóptero ponerse en marcha y, a través de la ventana gigantesca, lo veo despegar del helipuerto cercano a la casa.

¿Habrán ido a por provisiones? ¿Una misión de trabajo? No tengo ni idea, pero si Peter se ha ido con el helicóptero, es algo bueno.

Por desgracia, lo veo en la planta inferior cuando bajo unos minutos más tarde tras haberme echado agua en la cara para despertarme del todo. Está sentado en un taburete detrás de la encimera de la cocina, frunciéndole el ceño a algo en la pantalla del portátil. Mientras me acerco, veo que tiene los cascos puestos.

Está escuchando algo en el ordenador.

Al darse cuenta de que estoy allí, se quita los cascos y presiona un botón en el teclado, quizás para parar lo que estuviese escuchando.

—¿Es la cámara de la casa de mis padres? —le pregunto antes de que el corazón me palpite a cien por hora cuando Peter asiente.

—Sí. El FBI los ha visitado. —Su expresión es cuidadosamente neutra.

—¿Y? —Me siento en un taburete a su lado con los hombros tensos—. ¿Qué les han dicho?

—Es… interesante. —A Peter le brillan los ojos cuando gira la cara para mirarme—. Parece que la historia que le contamos a tus padres coincide con las sospechas de los federales.

Me quedo mirándolo fijamente mientras el pulso se me acelera aún más.

—¿Creen que me he ido contigo por voluntad propia?

Cierra el portátil.

—Por lo visto, es la suposición sobre la que están trabajando, sobre todo ahora que tus padres les han hablado de tu llamada. Pero creo que Ryson sospechaba que estabas involucrada antes de eso, quizás porque no le dijiste a Karen nada sobre mí en el vestuario.

Junto las manos sobre el regazo. Esto es bueno y malo. No quiero que el FBI piense que estoy confabulando con uno de los hombres más buscados, pero, al mismo tiempo, me siento aliviada. Es mucho mejor a que mi familia crea que me han secuestrado.

—¿Y cómo reaccionaron mis padres? ¿Estaban preocupados? ¿Molestos? Mi padre…

—Se lo tomaron bien. —Peter relaja un poco la mandíbula—. Está claro que están conmocionados y trastornados porque estés relacionada con alguien despreciable, pero Ryson no les dijo quién era y por qué iban detrás de mí. Creo que está preocupado por si la historia se filtra a los medios de comunicación.

Tiene sentido. El FBI o la CIA o quién se haya inventado la mentira de que la mafia iba detrás de mi marido no querrá mostrar qué pasó en realidad en Daryevo. Si Peter está en lo cierto sobre el error que llevó a la masacre de su familia, las partes involucradas estarán luchando con uñas y dientes para conseguir que la verdad no salga a la luz.

El público no ve con buenos ojos la muerte de ciudadanos inocentes.

—Entonces, ¿mi padre está bien? —le presiono, apartando de la mente el recuerdo de las fotos horribles del teléfono de Peter—. ¿No parecía estar enfermo o algo?

—Tus padres parecen estar bien, totalmente sanos. —La expresión de Peter se vuelve un poco más cálida mientras me cubre los puños con las manos—. Estarán bien, *ptichka*. Son fuertes, como tú. Y vas a poder ponerte en contacto con ellos pronto. Anton y Yan han ido en busca de suministros y, cuando vuelvan, vamos a tener lo que necesitamos para establecer una conexión segura. Hablarás con tus padres, los tranquilizarás y estarán bien. —Me aprieta las manos con suavidad—. Todo va a salir bien.

Las retiro y me pican los ojos por un ataque repentino de emoción. Esto, justo esto, es lo que me confunde. Se supone que a un hombre que te rapta no debe importarle tu familia y mucho menos tus sentimientos. Lo que Peter me ha hecho, todo lo que me ha hecho, es lo que haría un monstruo cruel y egoísta, pero, cuando está conmigo, mirándome así, es fácil creer que me quiere, que, a su manera rara y dominante, desea hacerme feliz.

Me saco de la cabeza ese pensamiento peligroso, freno la emoción rebelde y me centro en el asunto en cuestión.

—Pero ¿qué les dijo exactamente el FBI? ¿Y cómo han respondido mis padres a lo que ellos le dijeron? Deben tener un montón de preguntas…

—Las tenían, pero Ryson solo les dijo que están buscando al hombre que está contigo y que no les pueden contar por qué. Por lo general, fueron los otros agentes y él los que interrogaron a tus padres, avasallándoles a preguntas sobre la llamada, si dijiste algo inusual en los meses pasados, por qué detuviste la venta de la casa y demás.

—Entiendo. —Porque ahora sospechan de mí. Creen que estoy teniendo una aventura con el asesino de mi marido, lo que, en cierto modo, es verdad. Una aventura no deseada, por supuesto, pero eso no cambia los hechos. Pude haber ido al FBI en cualquier momento, explicarles la situación y pedirles protección, pero, en su lugar, me autoconvencí de que sería más seguro para mis padres si me enfrentaba al acechador letal yo sola. ¿Y quién sabe? A lo mejor estaba en lo cierto. Teniendo en cuenta la incapacidad de las autoridades para proteger a los demás en la lista de Peter, es muy probable que nos hubiera encontrado a mí y a mis padres si hubiésemos intentado desaparecer. Y, entonces, más personas hubieran salido heridas. Si no hubiese sido mi familia, habrían sido los agentes asignados para protegernos.

Los tres guardas que protegían a George acabaron con un tiro en la cabeza.

—¿Puedo ver el vídeo yo misma? —le pregunto, quitándome de la cabeza el amargo recuerdo, y Peter asiente.

—Si quieres. Puedo preparártelo luego en la televisión. —Me señala la gran pantalla plana colgada en la sala de estar—. Hasta entonces, tengo que ponerme al día con el trabajo, así que siéntete libre de andar por ahí y explorar.

Parpadeo, incapaz de creer que sea tan sencillo.

—Vale, lo haré —le digo, intentando contener el entusiasmo.

Si puedo explorar yo sola, puedo escaparme hoy mismo.

Al recordar que estoy descalza, miro hacia abajo y muevo los dedos.

—¿Puedo coger unos zapatos? —pregunto tan casual como puedo.

—Yan te va a comprar de todo hoy, pero puedes probar a ponerte mis zapatillas de momento. Si te las atas bien fuerte, no deberían caerse.

—Genial, lo intentaré, gracias. —Me bajo del taburete y me apresuro hacia las escaleras, ansiosa por empezar la exploración.

—Ah, Sara… —grita Peter cuando estoy cerca de las escaleras. Cuando me doy la vuelta y lo miro, me dice —: Si sales, llévate a Ilya contigo. No te conoces la zona y hay acantilados por todas partes. No querrás caerte.

E, ignorando mi entusiasmo apagado, abre el portátil y vuelve a centrar la atención en la pantalla.

*ara*

Con la sudadera gruesa de Peter que me llega hasta las rodillas y los pies bailando dentro de sus zapatillas gigantescas, salgo con cuidado al bosque, con Ilya a mi lado. Me habla acerca de la vegetación local, pero solo le escucho a medias porque estoy centrada en memorizar el camino hacia el sendero que vi al oeste. Es lo suficientemente ancho para que pase un vehículo y parece llevar montaña abajo.

—Pero lo bloqueó el derrumbamiento —murmura Ilya y esta vez le presto atención al darme cuenta de que está diciéndome algo útil.

—¿Un derrumbamiento?

Inclina la cabeza afeitada.

—Sí, por el terremoto. Tuvo un gran impacto aquí, modificó la montaña por completo.

—¿Cómo la cambió? —le pregunto, abrazándome a mí misma para pegarme la sudadera al cuerpo. Hace menos aire aquí, entre los árboles, que cerca de la casa, pero aun así hace frío debido a la altitud. Llevamos andando en grandes círculos alrededor de la casa durante casi una hora, y estoy lista para volver dentro, donde se está caliente.

Con el asesino ruso pisándome los talones, no voy a escapar hoy de todas maneras y, cuando lo haga, he de asegurarme de estar bien vestida.

—¿Te refieres a aparte de bloquear el camino? —pregunta Ilya y yo asiento, frunciendo el ceño. Espero que no esté hablando del sendero que acabo de divisar. Hasta ahora, eso es lo único que he visto parecido a un camino. Si está bloqueado, tendré que hacer senderismo montaña abajo a través del bosque; una alternativa mucho más discutible.

Ilya se detiene y señala a un acantilado en el lado opuesto del lago que hay bajo nosotros.

—¿Lo ves? Antes era una pendiente progresiva. Y hay muchas como esa en esta montaña. Muy peligrosas. El bosque va hasta el borde en algunos de esos acantilados, así que si no sabes por dónde vas...

—Vale. Peligroso. Entendido. —Eso solo refuerza la convicción de que necesito estar bien preparada antes de intentar mi escapada. Lo último que quiero es caerme por un acantilado. Voy a tener que dedicar un par de días a conocer la zona, a explorarla más para así saber a dónde voy. Quizás también investigue más sobre está región para descubrir cuál es el asentamiento más cercano o cualquier lugar desde donde llamar a la embajada estadounidense.

En todo caso, tengo que ser inteligente sobre mi huida para no perder la poca libertad que tengo.

CUANDO VOLVEMOS A CASA, ESTOY TIRITANDO Y NOTO EL borde de las orejas como si fuesen carámbanos. Peter no está por ninguna parte, así que voy arriba y me apresuro a tomar un baño caliente, suponiendo que eso me templará.

La bañera blanca y alta tiene una forma inusual: redondeada y estrecha pero profunda, con un escalón dentro. No puedo tumbarme como lo hago en la bañera ovalada de casa, pero puedo sentarme en el escalón y que el agua me cubra hasta la nuca. Me percato de que en realidad es más cómodo así y cierro los ojos mientras la calidez del agua se mete dentro de mí, sacando el frío y la tensión muscular. No diría que estoy relajada, pero definitivamente me siento mejor.

Si no estuviese aquí contra mi voluntad, casi consideraría esto como unas vacaciones.

—¿Te gusta la bañera japonesa? —murmura una voz profunda detrás de mí y abro los ojos de golpe cuando baja las manos por mis hombros, masajeándome la piel resbaladiza. Al instante, el pulso se me acelera, la sensación de relajación pasa a ser una combinación confusa de rabia, deseo y miedo, la mezcla que siempre siento cuando estoy cerca de Peter.

Me giro hacia el otro lado, cruzo los brazos sobre el torso y me alejo de su alcance. Me ha visto desnuda cientos de veces, pero aún me siento incómoda sobre la intimidad que hay entre nosotros, ya que todavía soy consciente de lo malo que es todo esto. Porque, si nuestra relación era retorcida antes, ahora lo es el doble ya que mi acechador, el hombre que me torturó en nuestro primer encuentro, es mi captor.

Estoy completamente en su poder y ambos lo sabemos.

Está de pie frente a la alta bañera y tiene las manos grandes y bronceadas apoyadas en el borde de porcelana. Lleva las mangas de la camisa térmica enrolladas hacia arriba, dejando al descubierto los tatuajes que le decoran el brazo izquierdo. La tinta va desde la muñeca hasta el hombro mientras los elaborados diseños se flexionan con cada curva de los músculos bien definidos. Tiene despeinado el pelo oscuro y grueso, como si se hubiese pasado los dedos por él, y la barba incipiente y suave le ensombrece la dura mandíbula.

Parece muy peligroso y tan varonil que mi interior se estremece. Sensual es una palabra demasiado suave para describir a Peter Sokolov; lo que él muestra es un magnetismo animal, una atracción masculina salvaje y severa que despierta algo primitivo e inquietante dentro de mí.

Con esfuerzo, cierro la puerta mental a estos

pensamientos y me alejo tanto como me lo permite la bañera.

—Vete, por favor. Estoy bañándome.

—Ya lo sé. —Me recorre el cuerpo con la mirada antes de volver a la cara, con unos oscuros ojos metálicos llenos de deseo—. ¿Y qué?

—Déjame sola. —Le aguanto la mirada todo lo que puedo sin acobardarme—. A no ser que la privacidad sea algo que tus prisioneras no puedan tener.

Empequeñece los ojos mientras aprieta con fuerza el extremo de la bañera. Con delicadeza, dice:

—Mis «prisioneras» no pueden hacer muchas cosas, baños incluidos. Mi «mujer», sin embargo, puede hacer lo que quiera… mientras comprenda algo muy sencillo.

—¿Qué es?

—Que es mía. —Da un paso atrás y, sin dejarme responder, se quita la camiseta y la tira al suelo antes de deshacerse de los calcetines. Entonces, se desabrocha el cinturón y los pantalones.

Tomo aire mientras aprieto los brazos sobre los senos.

—¿Qué haces?

—¿A ti qué te parece? —Se baja los pantalones y se los quita, luego hace lo mismo con los calzoncillos, dejando ver una polla dura y gorda que se curva hasta llegarle al abdomen esculpido. La visión me inunda de adrenalina incluso cuando un calor inoportuno se acumula entre las piernas.

No puedo hacerlo con él. Otra vez no.

—No voy a acostarme contigo. —El agua rebasa el

borde de la bañera cuando me levanto, sin importarme que me vea desnuda.

Tengo que salir de aquí, alejarme.

Peter me coge del brazo antes de que pueda sacar la pierna por encima del borde y, entonces, entra en la bañera, con ese gran cuerpo empujándome hacia un lado al meterme dentro del agua otra vez. Más agua se sale de la bañera, desplazada por su peso, y jadeo cuando estoy sobre el regazo de Peter, con la espalda pegada a su pecho y la erección clavada entre las nalgas. Aterrorizada, empiezo a luchar, cuando me pasa un brazo sobre las costillas, sujetándome.

—Ay, *ptichka*... —me susurra en tono de burla al oído—. ¿Quién ha dicho nada de sexo?

Me roza el lóbulo de la oreja con los dientes y me sostiene un pecho con la mano que le queda libre, acariciando de manera posesiva el pezón duro y dolorido con el pulgar. Me quedo paralizada, aferrada a su brazo musculoso mientras el corazón me late contra las costillas. No le temo, pero me aterra mi propia reacción, la manera en la que el cuerpo se me derrite y se me ablanda cuando me toca. Y esto es mucho más que tocarme. Siento la polla de Peter dura como una barra de acero entre las nalgas, los huevos presionados contra mis genitales y el pulgar como una tortura sobre el pezón mientras me invade la oreja con la lengua, haciendo que me estremezca con un placer que no puedo evitar.

Quizás no estemos follando en el sentido estricto de la palabra, pero el resultado es igual de devastador.

—Peter, por favor... —Continúo luchando, desesperada por salir de aquí antes de que pierda de vista lo que importa de verdad. El agua hace que nuestros cuerpos estén resbaladizos, potenciando la sensación erótica al frotarnos mientras tiro del brazo en vano—. Por favor, para.

—¿Que pare el qué? —Su respiración me calienta la nuca mientras suelta el pezón y baja la mano hacia los músculos bien apretados, hacia la piel palpitante y dolorida por su tacto—. ¿Esto? —Me lame la oreja, haciendo que se me ponga la piel de gallina—. ¿O esto? —Me abre los pliegues con dedos rugosos, tocándome el clítoris antes de meterme el dedo corazón hasta la primera falange. Le clavo las uñas en el antebrazo mientras los músculos internos se me tensan con avaricia ante la intrusión superficial y se ríe cuando se me escapa un leve gemido. Quiero decirle que pare todo lo que está haciendo, pero me quedo en blanco cuando mueve el dedo hacia atrás, detrás de los genitales. Ay, Dios, no irá a...

Encuentra con el dedo el aro apretado de músculo entre las nalgas y presiona la pequeña abertura.

—Ah, sí —murmura con voz oscura, suave y lujuriosa mientras me tenso ante la presión punzante —. Quizá es esto lo que querías que parase, ¿verdad, *ptichka*? —Mi ano se relaja cuando me toca la carne apretada con el dedo, como si tratara de suavizar el intento de violación—. ¿Eres virgen por aquí, cariño?

La ternura me confunde tanto como el torrente de sensaciones extrañas que me recorren el cuerpo. Algo parecido a la compasión le calienta la voz oscura y melosa, pero aún puedo notar la lujuria en ella, el deseo teñido de una posesividad perversa. Le gusta la posibilidad de que pueda ser el primero y saberlo intensifica la tensión que hay dentro de mí, el calor traicionero que me late en lo más profundo. No debería intrigarme, no debería quererlo, pero no puedo negar una cierta curiosidad maliciosa. Una vez, cuando George y yo aún estábamos conociéndonos, saqué el tema del sexo anal, pero George pareció desinteresado y nunca volví a comentárselo.

Soy virgen en este aspecto, pero, si se lo admito a mi captor, quizás no lo sea durante mucho más tiempo.

Tras reunir las fragmentos ruinosos de mi fuerza de voluntad, tiro de esa mano tormentosa con todas mis fuerzas.

—Para.

Para mi sorpresa, Peter obedece, quitando la mano y levantando el otro brazo.

—Vete entonces —dice con voz tensa—. Fuera.

Me esfuerzo por salir de la bañera con piernas temblorosas. Tengo los pies empapados y me resbalan sobre los azulejos fríos mientras me apresuro a salir del baño, casi sin parar a coger la toalla en el camino. Hasta que no estoy en la habitación, completamente vestida y con la toalla alrededor del pelo mojado, no me deja de latir el corazón a un ritmo frenético.

Me ha dejado marchar. Debería alegrarme por el indulto, pero me siento extraña e inquieta, frustrada de más de una manera. Otra vez, mi verdugo ha fingido que tengo elección, como si esto fuese una relación normal donde puedo decir que no. Y quizás pueda, durante un tiempo, al menos. Hasta ahora, nunca me ha forzado físicamente. Pero no me voy a engañar. Puede hacer lo que quiera conmigo y, en algún momento, voy a acabar en su cama, ya sea por un modo de coacción más sutil o por mi falta de fuerza de voluntad.

Preferiría que me forzase porque entonces yo también podría fingir.

Podría imaginar que soy normal y que no estoy loca, que soy una mujer que odia al hombre que le ha arruinado la vida en vez de desearlo.

## 9

Peter

SARA ME EVITA HASTA LA HORA DE LA COMIDA, DONDE también lo hace. Mi autocontrol se está deteriorando y la oscuridad comienza a salir a la superficie. Quiero follármela y, al mismo tiempo, someterla y castigarla, hacerle entender que es mía.

Quiero llevarla al extremo y dejarla caer, sin importar lo que le pueda pasar.

—No lo hagas, tío —me dice Ilya en voz baja cuando termino de preparar el sándwich para Sara. Está haciéndose su propio sándwich al lado mío—. Sea lo que sea lo que estés pensando, te arrepentirás.

Enseño los dientes en una sonrisa malhumorada.

—¿En serio? ¿Ahora eres un puto psicólogo?

—No, pero no creo que estés pensando con frialdad.

No se lo merece. —Moja el cuchillo de untar mantequilla en un bote de mayonesa—. Lo menos que puedes hacer es darle un poco de tiempo.

Me imagino cogiendo el cuchillo y hundiéndoselo en la tráquea a Ilya. No está lo bastante afilado para rebanarle la garganta, pero serviría para ahogarle hasta la muerte. Por suerte para mi compañero, no dice nada más y yo salgo de la cocina con el plato para Sara.

La encuentro arriba, mirando una cómoda en una de las habitaciones de invitados vacía. En silencio, me quedo en la puerta y la observo, fascinado por ese cuerpo elegante y elástico que se dobla y se retuerce mientras abre y cierra los cajones uno a uno. No hay nada en esa cómoda, pero Sara no para hasta que ha abierto cada cajón.

Solo entonces se da la vuelta y da un salto con un grito ahogado.

—Peter. —Se pone la mano contra el pecho, como si el corazón le estuviese a punto de explotar—. No te había visto. —Está sin aliento, incluso cuando intenta visiblemente recomponerse—. ¿Qué estás…?

—Te he traído comida. —Entro en la habitación, sujetando el plato—. He pensado que quizás estarías hambrienta. —Mi tono es frío, como si el fuego no me inundase las venas. Tan solo verla así, vestida con ropa ancha, hace que quiera ponerla contra la pared y follármela tan fuerte que ambos acabásemos en carne viva y sangrando.

Con cautela, me quita el plato de las manos y se echa

hacia atrás, como si sintiese la violencia recorriéndome el cuerpo. Mientras lo hace, se muerde con nerviosismo el labio inferior y me imagino haciéndoselo yo, desgarrando la carne blanda y rosada con los dientes mientras reclamo esa boca suave, saboreándola, consumiéndola hasta que satisfaga la lujuria que me quema por dentro.

—¿Tú no vas a comer? —pregunta con recelo, poniendo el plato en la cómoda, y yo niego con la cabeza, mientras sigo con los ojos cada movimiento que hace. Es probable que la esté asustando con la intensidad de mi mirada, pero no puedo evitarlo. Me siento como un depredador al límite, el hambre dentro de mí es tan salvaje y oscura que apenas se parece a algo tan básico como el deseo sexual. Es más una necesidad compulsiva de poseerla, de someterla a mi voluntad y hacerla mía por completo para que nunca busque nada que la ayude a escaparse.

—Ya he comido —le respondo y, aunque lo digo de forma brusca, no refleja ni una milésima lo que estoy sintiendo. De forma racional, sé que Ilya tiene razón, que debo darle tiempo para que se adapte y acepte su nueva vida conmigo, pero mi interior demanda que le haga admitir que me necesita... que, a pesar de todo, me ama también.

Dejo el pensamiento a un lado, pero no antes de que me llene de un agonizante deseo. Porque es a lo que se reduce todo, lo que más quiero de ella. Por encima de la frustración de la lujuria reprimida, por encima del escozor de su rechazo, está ese deseo agudo e irracional que me parte por dentro y empuja al monstruo que llevo dentro.

Deseo que Sara me quiera y no sé cómo hacer que eso ocurra.

—De acuerdo. Mm, gracias. —Aparta la mirada y la fija sobre el plato antes de depositarla otra vez sobre mí—. Lo llevaré abajo cuando termine, ¿vale?

Esa es mi señal para irme, pero que la jodan. Está molesta conmigo después de lo que pasó en la bañera y, de pronto, estoy feliz por eso. La parte sádica de mí quiere que se retuerza, que piense que al final voy a cruzar esa línea y reclamarla por sus objeciones fingidas.

—Está bien. —Mi tono es exageradamente agradable mientras camino hasta la cama en el centro de la habitación y me siento en el borde, cruzando las piernas a la altura de los tobillos—. Puedo esperar.

Sara parpadea y parece ganar confianza en sí misma.

—¿En serio? ¿Vas a quedarte ahí? ¿No tienes nada mejor que hacer, como torturar a algún inocente?

—Eso lo haré en el horario de tarde. —Le dedico una sonrisa cortante—. De momento, solo a ti.

Se le tensa la cara, pero alcanza el plato y coge el sándwich. Tras morderlo, mastica y traga muy rápido. Entonces, parte otro trozo grande con los dientes blancos y perfectos.

—No te ahogues —le aviso cuando acelera el ritmo en el tercer mordisco—. No hay ningún médico cerca,

¿sabes? Bueno, excepto tú, pero no servirías de mucho si eres la que se está poniendo morada.

Sara frunce el ceño, pero no para. Se termina el sándwich con el mismo ritmo furioso. Después, coge el plato vacío y lo empuja hacia mí.

—Toma. Ya he terminado.

—Bien, ahora tráelo aquí. —Acaricio la cama a mi lado.

Aprieta la mandíbula; entonces, una sonrisa dulce e inesperada le curva los labios.

—Ah, ¿quieres el plato allí?

Medio segundo después de que se le refleje en los ojos lo que está a punto de intentar, echa la mano hacia atrás y yo esquivo el plato antes de que se estrelle contra la pared, justo detrás de mí, y se rompa en mil pedazos. Trozos de cerámica llueven sobre la cama, a mi alrededor, mezclados con migas de pan.

Como si se diese cuenta de lo que ha hecho, Sara avanza poco a poco hacia la izquierda, hacia la puerta, con los ojos clavados en mí con la misma expresión que tenía cuando me abofeteó. Le perdoné entonces, porque sabía que estaba conmocionada y desbordada, pero no voy a permitírselo más.

Si Sara quiere que sea el villano, estaré encantado de forzarla.

—Vas a limpiar todo esto —digo con la voz gélida como el hielo al ponerme en pie y quitarme de los hombros los fragmentos del plato—. Esta habitación va a quedar totalmente limpia otra vez, ¿entiendes?

Se me queda mirando, con el desafío y la autodefensa luchando en los ojos. El sentido común le dice que ceda y haga lo que le digo, pero no quiere abandonar con tanta facilidad. De hecho, levanta la barbilla.

—¿O qué? ¿Vas a torturarme? ¿Amenazarme con un cuchillo? ¿Raptarme? Ay, espera, que eso ya lo has hecho.

A pesar de la fanfarronería de sus palabras, le tiemblan las manos al metérselas en los bolsillos delanteros de la sudadera. Si fuera mejor persona, daría un paso atrás y le dejaría disfrutar de esta pequeña victoria. Pero no es la única cabreada hoy; la rabia que tengo dentro es como una bestia, oscura y potente, potenciada por el rechazo y el conocimiento de que puede que nunca tenga de ella lo que quiero en realidad.

Si no puedo tener su amor, me quedaré con el odio.

—Oh, *ptichka*… —Me acerco a ella, deleitándome con el destello de miedo en los ojos al moverse de manera instintiva hacia la puerta. Antes de que pueda dar un paso más, me detengo delante de ella, cortando su retirada. Levanto una mano, le quito el pelo de la cara y me acerco, inhalando su dulce aroma al inclinar la cabeza para murmurarle al oído:

—¿Aún no has aprendido que no debes jugar así conmigo?

La oigo tragar saliva y, cuando alzo la cabeza para mirarla, veo que su pecho está hinchándose y deshinchándose a un ritmo frenético. Mi Sara tiene miedo y una buena razón para tenerlo.

Incluso ni yo mismo sé lo lejos que voy a llegar hoy.

Abre los labios, como si fuese a refutarme, y acerco la cabeza otra vez, poseyendo esa boca suave y temblorosa con todo el deseo violento que me provoca. Le deslizo las manos por el pelo para incorporarle la cabeza e inhalo su aliento rebelde cuando alza las manos y me enrosca los dedos finos sobre las muñecas en un esfuerzo vano por separarlas.

Como es habitual, está deliciosa, el interior de esa boca es como la seda caliente y mojada. Curva el cuerpo esbelto contra el mío al presionarla contra la cómoda, mientras le restriego la erección contra el estómago plano y empuja los senos suaves contra mí. Los pezones, tensos, son como pequeños picos. Puedo oír como se le acelera la respiración y sé que si metiese la mano en los pantalones, podría sentir lo húmeda que está, deseándome.

Su cuerpo, al menos, se siente atraído por mí.

Necesito toda mi fuerza de voluntad para apartar la cabeza, dar un paso atrás y alejarme de ella en vez de devorarla. Pero lo hago porque tenemos que arreglar esto de una vez por todas.

—¿Quieres saber qué más puedo hacerte, *ptichka*? —Suelto las palabras con voz ronca, llenas de la lujuria y la rabia que me queman por dentro—. ¿Quieres saber qué pasará si me presionas demasiado?

Los ojos de Sara están abiertos y el pecho se le mueve de arriba abajo mientras intenta coger aire. Me acerco otra vez a ella antes de enmarcarle el rostro entre las manos para mirarla.

—¿Quieres que te explique la realidad de la situación? —continúo.

Traga otra vez y siento el temblor en esas manos mientras me agarra los antebrazos.

—Sí…Sí —dice casi con un susurro, aunque aún con un atisbo desafiante en la mirada color avellana—. Sí, quiero.

Curvo los labios e incluso yo puedo sentir la oscuridad de esa sonrisa.

—Ay, *ptichka*, ¿por dónde empiezo?

## 10

Sara

CAZADA. ATRAPADA.

Siento cómo las fuerzas me van fallando y las ganas de luchar disminuyen, incluso mientras sostengo la mirada de Peter y resisto el impulso de apartar la mía de esas hipnóticas profundidades plateadas. Nunca me he sentido tan prisionera como en este momento, nunca he sido tan consciente de mi vulnerabilidad. No me está haciendo daño, solo me acuna la cara con exquisita delicadeza, pero esos ojos metalizados cuentan una historia muy diferente.

Estoy a merced de mi torturador y no lo va a desperdiciar en absoluto.

—Empecemos con lo básico —murmura y cierro los ojos mientras baja la cabeza para pasarme los labios por la frente antes de levantarla para mirarme de nuevo. En circunstancias normales, ese beso tan tierno me desarmaría por completo, pero los nervios vibran en mi interior como un diapasón mientras baja las manos hasta mis hombros y dice con suavidad—: Tu anterior vida se ha esfumado, Sara. Te dejé vivirla todo el tiempo que pude, pero ya terminó. Tienes que aceptarlo. Y la transición te puede resultar fácil... o difícil. Tú decides.

El pulso se me acelera de forma violenta.

—¿Qué quieres decir?

—La llamada telefónica de esta noche con tus padres, por ejemplo. —Siento la suavidad de esas manos sobre los hombros, a pesar del brillo tenebroso en los ojos—. No tendría que pasar, ¿sabes? Tampoco deberías tener contacto con cualquier otra persona de tu antigua vida. Podrías simplemente desaparecer, un corte limpio. Eso sería lo mejor para ti. Te adaptarías mucho más rápido si no tuvieras recuerdos constantes de lo que perdiste y...

—No. —La palabra me sale disparada de la boca cuando el estómago se me revuelve por el pánico, el sándwich que acabo de comer amenaza con volver a subir mientras le agarro implorante la camisa—. Por favor, Peter, no hagas eso. Tengo que hablar con mis padres. Tengo que tranquilizarlos. Son demasiado mayores para preocuparlos de esa forma. El corazón de mi padre no lo soportaría, ya lo sabes.

Inclina la cabeza hacia un lado.

—¿Lo sé? Te dejé hablar con ellos en el avión y tal

vez ese fue el error. Insistes en que te secuestré, te retuve en contra de tu voluntad. Si ese es el caso, si solo eres mi rehén y nada más, ¿por qué debería correr el riesgo de permitirte contactar con alguien? Si solo eres mi prisionera, ¿por qué me tomaría la molestia y el gasto de tranquilizar a tu familia? Lo miro con una respiración superficial mientras dejo caer las manos sin fuerzas hacia los costados. Entiendo lo que quiere ahora, lo que siempre quiso de mí y sé que no tengo más remedio que cumplir, una vez más.

—Dijiste... —La voz se me quiebra cuando lágrimas ácidas me queman los ojos—. Dijiste que soy tu mujer, que me amas. Así que no soy solo tu rehén, ¿verdad?

La expresión de Peter no cambia.

—No lo sé, Sara. Eso depende de ti. —Me suelta los hombros y retrocede—. Dejaré que lo pienses mientras limpias. La aspiradora y los productos de limpieza están en la despensa de abajo.

Y, dándose la vuelta, sale de la habitación.

La habitación de invitados está impecable cuando termino, he hecho la cama a la perfección, sin migas pequeñas ni cerámica rota. Los quehaceres domésticos no son algo que disfrute, en parte porque me llevan una eternidad debido a lo perfeccionista que soy, pero el resultado final suele ser bueno.

En otra vida hubiera sido un ama de casa decente.

Cuando estoy satisfecha con la limpieza de la

habitación, llevo la aspiradora abajo y busco a Peter. Es extraño, pero me siento un poco más tranquila después de su ultimátum. Hemos vuelto al punto donde estábamos cuando su amenaza de secuestrarme se cernía sobre mi cabeza, solo que ahora todo es más simple.

No importa lo que diga Peter, soy su prisionera y solo tengo una opción.

Juega y dale lo que quiere hasta que puedas escapar.

Encuentro a mi captor fuera, entrenando con Ilya en un pequeño claro cerca de la casa.

A pesar del clima frío, ambos están sin camisa, con los torsos anchos y musculosos brillantes por el sudor, mientras dan vueltas alrededor del claro y de vez en cuando se golpean entre sí de forma rápida y fuerte. Sus movimientos me recuerdan a las artes marciales, aunque no puedo identificar ningún estilo en concreto. Sin embargo, sea lo que sea, es salvaje y hermoso y me detengo, hipnotizada, mientras Peter se agacha bajo el puño de Ilya y lanza un furioso contraataque, moviéndose tan rápido que apenas lo puedo seguir con la mirada.

Deben haber estado calentando antes porque lo que le sigue es un huracán de acción desmedida. Estoy bastante segura de que Peter consigue alcanzar el pecho de Ilya con una patada fuerte y le veo bloquear con el antebrazo un puñetazo que hubiera derribado a un oso. Aparte de eso, la lucha avanza a un ritmo tan furioso que no puedo diferenciar cada movimiento individual y mucho menos descubrir quién está ganando o perdiendo. Todo lo que vislumbro son dos machos poderosos torciendo y retorciendo los músculos a medida que la violencia caldea el aire a su alrededor.

Después de aproximadamente un minuto, se detienen y se separan, jadeando mientras dan vueltas uno en torno al otro, y veo sangre goteando del pómulo de Ilya. Peter no parece estar sangrando, así que supongo que eso lo convierte en el ganador de este combate de locos. No me sorprende. A pesar de que Ilya parece un tanque, carece de la gracia letal de Peter, algo que hace que mi captor sea tan mortal. No tengo ninguna duda de que el ruso rapado puede matar también a cualquiera, es probable que lo hiciera solo con un golpe bien dado de ese puño enorme, pero Peter parece más peligroso aún, más despiadado.

En una pelea a muerte, apostaría por Peter sin dudarlo dos veces.

Debo decir algo para alertar a los hombres de mi presencia, pero antes de que pueda hacerlo, Peter mira en mi dirección y se detiene en seco.

—¿Sara?

—Eh, sí. —Tomo aire para calmar los latidos acelerados—. Perdón por interrumpir, pero me preguntaba si podrías poner los vídeos de mis padres en la televisión cuando termines, sin prisa.

Estoy siendo más cordial para compensar el arrebato de antes. La verdad es que me muero por ver esos vídeos y asegurarme de que mis padres están bien, pero no ganaré nada con exigencias. Si hay algo que he aprendido en esa habitación de invitados, es que Peter Sokolov todavía tiene todo el poder en esta puta relación. Incluso cuando creo que no me queda nada que perder, mi torturador encuentra una nueva debilidad, una forma de manipularme sin lastimarme, al menos físicamente.

En el aspecto emocional, me ha destruido ya diez veces.

—Está bien —dice Ilya y me muestra una sonrisa amplia con sangre entre los dientes—. Creo que, de todos modos, hemos terminado por hoy.

Peter ni siquiera lo mira; está centrado por completo en mí.

—¿Has limpiado la habitación? —pregunta, echándose hacia atrás el cabello humedecido por el sudor. Exhibe los músculos al bajar el brazo y me sorprendo observando una gota de sudor que le recorre el abdomen plano y marcado.

«Basta, Sara. No te comas con los ojos a tu secuestrador».

Con esfuerzo, dirijo la mirada a la cara de Peter.

—Ya he terminado. —Mantengo la voz tranquila a pesar de la clara provocación en sus palabras—. Puedes comprobarlo si quieres.

Me mira por un segundo y, luego, asiente.

—De acuerdo. Vámonos.

Viene hacia mí y me sonrojo cuando Ilya sonríe por la forma posesiva en que Peter me agarra del brazo. Es irracional, pero siento que lo que Peter y yo compartimos es privado, como algún tipo de secreto entre los dos. Está claro que los hombres de Peter son plenamente conscientes de la naturaleza retorcida de mi relación con su jefe, después de todo, lo ayudaron a acosarme y secuestrarme, pero una parte de mí todavía se encoge ante el pensamiento de que me estén viendo así. Tal vez sea por la aversión que tengo a demostrar sentimientos en público, pero preferiría que pensaran que soy la novia de Peter por voluntad propia.

Ignorando a su compañero de entrenamiento, Peter me lleva hacia la casa, sujetándome aún por el brazo. Todavía está enfadado conmigo, puedo notarlo, y me siento aliviada de que por lo menos esté cumpliendo su promesa sobre los vídeos.

Con un poco de suerte, cuando el resto de sus hombres regresen de comprar los suministros, se calmará lo suficiente como para dejarme hablar con mis padres.

Cuando llegamos a la sala de estar, me suelta el brazo y se dirige directamente hacia el ordenador portátil. Dos minutos después, los vídeos están en la gran pantalla de televisión frente a mí.

—Disfruta —dice con sequedad y desaparece por las escaleras.

Cuando regresa, estoy en mitad de la grabación. Es justo lo que Peter me dijo: en general, son los agentes del FBI los que interrogan a mis padres y evitan responder a sus preguntas. Tanto mi madre como mi padre están estresados y molestos, pero ninguno de ellos parece físicamente enfermo, al menos en el vídeo.

—Dígame otra vez cómo les explicó Sara la suspensión de la venta de la casa —le dice el agente Ryson a mi madre mientras Peter se sienta en el sofá junto a mí, con unos vaqueros nuevos y una camisa de manga larga. Debe haberse duchado después del brutal entrenamiento porque percibo un toque a jabón cuando se sienta en el sofá y me coge la mano, entrelazándome los dedos con los suyos.

Necesito toda la fuerza del mundo para no reaccionar ante esa muestra pequeña de intimidad y mantenerme centrada en el vídeo. Sobre todo, porque ni siquiera sé cómo reaccionar. ¿Debería alegrarme de que parezca haberme perdonado por el enfado de la habitación de invitados? ¿O debería estar molesta porque ese gesto, tan simple como es, hace que me duela el pecho con la misma sensación cálida que me llevó a esta situación?

—Entonces, ¿nunca le dijo que la venta se llevó a cabo en realidad? —Ryson presiona después de que mi madre relate nuestra conversación casi palabra por palabra mientras comíamos sushi—. ¿Nunca les explicó cómo fue posible que se quedara en su casa después de que una corporación fantasma de Sudáfrica comprara la casa a los compradores originales por el doble del precio de mercado?

Mis padres lanzan negaciones frenéticas mezcladas con preguntas y posibles explicaciones y observo con una sensación de malestar en el estómago que la cara de mi padre se vuelve púrpura antes de que mi madre le obligue a tomar asiento y calmarse.

—Va a ponerse bien —dice Peter, con voz profunda y tranquilizadora, y me doy cuenta de que estoy apretándole la mano con tanta fuerza que se me entumecen los dedos. Debo estar haciéndole daño también, pero no aparta la mano. La expresión severa que ha estado mostrando toda la tarde se ha ido y esos ojos grises me miran con luz cálida mientras dice en voz baja—: He visto el resto del vídeo y te prometo que están bien.

Asiento, patéticamente agradecida por el consuelo, y centro la atención de nuevo en la pantalla, donde los agentes han vuelto al tema de mi llamada telefónica, preguntándole a mi madre por las palabras exactas que usé para hablar del viaje. Está claro que sospechan que he estado mintiéndole al FBI todo el tiempo, aunque no tengo ni idea de si creen que solo me ha lavado el cerebro o si piensan que soy cómplice de Peter desde el principio.

—¿Es muy malo? —pregunto, volviéndome hacia mi captor cuando el vídeo termina con mi padre consolando a mamá mientras llora en la cocina después de que los agentes del FBI se vayan. Siento agujas ardientes clavándoseme en el corazón, aunque, como dijo Peter, mis padres están bien, más o menos.

No finge que ha entendido mal la pregunta.

—No... No es bueno. Ahora que saben dónde buscar, han descubierto más evidencias de nuestra relación, comenzando por nuestra reunión en el club nocturno. Y, por supuesto, está el hecho de que hayas estado viviendo en una casa de mi propiedad y que no ayudaras al FBI cuando te dijeron que me habían visto. Entre eso y la llamada telefónica a tus padres, tienen evidencias bastante sólidas para pensar que estamos colaborando. También hay... —se detiene.

—¿También hay qué? —Alejo la mano para apretarla con fuerza sobre el regazo—. Dime.

Peter suspira.

—Revisaron tu archivador y encontraron los papeles de divorcio firmados por ti, pero no por tu marido, que datan del día anterior a su accidente.

—¿Qué? —Parpadeo, notando una pizca de temor arrastrándose por la columna vertebral—. ¿Qué tiene que ver eso con todo esto?

Peter me pone una mano reconfortante en la rodilla.

—No es la teoría principal con la que están trabajando —dice con suavidad—, pero están considerando la posibilidad de que hayas estado involucrada en la muerte de tu marido, que nuestra relación haya sido anterior a nuestro encuentro inicial en tu cocina.

—¿Qué? ¡Eso es ridículo! —Me pongo en pie de un salto y la garganta se me tensa por la sorpresa—. No pueden creer eso. Saben que me torturaste y me drogaste y que me amenazaste con un cuchillo. Lo saben; han visto las secuelas. ¿O creen que me inventé lo de las drogas en mi cuerpo y el corte del cuchillo en el cuello? ¿Y los moretones que me cubrieron la espalda durante semanas? ¿Cómo pueden...?

—Es solo una posibilidad que están considerando, *ptichka*. —Peter se levanta y me sujeta las manos heladas entre las suyas, grandes y cálidas. Percibo algo parecido al remordimiento en ese rostro duro y atractivo. ¿Por lo que me hizo en nuestro primer encuentro, tal vez? Momentos después, sin embargo, sus rasgos se suavizan y dice—: No te preocupes por eso. Con una investigación más profunda, se darán cuenta de la verdad. Su trabajo es sopesar todas las posibilidades, sin importar lo improbables que sean y que estuvieras a punto de divorciarte de tu marido muerto es algo a lo que tienen que aferrarse. ¿No has visto ninguna serie de policías? El cónyuge siempre es el principal sospechoso, sobre todo si hay razones para creer que había desavenencias matrimoniales.

—¿Desavenencias matrimoniales? —Una risa histérica se me escapa de la garganta—. ¿Estás de broma? Este no es un puto asesinato sin resolver. —Aparto las manos de las de Peter y retrocedo, con el corazón agitado—. Mataste a George. Irrumpiste en mi casa, me torturaste y me drogaste para obtener su ubicación y, luego, le volaste los sesos, bueno, los que le quedaban después del accidente. ¿O creen que causé ese accidente y, luego, te contraté para que terminaras el trabajo? —Aumento el volumen de la voz una octava —. Quiero decir, ese accidente fue culpa mía en cierto modo y tú matas a gente por contrato, así que tal vez tengan razón, tal vez hemos formado parte de un complot todo el tiempo y...

—Basta, Sara. —Peter se me acerca y me agarra la muñeca, empujándome contra él. Cuando me encierra entre esos poderosos brazos al atraerme contra el pecho, me doy cuenta de que tengo tanto frío que tiemblo de la cabeza a los pies. La rabia y la conmoción me golpean como las olas de un huracán y cierro los ojos para contener el pozo de lágrimas en el que se han convertido cuando Peter me murmura contra el pelo—: Todo va a ir bien, *ptichka*. Todo esto terminará. Los agentes no son tontos; pronto descubrirán la verdad. Solo les tienes que dar tiempo.

—¿Qué verdad? —Meto las manos entre nuestros cuerpos y le empujo el pecho, abriendo los ojos para encontrarme con su mirada. Siento que me estoy desmoronando por dentro, la rabia y la conmoción se transforman en una amarga desesperación—. ¿La verdad sobre que me acosté con el asesino de mi esposo durante semanas y, luego, me secuestró tras advertirle de que vendría el FBI? ¿O la de que les mentí a mis padres para que pensaran que estaba enamorada de ese asesino?

La cara de Peter se oscurece.

—Sí, esa verdad, Sara. Donde eres la víctima. Eso es lo que quieres, ¿no? —Al soltarme, retrocede y mi cuerpo llora la pérdida del calor y la comodidad que me proporcionaba su abrazo letal.

Con esfuerzo, me recompongo. No podemos volver

a caer en esta discusión, no cuando aún debo convencerlo de que me deje llamar a mis padres.

—No —contesto, negando con la cabeza—. No me refería a eso. De hecho... —Me detengo antes de obligarme a decirlo—. Tenías razón. Antes, cuando dijiste que me estaba mintiendo, tenías razón. Sabía lo que estaba haciendo cuando te advertí y no fue solo porque no quisiera verte muerto.

Flexiona la mandíbula y contrae los dedos, como si estuviera a punto de pegarme.

—¿Qué estás diciendo, Sara?

—Estoy diciendo... —Respiro y me abrazo a mí misma al sentir que estoy a punto de desmoronarme. Aunque estoy haciendo esto para manipularlo, todo lo que digo es verdad y desenterrarlo me está desgarrando por dentro—. Estoy diciendo que los agentes no están totalmente equivocados sobre a quién echarle la culpa.

Peter entorna los ojos.

—¿De qué estás hablando? No tuviste nada que ver con la muerte de ese cabrón.

—No, pero he estado acostándome contigo, con su asesino. —Me tiembla la voz mientras las lágrimas hacen que me piquen los ojos de nuevo—. Y no le dije nada sobre ti al FBI. No pedí su protección, incluso cuando tuve la oportunidad. Así que aquí estamos, en esta situación tan jodida y todo por culpa mía. Supongo que, de algún modo, quería esto, ¿verdad? ¿Perder mi libertad y estar contigo sin importar el precio? Podía elegir y tomé la decisión equivocada, todas las decisiones equivocadas. Por eso estoy aquí, en lugar de estar bajo la protección del FBI. Por eso estoy contigo, en vez de llevar una vida normal.

Mientras hablo, el color metalizado de la dura mirada de Peter se oscurece y, después, extiende la mano hacia mí. Me rodea la espalda con el brazo mientras me desliza la otra mano por el pelo, arqueándome contra él.

—Oh, *ptichka* —murmura con voz ronca y mi interior se estremece por el deseo salvaje que se le refleja en el rostro—. No puedes estar más equivocada. ¿Crees que tenías otra opción? ¿Crees que había alguna puta posibilidad de que te dejara ir?

Algo indescriptible me comprime la garganta y las lágrimas en los ojos amenazan con derramarse cuando levanto las manos para agarrar los costados de Peter.

—¿No lo habrías hecho?

—No. —Tiene un brillo oscuro en los ojos mientras me enreda el pelo con los dedos—. Hubiera ido a por ti. No hay lugar en la Tierra donde hubieran podido esconderte. Eres mía, Sara, y seguirás siendo mía sin importar lo que cueste. No importa lo que tenga que hacer para mantenerte junto a mí. —Inclina la cabeza y siento el calor de su aliento en los labios mientras susurra—: No importa a quién tenga que matar para recuperarte.

Me estremezco y se me cierran los párpados cuando me roza los labios con los suyos. Lo que dice es horrible, una locura, pero el cuerpo me duele por su cercanía, el sexo se me llena de calor líquido mientras me presiona la polla dura contra el estómago. Es como si una parte perversa de mí quisiera eso de él, como si se deleitara con la intensidad de su obsesión.

Al igual que, en cierto modo, me sentí aliviada cuando me pinchó el cuello con la aguja.

Peter profundiza el beso, me invade la boca con la lengua y yo se lo permito. Se lo permito porque el fuego que arde dentro de mí es demasiado fuerte como para luchar contra él. Me digo a mí misma que cederé porque tengo que hacerlo, porque la llamada telefónica de mis padres está en juego, pero, en el fondo, sé la verdad.

Estoy cediendo porque quiero hacerlo.

Porque, de alguna manera, mi enfermedad ha llegado tan lejos como la suya.

PETER ME LLEVA ESCALERAS ARRIBA Y ESCONDO EL rostro contra su hombro cuando Ilya entra en la cocina. No quiero saber qué piensa el compañero de Peter sobre esta locura, no quiero pensar nada en absoluto. He desnudado mi alma ante mi captor porque quería que me perdonara, pero ahora que lo he hecho, me siento en carne viva y rota, una mezcla desastrosa de vergüenza y necesidad, rabia y deseo. Me odio por lo que siento y, al mismo tiempo, no puedo evitar aferrarme a él, desearlo tanto como él me desea a mí.

Cuando llegamos a la habitación, me deja sobre la cama y comienza a desvestirse. Lo miro a través de los párpados entrecerrados. Me siento extraña y fuera de mí, como si todavía estuviera drogada, pero sé que es solo la necesidad que despierta en mi interior, el deseo oscuro y potente que evoca en mi cuerpo. Mi anhelo por él lo consume todo, robándome toda razón y sentido común. Quiero que me abrace y me toque, que me haga suya y me posea. Quiero su oscuridad y su amor retorcido y, sobre todo, lo quiero a él.

Quiero todo de él, sin importar cuánto me aterrorice.

«Te está obligando a hacer esto», me susurra una pequeña voz cuerda, recordándome que estoy haciendo esto para que Peter no me impida contactar con mis padres, que me he abierto a él por esa misma razón. Mi torturador es demasiado perceptivo; hubiera sabido que le estaba mintiendo o que estaba fingiendo tener sentimientos que no tengo. La verdad, aun conociendo toda su complejidad patológica, fue mi mejor apuesta, solo que ahora no puedo cerrar la llave, no puedo tapar su fealdad con el velo opaco de la negación.

Es cierto que no tengo otra opción, pero estaría mintiendo si dijera que no me gusta.

La camisa de Peter cae primero y observo con la respiración contenida cómo los músculos del abdomen se flexionan cuando alcanza la cremallera de los vaqueros. Tiene el cuerpo de un guerrero, esbelto y duro, con músculos y tatuajes poderosos y de gran tamaño que le cubren el brazo izquierdo desde el hombro hasta la muñeca. Al igual que la pequeña cicatriz que le corta la ceja izquierda, la mayoría de las cicatrices en el torso son casi imperceptibles, pero la que está sobre el estómago sigue fresca, donde le acuchillaron hace unas semanas durante la misión en México. Esas cicatrices son un recordatorio de lo que hace, de lo que es, y mi corazón se contrae cuando reflexiono de nuevo sobre el hecho de que me esté acostando con un asesino.

El asesino de mi marido.

«Te está chantajeando con esto, Sara».

Es la verdad y, de alguna manera, se hace más llevadera cuando se quita los vaqueros y viene hacia mí desnudo mientras la larga y gruesa polla que posee se le curva hacia el ombligo. Estoy jodida, pero no quiero pensar en otra opción, no cuando el deseo que me quema es una traición hacia todo lo que aprecio. De esta manera, puedo decirme a mí misma que lo estoy haciendo por una razón... que no estoy completamente perdida.

—Eres hermosa, joder —susurra con brusquedad, inclinándose sobre mí, y cierro los ojos, incapaz de soportar la intensidad de esa mirada metálica mientras me desnuda. La sensación de las manos fuertes, pero a la vez suaves, hace que mi cuerpo palpite de necesidad, incluso aunque me duela el corazón por todo lo que perdí, por todo lo que esas manos crueles me han quitado. Las lágrimas que he estado conteniendo se me escapan y me caen por las sienes. Me estremezco cuando las besa y siento esos labios suaves y cálidos sobre la piel húmeda.

Después, me besa los labios, luego en ese punto delicado detrás de la oreja y en la curva sensible de la garganta. No me doy cuenta de que ya estoy desnuda hasta que detiene la boca en mis pechos, que me ha quitado la ropa mientras luchaba contra pensamientos confusos. Cierra los labios sobre uno de los pezones, lo succiona de manera cálida y húmeda, lo que hace que me arquee sobre la cama. Me encuentro con las manos enterradas en su pelo suave y grueso mientras balanceo las caderas contra él, buscando alivio para la tensión que crece dentro de mí.

«Detente. Por favor, para».

El grito desesperado me retumba en la mente, pero no lo exteriorizo. No puedo. No para que él no lo escuche, sino porque yo no podría soportarlo si lo hiciera. Tal vez si no me hubiera rendido antes, sería más fácil. Si no supiera lo que siento cuando entra en mí, podría encontrar la fuerza de voluntad para resistirme. Pero sí lo sé y mi cuerpo lucha contra la mente, minando los esfuerzos por controlar mi respuesta, por contenerme incluso mientras le doy todo.

—Sí, venga. —Suspira sobre el pezón mientras me separa los pliegues con los dedos y encuentra el sexo resbaladizo e hinchado, tan excitado que apenas puedo soportarlo—. Déjame poseerte, *ptichka*. Déjame darte lo que necesitas. —Me rodea el clítoris con el rugoso pulgar mientras introduce el anular en mi interior. Gimo cuando los músculos internos se me tensan alrededor del dedo. Mi cuerpo quiere más.

Peter me presiona, metiendo un segundo dedo, y el gemido se convierte en un grito jadeante mientras continúa chupándome el pezón, la doble estimulación hace que se me curve la columna y el corazón me galope en el pecho. Estoy cerca del orgasmo, puedo sentirlo, y cuando la tensión llega por fin a su punto álgido, me corro tan fuerte que dejo de respirar por unos segundos en los que se me nubla la visión. Me estremezco por el alivio, la explosión de placer se extiende hasta los dedos de los pies cuando los de la mano de Peter entran y salen de mí, preparándome para lo que vendrá.

Aun siento la agonía de las secuelas del orgasmo cuando se mueve hacia arriba y me separa las piernas con las rodillas mientras entrelaza los dedos con los míos, apretándome las manos junto a los hombros.

—Mírame —ordena con voz ronca y yo, aturdida, obedezco, abriendo los ojos para encontrarme con su mirada ardiente. Me presiona con el peso del cuerpo, el aroma masculino que desprende me llena las fosas nasales y me roza el muslo con la polla, dura y muy gruesa. Con las manos apretadas contra la cama, estoy indefensa, completamente a su merced, y hay algo emocionante y perverso en todo esto, algo tan oscuro como la necesidad que me hierve en el centro del sexo —. Dime que no quieres esto. —Su tono es áspero y su expresión casi violenta—. Miénteme y me detendré.

El pecho se me agita de forma convulsa mientras le sostengo la mirada. Siento los pulmones esforzándose al máximo. No sé por qué dice esto, pero sé lo que quiero y no tiene nada que ver con poder llamar a mis padres.

—No te detengas. Por favor, no pares.

No sé si digo las palabras en voz alta o si solo las pronuncio en mi interior, pero las fosas nasales de Peter se ensanchan y el rostro increíblemente hermoso se retuerce con un deseo feroz. Se le tensan los dedos entre los míos, casi aplastándolos con fuerza, y se me cierran los ojos cuando inclina la cabeza, reclamando mis labios en un beso posesivo. Al mismo tiempo, empuja la cabeza ancha de la polla contra el rincón húmedo que tengo entre las piernas, deslizándose entre los pliegues hasta que encuentra la entrada mojada y dolorida de la cueva.

Me penetra con profundidad y esa polla me transporta hasta el límite entre el dolor y el placer. De la boca, me sale un jadeo que atrapa con la suya mientras empuja la lengua contra la mía, llenándome, devorándome, envolviéndome con su aroma, su sabor y su tacto. Me posee con dureza, con un hambre apenas controlada, y mientras marca un ritmo fuerte, la tensión dentro de mí aumenta de nuevo, elevándose hacia un nuevo pico. Es demasiado, demasiado abrumador, y envuelvo las piernas alrededor de las caderas de Peter, necesitando recuperar un poco de control, pero ya no me queda nada.

Solo queda él y la violenta necesidad de consumirnos.

No sé quién se corre primero o si lo hacemos juntos. Todo lo que sé es que cuando el orgasmo se apodera de mí, está gimiendo mi nombre y choca la pelvis con la mía mientras la polla se sacude en mi interior. El placer parece continuar durante una eternidad, chisporroteando a través de mis terminaciones nerviosas y, cuando acaba, sale de mí y me abraza mientras me rompo y lloro, temblando por la intensidad de todo eso... y por la culpa que me desgarra.

Una vez más, me he rendido ante el hombre que ha destruido mi vida.

Solo más tarde, cuando las lágrimas se detienen y Peter me acaricia la espalda, me viene un pensamiento que me congela la sangre en las venas.

Por segunda vez, no hemos usado condón.

P*eter*

SÉ EL MOMENTO EXACTO EN QUE SARA SE DA CUENTA DE que no hemos usado condón. El cuerpo entero se le pone rígido y levanta la cabeza con los ojos muy abiertos y expresión de horror antes de encontrarse con mi mirada.

—No hemos...

—Lo sé.

Es la segunda vez, la primera fue la noche que la capturé, y, aunque en ningún momento he obviado la protección a propósito, no puedo decir que lo sienta. La idea de que un hijo mío crezca dentro de Sara no me asusta ni me repele; de hecho, me llena el pecho de una luz suave y cálida, de una luz que he conocido una sola vez en el pasado.

Con Pasha, mi hijo.

Un dolor familiar me atraviesa el pecho, el dolor de la pérdida, tan agudo como siempre. La imagen del cuerpo de Pasha, el puño pequeño agarrando el coche de juguete, está grabada en mi mente con la brutal precisión de la espada de un asesino. Durante años, fue lo primero en lo que pensaba cada mañana y lo último al acostarme. Era la pesadilla que me despertaba por la noche y el fantasma que me atormentaba durante el día. Vengarlo a él y a Tamila, mi esposa, asesinada en la misma masacre, fue la razón por la que vivía hasta que conocí a Sara, en la que encontré un nuevo propósito.

Ella.

Mi pequeño ruiseñor, que ahora lo es todo para mí.

Cuando admito que no he usado condón, Sara parece aún más horrorizada. Coge un pañuelo, se desliza sobre la cama y se limpia frenéticamente entre las piernas antes de cubrirse el pecho con la manta. Tiene los ojos color avellana enormes en comparación con el rostro pálido mientras dice con voz ahogada:

—¿Estás tratando de dejarme embarazada?

—No. —Me levanto antes de caer en la tentación de follarla de nuevo. Incluso con el cuerpo temblando por la relajación posterior al orgasmo, la idea de que Sara esté embarazada me está excitando de nuevo y tengo algunos correos electrónicos urgentes que responder antes de la cena—. Ha ocurrido y ya. No lo he hecho adrede. Pero, como te dije, no me importaría, aunque no es probable en estos días del mes, ¿no?

Sara asiente, pero no para de apretar la manta con fuerza.

—No es probable, pero tampoco imposible —dice en un tono un poco más tranquilo—. Hay muchas cosas que pueden alterar el ciclo de una mujer, por lo que no se puede asumir que sea seguro solo en función del calendario. Además, mi ciclo suele ser corto y dejé de tener la regla hace un par de días. —Respira y luego dice sin rodeos—: Necesito la píldora del día después. ¿Puedes conseguírmela?

La miro, sorprendido por la idea.

—Tal vez —respondo con lentitud—. ¿Qué tipo de píldora es y dónde la puedo encontrar?

Sé de lo que está hablando, por supuesto, pero finjo ignorancia para darme un momento para pensar. Aunque no tenía intención de que esto sucediera, ahora que ha ocurrido, mi interior se rebela ante la idea de reducir las probabilidades de embarazo de Sara.

Estoy jodido a un nuevo nivel, pero me estoy dando cuenta ahora mismo de que quiero un hijo suyo. Quiero atarla a mí de todas las maneras posibles, hacerla mía de tal manera que nunca pueda irse.

—Se venden varias marcas en Estados Unidos —contesta Sara—. Plan B, Next Choice, My Way, Ella... No sé qué hay disponible en Japón, pero estoy segura de que debe haber algo. Estas píldoras funcionan para detener la liberación del óvulo, evitar la fertilización o detener la implantación en el útero. Por lo tanto, no es una píldora abortiva; es solo anticoncepción de emergencia. Estoy segura de que si vas a alguna farmacia en Japón y explicas lo que necesitas, te lo darán.

Me está mirando con tanta desesperación que no puedo decir que no.

—Está bien —digo, haciendo todo lo posible para ocultar mi reticencia—. Déjame ver si puedo contactar con Anton antes de que vuelva. Quizás puedan comprarla de camino.

El semblante de Sara se ilumina.

—Sí, por favor. Cuanto antes me la tome, más efectiva será. Dentro de las primeras veinticuatro horas es mejor y, si la tomo esta noche, todavía estaremos dentro de las setenta y dos horas.

—Entendido —le digo y me dirijo al baño para lavarme—. Los llamaré tan pronto como baje las escaleras.

Mantengo mi promesa de llamar a Anton, postergándola solo la cantidad de tiempo suficiente para responder un correo electrónico urgente de nuestros piratas informáticos. Han localizado a un amigo de la familia Henderson que ha comprado hace poco unos billetes de avión a Croacia y me están pidiendo el pago para seguir adelante. Transfiero otros quinientos mil dólares a una cuenta acordada en las Islas Caimán y, luego, me pongo en contacto con Anton a través de nuestro teléfono vía satélite seguro.

Para mi alivio, están a solo unos minutos de nuestro refugio en la montaña.

—¿Qué necesitas? —pregunta Anton y apenas le entiendo debido al sonido del helicóptero de fondo—. El desfase horario me está jodiendo la existencia, pero, si es algo urgente, podemos dar la vuelta e ir a buscarlo.

—No, no pasa nada —le contesto, reprimiendo un brote desagradable de culpa—. De todos modos, las farmacias estarían cerradas cuando llegaras. —O al menos eso es lo que le diré a Sara y espero que no se le ocurra pensar que para nosotros algo tan simple como una puerta cerrada no es un obstáculo.

Podemos obtener cualquier cosa en cualquier momento, sin importarnos el bloqueo o la ilegalidad.

—Está bien. —Anton debe estar cansado, porque no reacciona a mi extraña afirmación—. Te veo en un rato.

Cuelga y subo para contarle a Sara las malas noticias.

Le conseguiré esa píldora, pero hoy no.

Con comprarla mañana será suficiente.

SARA SE TOMA BASTANTE BIEN LA NOTICIA, QUIZÁS porque se la comunico a la vez que le digo tenemos lo necesario para llamar de forma segura a sus padres. Mientras Ilya y Yan lo organizan, le indico a Sara lo que tiene que decir.

—No sueltes ni una palabra de dónde estamos ni cuántos somos —le comento mientras la conduzco escaleras abajo—. No digas nada sobre cuánto tardamos en llegar hasta aquí o cómo llegamos. Y si intentas hacer alusiones al sushi, a las montañas o a los helicópteros o tratas de filtrar cualquier otra pista, lo sabré y será la última vez que contactes con tu familia. ¿Entendido?

Sara empalidece, pero asiente.

—Entonces, ¿qué puedo decir?

—Que estás conmigo, los federales ya lo saben. Que estás feliz y enamorada, y que no deberían preocuparse. Algo breve. La idea es que no contestes a sus preguntas, pero que les asegures que estás sana y salva. Cuanto menos hables, mejor para todos.

—Vale. —Se detiene al pie de las escaleras, respira y se prepara—. Estoy lista.

LA LLAMADA ATRAVIESA DOS DOCENAS DE RELÉS, rebotando en satélites y torres de comunicación de todo el mundo antes de que aparezca como número oculto en el móvil de la madre de Sara. Sé a la perfección que todos los móviles vinculados a los padres de Sara están intervenidos por el FBI, pero no importa. No podrán rastrear la llamada de ningún modo. El mayor peligro es que Sara diga algo que no deba, pero, con suerte, será lo bastante inteligente para evitarlo.

No miento cuando amenazo a alguien.

Lorna Weisman, la madre de Sara, coge el teléfono con rapidez.

—¿Dígame? —El tono es tenso cuando su voz sale por el auricular.

—Hola, mamá —dice Sara. Está sentada en el sillón de al lado, con el teléfono en modo altavoz sobre el regazo de manera que yo pueda escuchar la conversación—. Soy yo, Sara.

—¡Sara! ¡Gracias a Dios! ¿Dónde estás? ¿Estás bien? ¿Qué ha pasado? Vino el FBI y...

—Estoy bien, mamá. —Sara habla con voz tranquila y relajada, pese a que sus ojos muestran un claro fulgor —. Por favor, no te preocupes. Estoy con Peter y todo va bien. Sé que las cosas pueden parecer lo que no son, pero estoy bien y todo va viento en popa. Te contaré más cosas cuando llegue a casa, pero, por ahora, solo quería llamarte porque me he imaginado que estarías preocupada.

—Sara, cariño, escúchame. —Lorna habla como si estuviese a punto de llorar—. El FBI ha afirmado que es un criminal, uno de los más buscados. Tienes que alejarte de él. ¿Dónde estás? Por favor, cariño, dímelo y enviamos a alguien para que vaya a por ti. No es un hombre bueno, Sara. Es peligroso. Te puede hacer daño. Tienes que...

—Mamá, no digas tonterías. —La voz de Sara suena cortante—. Estoy perfectamente y Peter me parece una persona maravillosa. Mira, no puedo hablar mucho tiempo, pero no hagas caso a lo que sea que te estén contando. Es un buen hombre y juntos somos felices. Me ama y yo... bueno, creo que también estoy enamorada de él.

Me mira y le hago un gesto de aprobación, pasando por alto la punzada irracional de dolor en el pecho. Actúa como le he dicho y no sirve de nada pensar que esto sea cierto, que de verdad esté enamorada de mí.

—Pero, Sara...

—Mamá, tengo que irme. Te llamaré pronto.

Mientras tanto, no te preocupes por mí y dile a papá que tampoco lo haga. —Le cuesta hablar, también está a punto de llorar—. Os quiero mucho a los dos y os llamaré pronto, ¿vale?

—Espera, Sara...

Cuelga. Le tiemblan los hombros y solloza mientras se pone en pie y corre escaleras arriba; me deja atrás con el teléfono.

Sara

NO SÉ CUÁNTO TIEMPO HE ESTADO LLORANDO ANTES DE que la cama se hunda a mi lado y Peter me coja entre los brazos para colocarme sobre el regazo como si fuese una niña desamparada. Me acaricia la espalda mientras lo abrazo alrededor del cuello y apoyo la cara húmeda en el hombro. Estoy a gusto: ese tacto, el calor... Lo necesito, aunque ahora mismo lo odie... aunque tenga en la mente el dolor tan reciente e insoportable que mostraba la voz de mi madre.

—Todo saldrá bien, *ptichka* —añade con dulzura cuando termino de sollozar—. Los estamos vigilando y lo están afrontando bien. Y ahora que has llamado, saben que tú lo estás también.

—¿Bien? Creen que me he vuelto loca al desaparecer de esta manera con un criminal buscado por la policía. —Me tiembla la voz y se me nubla la visión por las lágrimas cuando le empujo los hombros. Alzo la cabeza para encontrarme con su mirada—. Y mientras el FBI nos busca…

—Lo sé. —Me transmite calidez a través de esos ojos grises al tiempo que me limpia con cuidado las lágrimas de las mejillas—. No es lo idóneo, pero es lo mejor que podemos hacer por ahora.

—De acuerdo. —Por fin encuentro la fuerza para levantarme de su regazo. Me duelen los ojos de tanto llorar y tengo un dolor terrible de cabeza, pero estoy decidida a recuperar el control. No puedo seguir buscando consuelo en el hombre que me ha quitado todo, no puedo seguir llorando y aferrándome a mi secuestrador.

Soy más fuerte que eso.

Tengo que serlo.

—¿Tienes hambre? —pregunta Peter, levantándose también—. Voy a hacer la cena para los dos enseguida.

Me limpio todo rastro de lágrimas con el dorso de la mano y asiento.

—No estaría mal comer algo.

—Perfecto. —Muestra una sonrisa tan resplandeciente que es casi cegadora—. Te veo abajo en una hora.

～

Esperaba que los hombres de Peter nos acompañaran durante la cena, como hicieron en el desayuno, pero no aparecen. Cuando le pregunto a Peter, me explica que están entrenando fuera y que cenarán más tarde.

—¿Por qué no vas con ellos? —pregunto mientras cojo un trozo de salmón. Nuestra cena de hoy está inspirada en la gastronomía japonesa: pescado y arroz blanco, con verduras en escabeche como acompañamiento—. ¿No entrenáis juntos?

Peter sonríe.

—Normalmente sí, pero esta noche la quería pasar contigo.

—¿Porque he sido muy buena compañía hoy?

Su sonrisa se amplía.

—Hemos tenido nuestros momentos.

Lucho por no sonrojarme, sabiendo que se refiere al sexo de antes. He estado intentando no pensar en ello, sin embargo, mi cuerpo sigue sensible a causa de una posesión tan salvaje. Es una estupidez sentirse avergonzada cuando he estado acostándome con él las últimas semanas, pero no soy capaz de remediarlo. Lo que hay entre nosotros es algo demasiado confuso, demasiado jodido. Y luego está lo de no haber usado condón...

No, no puedo pensar en eso. Peter me prometió que me daría la píldora mañana, y tengo que seguir confiando en que mantendrá la promesa. Aunque, por alguna extraña razón, no le importaría que me quedase embarazada, tiene que ser consciente de que tener un bebé en estas circunstancias sería una catástrofe para todos los implicados. Es un hombre en busca y captura, un asesino huido. ¿Qué tipo de vida tendría ese crío? Peter es demasiado inteligente para no darse cuenta de eso.

«También está obsesionado contigo».

Me reprimo para no manifestar un pensamiento tan aterrador y me centro en la comida. No hay motivo para preocuparse de eso esta noche. Mañana, si Peter no viene con la píldora, tendré tiempo para reaccionar. En cualquier caso, estoy tan cansada que apenas puedo levantar el tenedor… y menos aún estresarme por un posible embarazo. En casa, debe ser por la mañana y, pese a mi siestecita mañanera, estoy sufriendo los efectos del desfase horario a lo que se le suman las consecuencias del enorme estrés. Cuando acabe de comer, voy a irme a la cama y espero estar mañana más despejada.

Necesito estarlo para poder planear mi fuga.

—Se me ha olvidado decírtelo… —dice Peter cuando me estoy acabando el salmón—. Yan te ha traído un montón de ropa. Está ahí. —Señala con la cabeza la entrada donde, por primera vez, reparo en que hay varias bolsas de la compra.

—Vaya, gracias. —Reprimo un bostezo, aparto el plato vacío y me levanto. No tengo intención de estar aquí tanto tiempo como para necesitar tal cantidad de ropa, pero me vendrían bien unos zapatos y alguna prenda calentita para poder escapar—. Voy a echarle un vistazo ahora mismo.

Peter se levanta y empieza a quitar la mesa mientras reviso las compras que ha hecho Yan. Todas las prendas son alguna talla mayor a la que estoy acostumbrada, pero parece que me estarán bien, ya que debo tener la talla M o la L entre las pequeñas mujeres japonesas. Los zapatos también son de mi talla. Me los pruebo de inmediato, ilusionada por haber encontrado un par de deportivas cómodas y unas botas calentitas además de unas sandalias menos prácticas y unos zapatos de tacón alto.

—¿Tu compañero piensa que voy a salir de fiesta? —le pregunto a Peter mientras veo lo que hay en el resto de las bolsas y encuentro más cosas poco prácticas junto a artículos de sentido común como mallas deportivas, vaqueros, jerséis y camisetas. También hay ropa interior, la mayoría de encaje y bonita, y un par de camisones de seda ajustados, lo que los hombres consideran que las mujeres se ponen para dormir.

—A Yan se le da bien elegir ropa, así que le he dicho que cogiese aquello que le pareciese mejor —contesta Peter con una sonrisa mientras cojo una camiseta sin mangas con un amplio escote que pegaría si estuviese en una fiesta veraniega en la playa—. Quizás se haya excedido con algunas prendas.

—Ajá. —Meto todo otra vez en las bolsas y cojo un par de ellas para arrastrarlas hasta el ropero del piso de arriba cuando Peter se me acerca y me las arrebata de las manos.

—No te preocupes —dice y coge el resto, y yo contemplo, perpleja, cómo lleva todas las bolsas escaleras arriba.

Este es otro ejemplo de lo solícito que es, me percato al tiempo que lo sigo. En casa, Peter no solo me liberaba de toda carga cuando estaba cansada, sino que tampoco me dejaba llevar nada más pesado que un plato de comida. No sé si se cree que no soy capaz de levantar una bolsa de la compra o, si alguien le enseñó que siempre hay que llevarles todo a las mujeres, pero, en definitiva, eso es una muestra de que me cuida.

Cuando no me droga, me secuestra o me amenaza, es así.

—¿Esto era parte de tu educación en el orfanato? —pregunto siguiéndolo hasta el vestidor del dormitorio, donde coloca las bolsas y empieza a colgar la ropa junto a la suya—. Cuando eras pequeño, ¿alguien te enseñó a ser un caballero o algo por el estilo?

Peter se detiene y me mira antes de levantar las cejas.

—No lo dirás en serio, ¿no?

Frunzo el ceño y cojo una de las bolsas de donde saco un jersey para doblarlo.

—No, ¿por qué?

Se ríe de forma sombría.

—*Ptichka*, ¿tienes idea de cómo son los orfanatos en Rusia?

Me muerdo el labio al tiempo que pongo el jersey en la balda que hay justo a mi lado.

—No, para nada. Imagino que no muy acogedores, ¿verdad?

Empieza de nuevo a colgar la ropa.

—Solamente diré que este comportamiento tan caballeroso no se encontraba en mi lista de prioridades cuando era un niño.

—Entiendo. —Debería estar ayudando a Peter, pero me quedo mirándolo fijamente, impactada por lo poco que sé del hombre que ha tomado las riendas de mi vida por completo. Sé que creció en un orfanato. Me contó que acabó en un campo de internamiento juvenil tras matar al director del orfanato, pero todo lo que sé, de pronto, no es suficiente.

Quiero saber más acerca de Peter Sokolov.

Quiero entenderlo.

—¿Qué le pasó a tu familia? —pregunto apoyándome en la puerta del vestidor—. ¿Conociste a tus padres?

—No. —No cesa en su labor de colocar la ropa—. Me abandonaron en la puerta del orfanato cuando era un recién nacido. Tendría unos tres o cuatro días. Lo único que han podido averiguar de mí es que mi madre era de un pueblo de los alrededores. Debía ser una adolescente que se dedicó a hacer el tonto y se quedó embarazada o algo por el estilo. No di muestras de padecer el síndrome alcohólico fetal y, cuando me hicieron pruebas, di negativo en drogas, por lo que descartaron que fuera una prostituta o algo así.

—¿Nunca nadie te ha reclamado? —pregunto,

intentando ignorar la presión que siento en el pecho. No sé por qué, pero, al imaginarme que este hombre tan peligroso era un bebé abandonado, me entran ganas de llorar.

Peter baja la percha que tiene en la mano y me mira un poco sorprendido.

—¿Reclamarme? Claro que no. Nadie reclama a los niños en ese tipo de lugares… por eso los llaman orfanatos. Bueno, hoy en día, a los extranjeros ricos les gusta acercarse y adoptar a un bebé o dos si no pueden tener mocosos por sí mismos, pero no fue el caso mientras crecía.

Trago saliva, el dolor en el pecho se intensifica.

—¿Has tratado alguna vez de averiguar algo sobre tu madre? ¿Encontrarla a ella o a tu padre? Quiero decir, ahora mismo tienes recursos para hacerlo…

La mandíbula de Peter se tensa y me mira directamente a la cara.

—¿Por qué iba a gastar mi tiempo en buscar a alguien que me abandonó? —Le brillan los ojos con una luz oscura y grave—. Solo hay una cosa que me gustaría hacer si la encontrase e incluso yo pienso que el matricidio es ir demasiado lejos.

Se da la vuelta y continúa doblando y colgando la ropa. Me obligo a hacer la tarea con él a pesar de que me tiemblan las manos y tengo un nudo en el estómago. Sus revelaciones me dan miedo y me llenan de una tristeza devastadora. Ahora es obvio que la ira que vislumbré en Peter va más allá de lo que le ocurrió a su mujer e hijo, que lo han moldeado fuerzas que apenas puedo comprender.

Puede ser que su interés en la familia y su obsesión conmigo tengan raíces directas en la infancia tan oscura que vivió.

Sara

TAN PRONTO COMO NOS ACOSTAMOS ME QUEDO dormida entre los brazos de Peter y me despierto poco después al sentir que se desliza en mi interior desde atrás a la vez que me rodea las costillas con un brazo musculoso para inmovilizarme. Todavía no estoy lo bastante húmeda y, durante las primeras embestidas, siento una cierta quemazón, pero después desciende la mano hasta mi sexo, encuentra el clítoris y me relajo, derritiéndome ante el fuego que provoca en mí.

Alcanzar el orgasmo tan solo me lleva unos minutos y él, justo detrás de mí, sacude el miembro duro en mi interior al llegar al punto álgido con un gemido ahogado. Me abraza sin molestarse en salir de mi cuerpo y vuelvo a rendirme al sueño en esa posición, con Peter aún dentro del mío. En sueños, me besa la sien y me confiesa cuánto me ama, pero, cuando despierto a la mañana siguiente, estoy sola en la cama, con el reflejo brillante de la luz que entra por las ventanas que van desde el suelo hasta el techo.

Mientras me ducho, descubro restos de semen seco entre los muslos, prueba de que, una vez más, no hemos usado protección. Lo limpio con agua a toda velocidad, tratando de no caer presa del pánico, y me visto para ir en busca de Peter.

Tiene que conseguirme la píldora.

Tiene que cumplir su promesa.

Para mi sorpresa, ni él ni ninguno de sus hombres están en el piso de abajo. Siento cómo se me acelera el pulso. ¿Es posible? ¿Me han dejado sola mientras se han ido a atender otros asuntos? No quiero crearme falsas expectativas y me dirijo al exterior de la casa para comprobar si están fuera entrenando.

Nada. Todo el mundo ha desaparecido, incluido el helicóptero.

—Volverán esta tarde. —Oigo la voz de un hombre detrás de mí y me sobresalto con un chillido de sorpresa. Cuando me giro, me encuentro cara a cara con Ilya, que también se dirigía hacia el exterior de la casa. Debe haber salido de alguna de las habitaciones de invitados de la planta de arriba, el único lugar que me ha faltado inspeccionar.

Respiro en profundidad para tratar de calmar el pulso acelerado y pregunto:

—¿Peter también se ha ido?

El enorme hombre ruso asiente y, al apoyarse en la puerta, le resplandece el cráneo tatuado por la luz del sol.

—Ha dejado el desayuno para ti en la cocina.

—Ah, vale. Gracias.

Ilya regresa al interior de la casa y yo le sigo, tiritando a causa del viento frío. Cuando escape, tendré que abrigarme bien, con varias capas y quizá la oportunidad de hacerlo se presente antes de lo que había imaginado. Con un poco de suerte, hoy el hombre ruso no estará vigilándome tan de cerca. Como era de esperar, no me acompaña durante el desayuno, sino que desaparece escaleras arriba mientras devoro a toda velocidad el tazón de avena que Peter ha preparado para mí. Limpio la encimera y, cuando veo que Ilya no regresa, subo a la segunda planta para ponerme un par de jerséis y un anorak. Cojo también un gorro y bajo las escaleras en silencio. Todavía no conozco bien la zona, pero no puedo dejar pasar una oportunidad como esta. Entro en la cocina y meto apresuradamente una botella de agua, un paquetito de cacahuetes y una manzana en una bolsa de plástico que guardo dentro del abrigo.

Justo al lado de la entrada están mis botas; me las pongo, salgo de la casa y cierro la puerta detrás de mí con cuidado de no hacer ruido.

No recupero el aliento hasta que pierdo de vista la casa y encuentro el camino que ayer vislumbré al oeste de la zona. Me mantengo junto al sendero, dispuesta a adentrarme en la profundidad del bosque ante la mínima señal de alerta, aunque no parece que haya nadie cerca.

Quizá sea lo bastante afortunada para que Ilya no se dé cuenta de que he huido hasta dentro de unas horas.

Noto el aire frío y cortante mientras avanzo a paso rápido por el camino. No estoy en buena forma y no podré mantener este ritmo durante mucho tiempo, pero mi objetivo es alejarme lo máximo posible antes de que alguien descubra que he desaparecido. No me hago ilusiones de poder eludir a un grupo de antiguos soldados de Spetnaz, al menos sin tener una gran ventaja, pero, aun así, merece la pena intentarlo.

Puede que consiga encontrar un teléfono antes de que me atrapen.

Me obligo a seguir durante toda la mañana y tan solo me detengo unos minutos para hacer mis necesidades y comer algo al mediodía. Después, continúo la marcha acelerada, haciendo caso omiso al dolor en los pulmones y en las piernas. Cuando el sol alcanza su punto álgido me doy cuenta de que no puedo mantener ese ritmo y me veo obligada a disminuir la velocidad. Por suerte, voy montaña abajo, de lo contrario no hubiera aguantado tanto. A pesar de que el camino es lo bastante ancho como para que entre un coche, parece estar abandonado desde hace años. Ahora está lleno de obstáculos que me veo obligada a sortear, desde árboles caídos hasta enormes baches y zanjas llenas de agua. La causa debe haber sido el desprendimiento que Ilya mencionó. Una vez llegado a ese punto tendré que dar un rodeo y atravesar el bosque, aunque por ahora el camino es fácil, a pesar de todos los obstáculos.

«Solo un poco más», me repito a mí misma mientras escalo otro tronco caído y derrapo por una parte más empinada del camino, tropezando con alguna roca y luchando por permanecer en pie. Pronto me detendré de nuevo para beber y comer algo, pero aún no.

Necesito alejarme más, antes de que salgan en mi búsqueda.

Hago un esfuerzo y logro continuar durante otra hora, momento en el que caigo al suelo, exhausta. Desde hace veinte minutos tengo la inquietante sensación de que me están siguiendo, aunque lo más seguro es que sea una paranoia.

Mis captores no se molestarían en perseguirme, solo me atraparían y me llevarían de vuelta. Aun así, observo a mi alrededor con atención, lista para dar un salto y salir a la carrera en cualquier momento. No obstante, tal y como pensaba, todo permanece tranquilo, los cedros enormes se mecen con la brisa fresca. Más tranquila, me bajo la cremallera del anorak y saco la bolsa de plástico que había metido dentro. Abro la botella de agua y termino lo que queda de ella para luego comerme la manzana y los cacahuetes.

No es mucho, pero por ahora será suficiente.

Al sentirme algo mejor, me levanto y, por segunda vez en el día, me sobresalto y suelto un chillido de sorpresa.

Un mono con el pelaje gris y la carita rosa me mira fijamente desde la rama de uno de los árboles o, más bien, contempla el corazón de manzana que he dejado en el suelo, alternando la mirada entre el posible alimento y yo.

No puedo evitar romper a reír, tanto por la expresión que se dibuja en la cara del mono como por mi propia reacción. Siento un hormigueo en la piel por la subida de adrenalina y el corazón me late como si se me acabara de atacar un oso, pero me encuentro tan aliviada que incluso podría besar esa carita de color rosa.

Me ha estado acechando un mono de montaña y no un mercenario ruso.

—Puedes comértelo —le digo al mono, haciendo gestos para señalar los restos de manzana cuando soy capaz de parar de reír—. Es todo tuyo.

—Qué generoso por tu parte, *ptichka* —dice una voz familiar detrás de mí. Me quedo paralizada y se me dispara el pulso de nuevo.

Me he equivocado al no confiar en mi instinto.

Con una sensación de abatimiento, me doy la vuelta y miro de frente al hombre del que estaba huyendo.

Peter Sokolov, apoyado contra un árbol, esboza una sonrisa burlona.

<br>
*eter*

Ilya me envió un mensaje advirtiéndome de la salida de Sara tan pronto como abandonó la casa y le pedí que la siguiera de cerca, no porque me preocupara perderla (Yan se había encargado de colocar microchips de rastreo en todo el calzado) sino porque no quería que deambulase por ahí ella sola. Mi pequeña doctora está acostumbra a ambientes urbanos, no a los bosques de montaña, y no quería correr el riesgo de que resultase herida. Nosotros ya habíamos puesto rumbo de vuelta a casa, así que, tan pronto como Anton me dejó en tierra, seguí la señal del GPS de las botas de Sara, lo que se ha convertido en mi pasatiempo favorito durante los últimos meses.

—¿Cómo me has encontrado? —me pregunta una

vez que consigue recomponerse del *shock*. Su tono de voz es tenso y le cuesta respirar, pero mantiene la barbilla levantada, mirándome sin pestañear—. ¿Cuánto tiempo llevas siguiéndome?

—Desde el mediodía —respondo antes de erguirme de nuevo y separarme del árbol—. Tienes más resistencia de la que imaginaba. Creí que pararías a descansar mucho antes.

Me mira entornando los ojos color avellana.

—¿Es esa la razón por la que me has dejado llegar tan lejos? ¿Para enseñarme lo débil que soy y lo poco que te costaría atraparme?

—No, *ptichka* —le digo mientras me acerco a ella—, era para demostrarte algo más.

Al principio, Sara retrocede, pero al final se mantiene firme en su posición, quizás porque se da cuenta de que es inútil intentar escapar. Y lo es. La atraparía en un instante. Y entonces la castigaría, tal y como el monstruo que hay en mi interior me dictamina.

Me aseguraría de que no volviera a huir de mí nunca más.

Necesito toda la fuerza de voluntad para reprimir mis impulsos, para no ceder al deseo más oscuro. Es lógico que Sara intente escapar, que quiera regresar al estilo de vida que siempre ha conocido. No sería quién es si no lo intentase y soy consciente de ello. Lo acepto, al menos racionalmente.

No obstante, mi parte más animal desea subyugarla,

conseguir que me ame, cortarle las alas para que nunca, nunca se vaya.

—Ven —le ordeno, estirando el brazo para cogerle de la mano fría y temblorosa cuando se para frente a mí—. Es solo un poco más lejos, por aquí.

Así, mientras contengo la rabia que me hierve en el interior, la guío por el camino de vuelta.

A PESAR DE QUE LA EXPRESIÓN DE PETER ES indescifrable, puedo sentir la ira en su interior durante el camino de vuelta, la letal inestabilidad que forma parte de él, tanto como esos ojos de color gris metálico. Sin embargo, me agarra con ternura y me protege la mano del aire frío con la suya, asegurándose de que no escape.

—¿Cómo me has encontrado tan rápido? —le pregunto, tratando de ocultar la ansiedad. En este momento, estoy casi segura de que Peter no me haría daño, al menos físico, pero hay muchos otros métodos que podría utilizar para hacerme pagar por esto.

—Ilya te siguió —me contesta, mirándome de reojo. La brisa helada le enrojece las mejillas y la punta de la nariz y con el anorak deportivo que lleva parece uno de esos atletas duros dispuestos a escalar el Everest solo por diversión.

—¿De verdad creíste que no se daría cuenta de que abandonabas la casa?

Debí haberlo imaginado, no podía ser tan fácil.

—¿Y por qué no me detuvo? ¿Por qué se limitó a seguirme?

—Porque yo se lo dije.

Clavo los pies en el suelo, obligándole a detenerse.

—¿Por qué? ¿Estás intentando darme alguna lección? ¿Se trata de eso?

—No, Sara… aunque también podrías considerarlo como tal. —Un destello de diversión se le refleja en la mirada.

—¿Y por qué, entonces? —le exijo—. ¿Por qué dejarme llegar tan lejos?

—Porque así puedo mostrarte esto —responde a la vez que aumenta la presión sobre la mano y me conduce hasta una pequeña arboleda que hay sendero abajo.

Aunque camino con precaución todo el tiempo, me sorprende la repentina desaparición del suelo bajo nuestros pies. Si no hubiera sido porque Peter tira de mí, podría haberme caído.

Doy un paso atrás con la respiración entrecortada, aferrándome con todas las fuerzas a la mano de Peter y miro boquiabierta la enorme caída que se abre ante nosotros. Por algún capricho de la naturaleza, los árboles llegan hasta el borde del acantilado y algunas raíces se extienden incluso más allá, creando así la ilusión de que hay tierra firme donde no la hay. Recuerdo que Ilya me habló ayer de este mismo fenómeno cuando mencionó el desprendimiento.

—¿Fue a causa del terremoto? —le pregunto cuando soy capaz de recuperarme del susto.

—Sí. —Peter tira de mí hacia atrás, alejándome más del borde del acantilado. Cuando nos encontramos lo bastante lejos, me suelta la mano y dice—: Esto es lo que quería enseñarte. Sé que Ilya te mencionó que la montaña está bordeada por acantilados, aunque por supuesto no le has creído, así que quería que lo vieras por ti misma. Esta era la única pendiente lo bastante suave como para poder transitarla a pie o en coche antes del terremoto, ahora ya ni siquiera es posible usarla. La única forma de salir de esta montaña es en helicóptero, *ptichka*. —Peter sonríe, con un brillo en la mirada tan resplandeciente como la plata pulida.

Lo miro fijamente con un nudo en el estómago. No debía estar prestando atención cuando Ilya me habló sobre el tema porque no recuerdo que lo mencionase. No es de extrañar que mis captores se hayan despreocupado tanto por mi huida: no había lugar a donde ir.

—¿Toda la montaña está rodeada de acantilados?

Debo parecer tan abatida como me siento porque a Peter se le suaviza la expresión de manera inexplicable.

—Sí, mi amor. ¿No lo entendiste ayer?

Triste, niego con la cabeza.

—No debía estar prestando demasiada atención.

Permanece en silencio, se limita a cogerme la mano de nuevo y caminamos por el sendero, de vuelta a casa. Mis pasos son lentos, el cansancio de la caminata me aplasta como si un enorme peso hubiera caído sobre mí. Y no solo es cansancio físico. En el aspecto emocional también estoy agotada, tanto que me siento adormecida por dentro.

No comprendo por qué esperaba tanto de este plan de fuga. Incluso cuando estaba en casa con mi familia y a tan solo una llamada del FBI, sabía que no había forma de escapar de la persecución incansable del mercenario. Fui su prisionera entonces, al igual que lo soy ahora. No entiendo qué me hizo pensar que intentar escapar de la cima de la montaña iba a mejorar mi situación, que sería libre si lo conseguía.

Peter habría salido a buscarme. Incluso si por alguna clase de milagro hubiera logrado huir y cobijarme bajo la protección del FBI, nunca hubiera estado a salvo del todo. Habría tenido que vigilarme las espaldas a cada momento y, al final, él hubiera aparecido frente a mí, con esa sonrisa cruel dibujada en el rostro atractivo.

Cegada por el pánico, había olvidado que no existe forma de escapar de esto.

La angustia me oprime el pecho y me impide respirar, haciendo que el mundo que me rodea se torne gris. Soy consciente de que debo sobreponerme, idear un nuevo plan de huida, pero estoy perdiendo toda esperanza, mi situación es un laberinto sin salida. Las piernas me pesan como si estuvieran hechas de plomo a cada paso que doy, el frío se expande en mi interior hasta llegar al corazón, aprisionándolo como una cadena.

No hay nada que hacer.

—No tendría por qué ser así, Sara —susurra Peter.

Alzo la vista y lo encuentro observándome, para mi sorpresa con comprensión, como si me entendiera o fuera capaz de empatizar conmigo. Claro que, si en realidad fuera así, no se comportaría de la forma en que lo hace.

No me destruiría la vida para satisfacer su obsesión.

—¿No?, ¿no tendría por qué ser así? —pregunto con desgana, deteniéndome ante un árbol caído. Necesitamos escalarlo y me faltan las fuerzas para hacerlo—. Entonces, ¿cómo? ¿Cómo harás que funcione?

Peter tuerce el gesto, me suelta la mano y se gira para encararme.

—Podrías rendirte, *ptichka*. Aceptar lo que hay entre nosotros.

—¿Y qué hay?

—Esto. —Peter me acaricia la mejilla y de forma inconsciente busco el contacto, la calidez magnética de esos dedos.

Ya siento esa palpitación turbadora en mi interior.

Debería apartarme de él, rechazarlo, pero estoy exhausta, demasiado cansada para protestar mientras acerca los labios a los míos. Es un beso suave y delicado, tan lleno de ternura que hace que quiera llorar.

Me hace sentir como si fuera algo preciado, extraño y hermoso. Como si me valorara más que a la vida misma. Poco a poco cierro los ojos y subo las manos hasta sus hombros, a medida que él profundiza el beso y entremezcla la respiración con la mía; satisfaciendo mi necesidad.

«¿Y si te entregas?».

No parece tan mala idea en este momento, no cuando me siento tan perdida y desprovista de fuerzas, de esperanza. Peter es la causa de mi tormento y, aun así, todo cobra vida y color si me toca, haciendo la realidad más llevadera con su cariño.

«¿Y si lo aceptas?».

La pregunta me ronda por la cabeza, provocándome y tentándome con las posibilidades. ¿Qué pasaría si dejara de luchar? ¿Y si me olvido de mi antigua vida y asumo la nueva? Porque, en este momento, no me parece una locura que él pueda estar enamorado de mí, que podamos tener algo real y valioso. Si consiguiera olvidar las cosas que ha hecho, podría amarlo también.

—Sara. —Respira de manera entrecortada y levanta la cabeza, mirándome con una pasión en la que veo el futuro que podríamos tener juntos, un futuro en el que ni somos enemigos ni el pasado ensombrece el presente.

Lo veo y ansío tenerlo, eso es lo que más me aterra.

—Déjame. —De algún modo consigo sacar fuerzas para apartarme y resistirme a la atracción de este amor oscuro—. Por favor, para.

En los ojos de Peter brilla una expresión impasible y

la plata fundida se convierte en frío acero. Sin mediar palabra, me coge de la mano y subimos la montaña, de vuelta a nuestro nuevo hogar, a mi celda.

Caminamos por el sendero durante hora y media, momento en el que empiezo a tropezar con cada rama y cada piedra; tengo las piernas tan cargadas que no puedo levantar el peso de los pies. Subir la pendiente es diez veces más difícil que bajarla y no puedo dar ni un paso más, he llegado al límite.

Me dejo caer sobre una de las grandes rocas y, con el aire frío adentrándose en la garganta, intento hablar:

—Necesito un descanso —pido con la respiración entrecortada y el cuerpo encogido. Siento calambres en los costados y los pulmones me arden como si hubiera corrido una maratón de 20 kilómetros—. Solo… unos minutos.

—Ten, bebe. —Peter se sienta a mi lado. Tiene un aspecto tan fresco como si solo hubiéramos estado dando un paseo durante todo este tiempo. Se baja la cremallera del abrigo y saca una botella nueva de agua —. Sé que estás cansada, pero no podemos disminuir el ritmo. Se espera que haya tormenta esta noche, deberíamos regresar antes a casa.

Bebo gran parte del contenido de la botella antes de devolvérsela.

—¿Una tormenta?

—Lluvia y granizo, también habrá nieve a mayor

altitud. —Termina lo que queda de agua y mete el envase de nuevo en el anorak—. No querríamos vernos atrapados en algo así.

—De acuerdo. —Todavía no he recobrado las fuerzas, pero me obligo a levantarme—. Vamos.

Peter se pone en pie, estudiándome con el ceño fruncido. Entonces se pone de espaldas a mí.

—Sube.

Contengo una carcajada de incredulidad.

—¿Qué?

—He dicho que subas a mi espalda. Te llevaré.

Niego con la cabeza.

—No seas ridículo. No puedes cargar conmigo, todavía estamos muy lejos. Aún nos quedan al menos tres horas de caminata. Incluso puede que más, cuatro o cinco, porque estamos subiendo.

—Deja de discutir y sube. —Me mira de reojo, con una expresión severa—. No puedes caminar en tu estado y esta es la manera más sencilla de llevarte.

Dudo, pero al final decido hacer lo que me ordena. Si quiere extenuarse hasta el agotamiento por llevarme a cuestas, ¿quién soy yo para contradecirle?

—Bien.

Tras hacer acopio de mis últimas fuerzas, utilizo la roca como apoyo para subirme a la ancha espalda, me agarro a los hombros y le rodeo la cintura con las piernas.

—Agárrate bien —me dice y, tras pasarme los brazos por debajo de las rodillas para sujetarlas, reanuda la marcha con pasos largos y firmes.

eter

EMPIEZO A CAMINAR DEPRISA, DECIDIDO A VOLVER A CASA cuanto antes. El cielo ya se está oscureciendo en el horizonte y el aire es cada vez más frío y espeso. La tormenta se acerca más rápido de lo que esperaba, tendremos quizá un par de horas antes de que llegue y no puedo avisar a los chicos para que nos recojan. Después de dejarme, Anton se llevó el helicóptero para comprar algunas cosas en Tokio y no volvería a tiempo.

Debería haber elegido otro día para esta lección.

Bueno, ahora no tiene sentido preocuparse por eso. A medida que nos acercamos a la parte más llana del camino, voy aún más deprisa y Sara se agarra a mí, pasándome los brazos alrededor del cuello mientras se inclina hacia delante.

—¿Estás cómodo así? —me susurra al oído. Asiento con la cabeza.

—Sí. Pero no me ahogues —le digo.

—¿Estás seguro de que no quieres que me suelte? Ya he descansado, ya puedo andar...

—Haces que vayamos más lentos.

El tono que utilizo es cortante, pero no estoy dispuesto a perder el aliento por hablar. No porque mi pajarillo pese mucho, apenas cincuenta kilos, menos que las pesas con las que entreno, sino porque no puedo darme el lujo de ir más despacio. El viento sopla con fuerza y nos golpea con un frío gélido y, aunque los dos estamos bien abrigados, quiero llevar a Sara dentro antes de que el tiempo empeore.

Las primeras gotas de aguanieve llegan cuando estamos a menos de media hora de casa.

—Déjame bajar —me pide Sara y, esta vez, le hago caso. La he llevado cogida más de tres horas, ahora ya ha descansado lo suficiente. Nos moveremos más rápido si ella anda también.

Le cojo la mano y empiezo a correr, arrastrándola detrás de mí, cuando el cielo se abre y el viento comienza a arrojarnos agua helada en la cara.

—Ay, gracias a Dios. —Sara jadea cuando vemos la casa. El aguanieve está ahora mezclada con copos más grandes y el viento parece atravesarnos los huesos. Tengo los vaqueros empapados, las piernas entumecidas por el frío y ya no siento la cara. Me puedo imaginar lo mal que debe encontrarse Sara. Al contrario que a mí, a ella nunca la han entrenado para alejar el dolor y la incomodidad, nunca ha sabido lo que es centrarse solo en la supervivencia. Si pudiera protegerla de esta tormenta con mi propio cuerpo, lo haría, pero lo más importante ahora es llevarla dentro. Allí podrá calentarse y secarse.

Una hora más así y correríamos el riesgo de entrar en hipotermia.

Cuando nos quedan menos de treinta metros para llegar a casa, Sara tropieza con una rama. La levanto y, apretándola contra el pecho, recorro la distancia que falta. Al llegar a la puerta, llamo con la bota y, en cuanto Yan nos abre, la llevo, medio congelada, directamente al baño del piso superior.

La suelto, dejo correr el agua hasta asegurarme de que esté tibia pero no demasiado caliente y luego nos desnudo a los dos, quitándonos la ropa húmeda y helada antes de meter a Sara bajo el chorro. Sus labios tienen un tono azulado y tiembla tanto que apenas puede mantenerse en pie. Yo no me encuentro mucho mejor, así que la rodeo, envolviéndole el cuerpo entero en un abrazo y, durante unos minutos, nos quedamos quietos bajo el agua, temblando mientras el calor penetra en nuestra piel congelada.

—Po... podríamos haber muerto. —A Sara aún le castañean los dientes mientras se separa de mí y se encuentra con mi mirada. Tiene los ojos color avellana casi negros sobre el rostro pálido y las pestañas, ahora húmedas, tienen un tono oscuro—. Peter, po... podríamos haber muerto ahí afuera.

—Sí. —Vuelvo a apretarla entre los brazos, presionándola contra mí hasta que puedo sentir su respiración superficial—. Sí, *ptichka*, podríamos haber muerto.

Una o dos horas más en esa tormenta y ella no habría sobrevivido. No me he permitido pensarlo antes, no he dejado que mi concentración se distrajera de la labor de ponerla a salvo, pero ahora que estamos aquí, ahora que ya lo está, darme cuenta de que podría haber muerto me revuelve el estómago y me envuelve en hielo el corazón. Solo he sentido un miedo como ese una vez: cuando vi a aquellos yonquis amenazándola con un cuchillo. En ese momento, pude eliminar la amenaza y lo hice, pero no he podido protegerla del diluvio.

Si la tormenta hubiera llegado dos horas antes, podría haberla perdido.

Tan solo pensarlo es aterrador, insoportable. Cuando perdí a Pasha y a Tamila, sentí que mi mundo se había acabado, como si nunca más fuera a experimentar nada aparte de ira y agonía. La furia que me guiaba era absoluta. Esa era la única forma de superar cada día, la única forma de comer, respirar y funcionar.

La única forma de vivir lo suficiente como para encontrar a los responsables y hacerlos pagar.

Hasta que conocí a Sara no empecé a sentirme vivo otra vez, a querer algo más que una venganza cruel. Se convirtió en el nuevo centro de atención, mi nueva razón de ser.

No puedo perderla.

No voy a perderla.

—Nunca volverás a hacer eso. —Hablo con voz baja y firme mientras la agarro por los hombros y retrocedo para encontrarme con una mirada sorprendida. El miedo que hay en mí se ve inundado por una determinación feroz—. No vas a huir de mí, Sara. Nunca. No hay nadie por ahí que pueda ayudarte ni ningún lugar donde puedas esconderte. Y, si vuelves a intentar llevar a cabo esa treta inútil, te arrepentirás. Te lo aseguro. Crees que sabes de lo que soy capaz, pero ni siquiera has visto la punta del iceberg. No tienes idea de hasta dónde puedo llegar, *ptichka*, ni idea de lo que estoy dispuesto a hacer para tenerte. Eres mía y vas a seguir siendo mía, ahora y mientras los dos estemos vivos.

Puedo sentir cómo se le tensan los músculos mientras hablo, sé que la estoy asustando. No es lo que quiero, pero tengo que alejarla de la idea de huir.

Tengo que mantenerla a salvo.

—Peter, por favor... —Se le llenan de lágrimas los ojos de suave color avellana y me presiona las manos contra el pecho—. No lo hagas. Esto no es amor. Incluso tú deberías darte cuenta de eso. Siento mucho todo lo que has perdido, lo que George le hizo a tu familia. Y sé... —Traga saliva, aguantándome la mirada—. Sé que hay algo entre nosotros, algo que no debería estar ahí... algo que no tiene ningún sentido. Lo sientes y yo también lo siento. Pero eso no significa que sea lo correcto. No puedes perseguir a alguien hasta que te quiera, no puedes intimidarlo hasta que se preocupe por ti. Mientras me retengas aquí, soy tu prisionera, da igual lo que me hagas decir... da igual lo que me obligues a hacer. Da igual si huyo o no, no soy tuya y nunca voy a serlo. Así, no.

Cada una de esas palabras es como un cuchillo que me perfora el hígado.

—Entonces, ¿cómo? —digo con tono duro y desesperado, violento e intenso—. Dime, Sara. ¿Cómo puedo tenerte? ¿De qué otra manera podemos estar juntos mientras me buscan?

Su mirada refleja mi tormento.

—No podemos —contesta con voz entrecortada y me araña la piel con las delicadas uñas mientras forma un puño con las manos contra mi pecho—. Esto no puede pasar, Peter. No estamos destinados a estar juntos. Recuerda nuestro pasado. Recuerda quiénes somos. Recuerda lo que somos.

—No. —Mi rechazo es visceral, instintivo—. No, te equivocas.

Al darme cuenta de que le estoy agarrando los hombros con una fuerza hiriente, la libero y me echo hacia atrás. Me doy la vuelta para cerrar el agua, utilizando este pequeño movimiento para recuperar el control. Ahora que ya no estoy helado, el cuerpo empieza a responder a su desnudez, ese deseo agudo y oscuro que siento por ella aumenta con la volátil mezcla de ira y anhelo frustrado. Si no me calmo, voy a hacerle daño.

La voy a follar hasta que se rompa y admita que es mía.

Está llorando cuando me doy la vuelta para mirarla y las lágrimas se juntan con las gotas de la ducha que le caen por las mejillas.

—Peter, por favor… —Se estira para cogerme la mano. Me envuelve la palma con dedos delgados, implorantes—. Por favor, deja que me vaya. Esto no es lo que quieres, de verdad. No puedo ser tu familia. No puedo ser su sustituta. ¿No lo ves? No estamos predestinados. Lo que quieres no es…

—Tú eres lo que quiero. —Separo la mano de la suya, la agarro del pelo y la abrazo por la cintura con el otro brazo, presionándola contra mí. Ella respira hondo, los pezones puntiagudos me rozan el pecho y me palpita la polla, dura y preparada contra su estómago mientras digo, con voz ronca—: Tú, Sara, eres todo lo que quiero. Me importa una mierda el pasado o lo que el destino diga o deje de decir. Creamos nuestro propio destino, elegimos nuestro propio destino y yo te he elegido a ti. No me importa si todo el mundo piensa que está mal, si tengo que luchar contra un ejército para mantenerte a mi lado. Te encontré, te atrapé y te vas a quedar conmigo. Y no pienso liberarte.

ESPERO QUE PETER ME FOLLE EN ESTE MOMENTO, JUSTO aquí, en la ducha, pero me suelta y sale del cubículo, saca una toalla de la estantería y me envuelve con ella cuando lo sigo. Me seca con movimientos rápidos y luego coge una toalla para él. Sus movimientos son bruscos, desiguales, los ojos le brillan con pesimismo al terminar de secarse y tirar las toallas contra la repisa.

Está enfadado o herido o una combinación de ambos sentimientos, ninguno de los cuales es buena señal para mí.

Me lleva a la habitación sujetándome por el codo y, cuando llegamos a la cama, me desplomo sobre ella. Mis piernas se niegan a sostenerme ni un segundo más. Una ola de mareo me invade, el estómago me ruge, vacío, y me percato de que lo último que comí fueron aquellos cacahuetes en el camino. Peter también parece darse cuenta, porque se detiene y me mira con el ceño fruncido.

—¿Quieres cenar?

Asiento, me obligo a incorporarme y me limpio las lágrimas de la cara con el dorso de la mano.

—Por favor.

—Vale. —Camina con pasos grandes hacia el armario, coge una bata y me la lanza antes de ponerse él otra—. Vamos a comer.

MIENTRAS COMEMOS EL REVUELTO QUE PETER HA HECHO deprisa, lucho contra la sensación desconcertante de esperar a que caiga la guillotina. Mi captor no ha dicho ni una palabra desde que me ofreció la cena y no tengo ni idea de lo que le pasa por la cabeza. Sin embargo, sea lo que sea, me está observando con una mirada dura e intensa y eso me asusta.

La cena ha retrasado lo que sea que me iba a hacer, pero aún piensa hacérmelo.

Es posible que sea el peor momento, pero no puedo posponerlo más. El reloj me suena en la cabeza y cada hora que pasa aumenta mi ansiedad.

—Peter... —Bajo el tenedor, tratando de no parecer tan nerviosa como estoy en realidad—. ¿Tienes la pastilla?

Se le tensa la mandíbula y, por un segundo, estoy

convencida de que va a decir que no. Sin embargo, solo se levanta y camina hacia la encimera, donde hay una bolsa blanca de cartón junto a un portátil.

La coge, me la trae y la atrapo con impaciencia. Dentro, hay una pastilla rosa envuelta en un paquete blanco brillante que tiene escritas letras en japonés. Solo aparece en inglés el nombre del fabricante, pero estoy segura de que es la pastilla que necesito.

Abro rápido el envase, la saco y me la tomo con medio vaso de agua. Con suerte, todavía estaremos a tiempo y la pastilla hará su trabajo. Por lo que dice Peter, tampoco importa mucho.

Con o sin niño, no me dejará volver a casa jamás.

La desesperación amenaza con atacarme de nuevo y todo lo que puedo hacer es decirle en un tono medianamente normal:

—Gracias. Te lo agradezco.

Da igual lo tensas que estén las cosas entre nosotros, debo tener en cuenta que no tiene por qué darme esta pastilla, que en este tema también podría haber impuesto su voluntad sobre mí.

Peter asiente con brusquedad y se pone a limpiar la mesa. Todavía estoy agotada, pero me levanto y comienzo a ayudarlo justo cuando Ilya y Yan bajan las escaleras, hablando en ruso. Yan se está riendo pero Ilya parece enfadado, haciendo que me pregunte si los dos hermanos estarán discutiendo.

Peter ruge algo y Yan me mira con una sonrisa antes de responderle a toda velocidad en ruso.

Parece que Ilya está a punto de estallar. Sin

embargo, se limita a coger una manzana del cuenco que hay en la mesa y vuelve a subir las escaleras.

—¿De qué estabas hablando? —pregunto, frunciendo el ceño, mientras el ruso de pelo castaño se sienta detrás de la encimera y abre el ordenador que hay allí. He estado mirando ese ordenador toda la comida, preguntándome cómo hacerme con él y me decepciono al ver que la página de inicio está protegida con una contraseña antes de que Yan gire la pantalla para que no la vea.

—Estaba diciéndole a mi hermano que tiene que encontrar una buena chica —me explica en inglés y se le ensancha la sonrisa mientras Peter cierra la puerta del lavavajillas con una fuerza innecesaria—. Ya sabes, igual que Peter contigo.

—Ah, ya. —Dada la reacción de Peter, sospecho que el lenguaje que Yan usó con su hermano era un poco más picante, pero no voy a seguir preguntando.

Prefiero no saber lo que esta pequeña banda de asesinos piensa de mí en realidad.

Yan está ocupado con el ordenador mientras limpio la mesa y las encimeras vacías. Siento la necesidad de hacer algo a pesar de que estoy a punto de derrumbarme. No sé qué me espera arriba esta noche; me siento especialmente nerviosa, mi instinto me grita que estoy en peligro. Tal vez sea la expresión dura y reservada del rostro de Peter o la violencia apenas controlada de sus movimientos lo que me hace recordar la vez que quedamos en un Starbucks hace tanto tiempo, cuando mi captor no era más que el letal desconocido que me torturó y mató a George.

Cuando no sabía lo peligroso que podía llegar a ser.

Fuera, la tormenta es muy intensa, el viento sacude las ventanas con una lluvia helada. Me estremezco, recordando cómo me he sentido ahí fuera y me ato la bata con más fuerza alrededor del cuerpo.

—¿Tienes frío? —me pregunta Yan y me giro hasta encontrármelo mirándome con media sonrisa. A diferencia de Peter y de mí, está completamente vestido con unos pantalones y una camisa elegantes, demasiado formales para estar en casa. Sin embargo, tengo la sensación de que le da igual lo formal que sea su ropa y casi todo en general. Incluso cuando está sonriendo o riendo, Yan Ivanov es frío y distante, como si no sintiera las emociones que muestra.

No me sorprendería que el hermano amable de Ilya fuera un psicópata, en el sentido médico de la palabra.

—Estoy bien —le digo y miro a Peter, que ya ha terminado de guardar las sobras y que ahora me está mirando con los ojos entrecerrados y los potentes brazos cruzados sobre el pecho.

—¿Has acabado? —pregunta con voz dura y se me cae el alma a los pies cuando me doy cuenta de que no puedo retrasar más tiempo lo que va a pasar.

He cometido un error y voy a pagar por ello.

S*ara*

CUANDO LLEGAMOS A LA HABITACIÓN, PETER ME LLEVA A la cama. Se detiene enfrente, se quita la bata y la deja caer al suelo. Después, desata la mía y me la quita de los hombros, dejándome desnuda. Parece que mantiene el control, el enfado volátil ha disminuido de momento y, a pesar de mi nerviosismo, se me contraen los muslos en una oleada de calor mientras pasa los nudillos sobre la parte superior de mis sensibles senos antes de cogerlos y frotarme con suavidad los pezones con los pulgares.

—Pareces asustada —comenta. La mirada plateada es dura y oscura—. ¿Tienes miedo de que te haga daño? —Cierra los dedos sobre los pezones, pellizcándomelos con una fuerza sorprendente. Jadeo. Muevo las manos rápido para agarrarle las muñecas—. Dime, Sara. —Me pellizca los pezones con más fuerza. La presión es tan fuerte que roza el dolor—. ¿Crees que te voy a hacer daño?

—Yo... —Trago saliva; el corazón me palpita mientras le tiro de las muñecas sin éxito—. No lo sé.

—Podría hacerte daño. —Tuerce la boca esculpida cuando me suelta los pezones, dejándolos erectos y palpitantes mientras me desliza las manos por el cuerpo para sujetarme de las caderas—. A veces quiero hacerlo. Lo sabes, ¿verdad, *ptichka*? Lo has sentido. — Me aprieta la polla contra el estómago, dura e insistente, y la respiración se me congela en la garganta. Se me tensa el sexo por un anhelo intenso a pesar del frío que se me extiende por las venas.

—Sí. —No puedo obligarme a mentir, aunque sería lo más inteligente, podría calmar al monstruo que me observa a través del metal oscuro de los ojos de Peter —. Sí, lo he sentido.

—Oh, *ptichka*... —Finge compasión con la voz mientras me da un fuerte empujón—. Claro que lo has sentido.

Sorprendida, caigo de espaldas sobre la cama, pero en lugar de saltar sobre mí, Peter se inclina y, un momento después, se incorpora con el lazo de la bata en la mano. La ansiedad se me dispara al entender sus intenciones y reacciono de forma instintiva: me aparto rodando mientras él se lanza sobre la cama, a mi lado.

Me atrapa antes de que pueda escaparme y me veo boca abajo sobre el colchón. Me inmoviliza la parte inferior del cuerpo con su peso y me sujeta los brazos detrás de la espalda mientras me ata el lazo alrededor de las muñecas. Sus movimientos son rápidos y seguros, despiadados, muy eficientes, y solo pasan unos segundos antes de que me bloquee las manos por completo. Me enrolla el cinturón de la bata alrededor de las muñecas sujetándolas de forma suave pero inquebrantable.

Trato de arrancar el lazo, jadeando contra el colchón, pero no puedo deshacerlo. No hay forma de que me libere.

—¿Qué haces? —Cada vez siento más pánico al notar que se quita de encima—. Peter, por favor… ¿qué estás haciendo?

—Shhh… —Me agarra del codo, tira de mí para ponerme de rodillas y me da la vuelta para que le mire. Tiene la cara tensa por el deseo, los ojos le brillan de manera perversa—. Te estoy dando una idea de lo que significa ser mi prisionera. Porque eso es lo que quieres, ¿no? Huir y que te atrape. Obligarme a hacer esto para no sentirte culpable.

Abro la boca para negarlo, pero antes de que pueda decir nada, Peter se pone de pie sobre la cama. Me enreda la mano en el pelo y me echa la cabeza hacia atrás, llevándome la cara a la ingle. Jadeo y tiro de las esposas improvisadas en las muñecas mientras me empuja la polla enorme contra la mejilla. Su olor masculino a almizcle me inunda las fosas nasales, me frota los huevos contra la mandíbula y mi respiración se acelera al darme cuenta de lo que está a punto de hacer.

—Peter, por favor —empiezo a decir, pero rápido cierro los labios con fuerza mientras me presiona la cabeza de la polla contra la boca. Como me sujeta la mano con el pelo y tengo los brazos atados a la espalda, no puedo mirar hacia otro lado ni moverme ni un centímetro. En las semanas que han pasado desde que Peter invadió mi vida, me ha hecho suya más veces de las que puedo contar, dándome placer con la boca, las manos y la polla, pero nunca me había hecho darle placer a él. Y, por primera vez, me doy cuenta de que tuvo clemencia... me ha dejado tomar esa pequeña decisión.

Decisión que ahora me está quitando.

—Abre la boca. —Su voz desprende un deseo oscuro mientras vuelve a hacer chocar la polla contra mi mejilla—. Abre la puta boca, Sara.

Sigo con los labios cerrados a pesar de que el ritmo cardíaco me sube hasta un nivel anaeróbico. Es inútil rechazar una mamada cuando hemos follado cientos de veces, pero no puedo evitar sentir que, al hacer esto, estaría cediendo aún más... perdiendo la última parte de mí que aún le pertenece a George. No al alcohólico ni al espía que me mintió, sino al hombre del que me enamoré en la universidad, el que fue mi primer todo.

La cara de Peter se tensa y entrecierra los ojos mientras gruñe:

—¿Quieres que lo hagamos por las malas? Vale. —Con la mano que tiene libre, me tapa la nariz, cortándome la respiración y, cuando abro la boca para respirar, me mete la polla hasta el fondo de la garganta.

Me ahogo, con los ojos llenos de lágrimas por las arcadas, pero él es cruel. Comienza a empujar, follándome la boca con un ritmo fuerte e incesante. Ni siquiera me da la oportunidad de morder. Me aprieta las fosas nasales con los dedos, solo puedo centrarme en tomar aire y tratar de no vomitar. Aterrorizada, tiro de manera instintiva de las esposas, cierro los ojos mientras me gotea saliva por la barbilla, pero todo su grosor y longitud entra y sale y no puedo hacer nada, no puedo huir a ningún sitio.

No sé cuánto tiempo usa mi boca sin compasión alguna, pero siento que me empiezo a marear. Me invade la falta de aire junto con el agotamiento y un letargo como el del sueño. Nunca me he sentido tan impotente, completamente bajo el poder de mi torturador, y mientras Peter sigue follándome la boca, hago lo único que me queda: dejo de pelear y me rindo a él.

Las embestidas me castigan sin cesar y Peter no me suelta la nariz, pero el pánico disminuye a medida que el cuerpo se vuelve suave y dócil ante sus manos, que me sujetan. Soy una muñeca de trapo, un juguete al que coger y con el que jugar y me quedo tranquila, en una especie de retorcida aceptación. Relajo la garganta, dejándolo entrar, y el reflejo nauseabundo desaparece cuando acepto el ritmo que lleva. Cada vez que se aparta, respiro hondo, y el aire me sostiene mientras él empuja hasta dentro, llenándome la garganta, controlándome hasta tal punto que mi vida está en esas manos.

—Sí, así. Qué bien... Así, mi amor... —Su gemido empapado en deseo vibra a través de mí y entreabro los párpados, mirándolo con lágrimas en los ojos. El éxtasis salvaje le retuerce los rasgos, los tendones le sobresalen del cuello musculoso y, cuando hace coincidir la mirada con la mía, siento que algo se mueve dentro de mí, algo cambia de manera esencial.

Mi cuerpo le dice «soy tuya», aceptando todo lo que me da. Se trata de entregarme a él, aunque me siento bien, me resulta reconfortante y tranquilo. Ahora mismo quiero pertenecerle, quiero resguardarme en su enorme fuerza.

Quiero rendirme y dejar que me posea.

Todos los pensamientos sobre el futuro desaparecen. Siento que floto, como si estuviera más allá de mí misma. Si aún queda malestar, ya no lo noto. Sin embargo, los sentidos se me agudizan, el sexo se me humedece y vibra de excitación. Mi formación médica me dice que es falta de oxígeno, pero el motivo no importa.

Lo único que importa es Peter y el placer.

Le sostengo la mirada cuando llega al clímax, manteniendo la conexión mientras el semen me chorrea por la garganta. Con lágrimas en los ojos, me trago cada gota salada y, solo cuando me suelta el pelo, vuelvo en mí y me doy cuenta de la realidad.

Temblando, me derrumbo sobre el costado. Siento que me desmorono mientras me libera las manos de la atadura. Tengo los ojos húmedos todavía, pero ya no lloro. No puedo. La caída en la desesperación es demasiado repentina, demasiado aterradora y profunda. Y, debajo de todo eso, queda la excitación enferma, un deseo que me quema el cuerpo.

—Está bien, mi amor —murmura, acercándome a él con un abrazo, y mi temblor se intensifica cuando me desliza la mano entre los muslos. Dos dedos ásperos entran dentro de mí mientras me aprieta el clítoris con el pulgar—. Todo va a salir bien. Es normal. Déjame cuidarte, *ptichka*. Vas a estar bien.

Pero no voy a estarlo. Lo sé y él también lo sabe.

Tardo unos segundos en correrme, retorciéndome en sus brazos con un placer aplastante. Y, mientras me abraza, acariciándome el pelo, sé que esto es todo.

La cárcel que me prometió ya ha llegado.

# PARTE II

Sara

Las dos primeras semanas son las más duras. Lloro casi todos los días, estoy tan enfadada y desesperada que quiero gritar y lanzar cosas. Pero, en vez de hacerlo, voy con pies de plomo cuando estoy con Peter para que no me vuelva a castigar y para asegurarme de que me va a dejar seguir hablando con mis padres.

Sigo sin comprender qué pasó aquella noche ni cómo esa mamada pudo destrozarme tanto. El sexo con Peter siempre había sido algo oscuro, pero pensé que podría soportarlo, pensé que ya estaba acostumbrada a la montaña rusa del miedo, la vergüenza y el deseo. Sin embargo, lo de esa noche fue distinto, fue más perverso… fue algo que me abrió en canal y me partió por dentro.

Aquella noche, bailé con el monstruo interno de Peter y, a la vez, descubrí uno en mi interior.

No me ha tocado así desde entonces, aunque cada vez que nos acostamos, siento su deseo, su necesidad de dominarme y torturarme. Da igual lo que él haga, da igual que me trate con ternura. Esa oscuridad y esas ansias de castigo y de venganza forman parte de él. Puede que luche contra ellas, pero están ahí. Por mucho que Peter lo niegue, el pasado sí influye en nuestro presente.

Nunca olvidará el papel de mi marido en la masacre de su familia y yo nunca superaré lo que le hizo a George.

La buena noticia es que hemos vuelto a usar condones. No sé si Peter al final se habrá dado cuenta de lo inteligente que es evitar complicaciones extras en esta etapa de nuestra jodida relación o si de verdad está respetando mis deseos, pero, a pesar de todo el sexo que practicamos cada día, no ha habido ningún otro descuido. Aun así, cuento los días que me faltan para tener la regla y, cuando me baja, dos semanas y media después del comienzo de mi cautiverio, puedo respirar tranquila. Por una vez en la vida agradezco el malestar y los dolores. Peter no parece estar tan contento, pero, cuando empezamos de nuevo a acostarnos después de que los peores síntomas hayan pasado, continúa usando protección.

Otra parte positiva es que mi intento fallido de huida no ha hecho que pierda el privilegio de tener contacto con el exterior. Todas las tardes, Peter deja que vea las grabaciones de la casa de mis padres y cada dos días me deja llamarlos. Las llamadas siempre son breves por dos sencillas razones: como medida de seguridad para que el FBI no nos localice y porque no hay mucho que contar. Lo que mis padres creen saber es que estoy viajando por todo el mundo con mi amante, ajena a los peligros que puede suponer y a las responsabilidades que me esperan en casa. Lo único que puedo hacer en esas llamadas es dejarles claro que estoy bien y preguntarles cómo están ellos antes de colgar rápidamente para que no empiecen con los eternos interrogatorios y las súplicas.

—Podrías profundizar un poco más en nuestro romance —dice Peter tras haber escuchado las llamadas durante una semana—. Adórnalo un poco para que parezca más auténtico.

—Ah, ¿sí? ¿Crees que debería contarles cada cuánto follamos o describirles lo grande que tienes la polla?

Peter se ríe ante el sarcasmo. Es la única manera en la que le puedo desafiar de vez en cuando.

—Como quieras —responde mientras se tumba en el sillón—. O puedes decir que te hago el desayuno todas las mañanas. No soy ningún experto en padres, pero me parece que es algo que apreciarían.

Me muerdo la lengua para no volver a decir algo sarcástico y le hago caso. En las siguientes llamadas les cuento a mis padres algunos de los detalles que tiene Peter conmigo. No les puedo decir nada que les dé pistas sobre nuestra ubicación, así que me limito a cosas más personales, como que cocina fenomenal y que da unos masajes en la espalda increíbles. Ninguna de las dos cosas es mentira: ahora que ya estamos instalados en la nueva casa, Peter ha vuelto a cocinarme comida *gourmet* y me siento más que mimada con sus masajes diarios. Creo que es porque no me puede quitar las manos de encima y, como no podemos acostarnos durante las veinticuatro horas del día, se conforma con tocarme de otras maneras, usando cada oportunidad para acariciarme y masajearme desde la cabeza hasta los dedos de los pies, sobre todo, los dedos de los pies. Empiezo a sospechar que mi secuestrador tiene un fetiche porque me da unos masajes de pies sensacionales.

A mis padres no les cuento lo de los masajes de pies. A pesar de la pregunta sarcástica, no me siento cómoda cuando hablo de algo mínimamente sexual con ellos. Tampoco me gusta hablarles sobre otras maneras más íntimas en las que cuida de mí, como cuando me cepilla el pelo o cuando me baña. Es como ser su muñeca humana, una mezcla entre una niña y un juguete sexual. También lo hacía en casa, pero, como trabajaba tanto, era algo más ocasional. Ahora, sin embargo, lo hace todos los días y, aunque toda esta atención debería parecerme perturbadora, lo cierto es que me gusta demasiado como para negarme.

He sido autosuficiente e independiente durante tanto tiempo que es de agradecer que Peter me mime.

Claro está que ni todos los mimos del mundo pueden compensar la pérdida de mi vida y del trabajo que me definía. He pasado de trabajar unas ochenta horas a la semana a tener todos los días libres y no sé qué hacer con las horas muertas. Estar con Peter ocupa una parte de ese tiempo porque ahora que me tiene siempre a mano, follamos dos o tres veces cada día, y con el aire fresco de la montaña duermo más, unas nueve o diez horas cada noche. También suelo almorzar con Peter y sus hombres y, si el tiempo lo permite, salgo a dar largos paseos con él o con quien esté a cargo de vigilarme.

No es una mala rutina. Además, tenemos libros y películas, pero después de tres semanas estoy que me subo por las paredes.

—¿Tú no te sientes enjaulado? —le pregunto a Peter en uno de nuestros paseos matutinos. Hace algo de frío, pero, por suerte, ni llueve ni hace viento. Sin embargo, estos últimos días sí que ha llovido, lo que hace que esté incluso más cabreada—. O sea, sé que trabajas con el ordenador, pero aun así…

Peter se encoge de hombros.

—Me gusta este descanso. No es algo que suela pasar, así que mis chicos y yo aprovechamos siempre que podemos. Dentro de poco tendremos que hacer un trabajo importante, así que este respiro no durará mucho.

—¿Qué tipo de trabajo? —pregunto por curiosidad—. ¿Otro asesinato?

De repente, se detiene y me lanza una mirada impasible.

—¿De verdad quieres saberlo? —Dudo, pero asiento con la cabeza.

—Sí, quiero saberlo. —No es que no sepa quién es Peter o a qué se dedica. Ya experimenté de primera mano sus dotes para matar la noche en la que nos conocimos. Si hubiera algún narcotraficante que les pagara a él y a su equipo una cantidad desmesurada de dinero para matar a otro asesino peligroso, lo mínimo sería enterarme de todo.

Por lo menos sería entretenido. Como si fuera una película de suspense de James Bond.

—Hay un banquero en Nigeria que está molestando a una persona —dice Peter mientras me coge de la mano y seguimos el paseo—. Esa persona nos ha contratado para encargarnos del problema.

—¿Un banquero? ¡Qué raro que alguien necesite vuestras habilidades para eso! —Me había imaginado a un capo criminal despiadado. Tampoco es que piense que el trabajo de Peter sea algo noble. Pero, aun así, una ingenua parte de mí quiere creer que la mayoría de sus objetivos son personas que se merecen lo que les va a pasar.

—Este banquero en particular tiene un pequeño ejército y es el dueño del pueblo en el que vive y de la mayoría de los cuerpos policiales de la localidad —explica mientras nos dirigimos hacia un estrecho sendero que nunca había visto—. Al parecer, es uno de los hombres más ricos de Nigeria y no está donde está por vender seguros.

—Vaya. —La imagen que tenía de ese hombre acaba de cambiar—. ¿Así que no es una buena persona?

Peter sonríe sin gracia.

—Se podría decir que no. Lo último que se sabe de él es que mató a varios de sus adversarios y torturó o mutiló a otros cincuenta, sin contar a sus familias. El hombre que nos ha contratado es el primo de una de las víctimas. Violaron a su hija para darle una lección a su familia.

El terror me constriñe la garganta y de repente me alegro muchísimo de que Peter vaya a por ese monstruo.

Me alegra y me preocupa a la vez porque esto es bastante más peligroso de lo que me esperaba.

—¿Y cómo vas a…? —Paro porque no sé cómo planteárselo.

—¿Dar con él? —Asiento y observo la tranquilidad en su rostro.

—Sí.

—Seguiremos el procedimiento habitual. Investigaremos todo lo que podamos sobre su seguridad, estudiaremos sus rutinas y, cuando llegue el momento, daremos el golpe.

Intento que esta burbuja de miedo irracional me desaparezca del pecho. Peter y su equipo están muy cualificados y, en cualquier caso, es absurdo preocuparse por la seguridad del asesino que me secuestró. Así que decido centrarme en lo importante.

—¿Significa eso que vas a estar fuera mucho tiempo?

—No, a no ser que algo se tuerza. Anton y Yan volarán allí la semana que viene para el reconocimiento, pero Ilya y yo solo iremos para las últimas fases de la operación. Supongo que será dentro una o dos semanas y, en principio, no pasaré fuera más de un par de días.

Me empiezo a morder el interior de las mejillas.

—¿Qué pasa conmigo? ¿Vas a dejarme aquí mientras estás en Nigeria?

—Yan se quedará contigo —dice Peter mientras nos apartamos del sendero para ir hacia un claro. Intento esconder mi decepción. A pesar de lo que me contó el día de la tormenta, aún no he desechado del todo la idea de escaparme. Sí, me ha enseñado el acantilado y durante nuestros paseos he visto unos cuantos más, pero eso no significa que toda la montaña sea infranqueable. Tiene que haber alguna manera de bajar que Peter no me quiere enseñar y, si me da el tiempo y la libertad suficientes, puede que la encuentre. Qué hacer después y cómo mantenerme lejos de sus garras una vez llegue a casa es otro asunto, pero los problemas de uno en uno.

Tengo que mantener la esperanza o la desesperación acabará conmigo.

—¿No necesitas a todo tu equipo? —pregunto disimulando mi interés—. Pensaba que trabajabais como una sola unidad.

—Sí, pero nos amoldaremos. —Peter me lanza una mirada sarcástica mientras vamos hacia el claro—. No te preocupes, *ptichka*. No te vamos a dejar tirada aquí sola.

Ni siquiera contesto. ¿Para qué? Además, ya hemos

llegado a nuestro destino: un acantilado con unas maravillosas vistas al lago que hay debajo.

—Vaya. —Exhalo a la vez que asimilo el increíble paisaje que se puede ver desde el borde del acantilado—. Es precioso.

Tras estos últimos días de lluvia, la atmósfera está cristalina y el cielo tiene un color azul pálido perfecto. No se ve ni una sola nube. Como no sopla el viento, el lago que hay bajo nosotros está tan calmado que parece un espejo gigante que refleja las montañas majestuosas que hay a su alrededor.

Si no estuviera aquí en contra de mi voluntad, pensaría que este es el lugar más bonito del mundo.

—Sí, precioso —contesta Peter con la voz más ronca de lo normal. Me aprieta la mano con la suya y, cuando me giro, veo la mirada metálica ardiente de deseo. El corazón se me para y el calor se me extiende por todo el cuerpo, ahuyentando el frío que tenía por estar a gran altitud.

Ahora siempre es así. Una mirada, una caricia y estoy perdida. Incluso cuando solo nos estamos dando la mano, el corazón me late un poco más rápido y, cuando me mira así, se me ablandan los huesos y se vuelven líquidos, el cuerpo se me excita al momento.

Sonrojada, le suelto la mano y doy un paso hacia atrás para evitar tambalearme hacia él. Nos hemos acostado hace menos de dos horas y aún me duele. Son perturbadoras las ganas que le tengo y la falta de control sobre mi reacción. La química que hay entre nosotros siempre ha sido algo explosivo, pero desde aquella mamada, algo ha cambiado en mi deseo, algo que parece estar arraigado a lo más inmoral de todo esto.

No. Intento que ese pensamiento se esfume, me niego a caer en la tentación. Peter no tenía razón. No quiero ser su prisionera. Esto no es un juego sexual: es mi vida, mi futuro. Todo por lo que me he esforzado se ha ido, me lo ha arrebatado el hombre que me está mirando con esos ojos plateados ardientes. Sean cuales fueran los anhelos que ha despertado en mí, nunca estaré bien en esta relación forzada.

No puedo estarlo.

Aun así, cuando se acerca a mí y me gira hacia él, no me resisto. No me aparto cuando inclina la cabeza y aprieta los labios contra los míos. El fuego que se extiende por mis venas elimina cualquier ápice de razón, moralidad y sentido común. Le enredo los dedos en el pelo, el cuerpo se entrelaza con el suyo y, cuando me empuja contra un árbol, sucumbo y abrazo la oscuridad, liberando a mi monstruo interior.

A MEDIDA QUE LOS PREPARATIVOS PARA EL TRABAJO DE Nigeria se van ultimando, estoy cada vez más desesperado por acercarme a Sara, tengo una necesidad descontrolada de estar con ella. Cuando no estoy entrenando con mis hombres o encargándome de la logística de la misión, o estoy con ella o pienso en ella. Es como una adicción, un antojo que nunca desaparece, y lo peor es que haga lo que haga, no puedo conseguir que Sara sienta lo mismo.

No puedo lograr que acepte su vida conmigo.

No es que luche contra mí de manera física. Al contrario, responde cada vez que la toco y veo en esos ojos el mismo deseo que a mí me está devorando por dentro. Puede que lo niegue, pero le gusta el sexo duro conmigo, incluso más que el suave. Cuando yo tengo el control, se libera, alivio su tormento de culpa y hago que su cerebro deje de ir a mil por hora. Nuestros deseos se complementan y tenemos una conexión ardiente con un calor perverso. Pero incluso cuando su cuerpo me abraza, siento el frío de su distancia mental, los intentos por alejarse de mí.

En cierto modo, lo entiendo. La he separado de su vida, de su familia y del trabajo que amaba. Esta última parte me molesta porque sé que la personalidad de Sara estaba muy ligada a ser una doctora de éxito. Puede que la música fuera su pasión y la medicina fuera lo pragmático, lo que querían sus padres para ella, pero aun así le gustaba su trabajo. Lo veía cada vez que volvía a casa cansada pero eufórica por el reto que suponía traer vidas a este mundo y curar las enfermedades de los pacientes. Ahora parece que está perdida, que está rota de una manera indefinible, y lo odio.

A mi *ptichka* le encanta ayudar a la gente y se lo he arrebatado.

Para animarla, decido comprar un par de instrumentos musicales y material de grabación en el siguiente viaje, así Sara podrá grabarse cantando algunas de sus canciones pop favoritas. También le pido a Ilya que me ayude a convertir una parte del salón que hay en la planta de abajo en una sala de baile, por si Sara quiere volver a bailar salsa o ballet.

—¿Qué haces? —pregunta Sara cuando nos ve levantando una pared y le explico la idea. No parece que le haga mucha ilusión, pero últimamente nada le ilusiona.

Es como si la chispa interior se le hubiera apagado y no sé qué hacer para volver a encenderla.

—Lo estás jodiendo, tío —murmura Ilya cuando Sara sube las escaleras después de la llamada a sus padres con los hombros rígidos y los ojos color avellana llenos de lágrimas—. De verdad, esa chica no se merece esto.

Le lanzo una mirada oscura y se calla, pero sé que tiene razón.

Estoy destruyendo a la mujer que amo y no puedo parar.

No importa lo que pase, no puedo dejarla ir.

CUANDO ANTON Y YAN VUELVEN DE LA MISIÓN DE reconocimiento, a la sala de baile solo le faltan los espejos que pretendo comprar cuando vuelva de mi viaje a Nigeria, junto con los instrumentos y el material de grabación. También descargo miles de vídeos musicales de éxito en un iPad sin conexión a internet y se lo doy a Sara. Aunque me lo agradece, de nuevo lo hace con desgana.

Ha llegado a un punto en el que prefiero que se pelee conmigo de manera activa, como hacía los dos primeros días después de nuestra llegada.

No es la primera vez que pienso en la pastilla del día después que le di y los condones que aún seguimos usando. A lo mejor fue un error escuchar a mi conciencia y ceder ante las súplicas de Sara respecto a este tema. Cuando le bajó la regla hace dos semanas, sentí como si hubiera perdido algo y, da igual lo mucho que intente sacarme de la cabeza la idea de tener un hijo con Sara, no paro de obsesionarme.

No puedo dejar de desearlo.

Mi pajarito, embarazada. Me viene una imagen a la cabeza muy clara cuando la miro. La tripa hinchada, los pechos grandes y maduros, el milagro de la vida creciendo dentro de ella… Tendría los pezones mucho más sensibles, el cuerpo esbelto y bonito se le suavizaría y, cuando el bebé naciera, ella lo adoraría.

Cuidaría de nuestro bebé de la manera en la que mi madre biológica nunca cuidó de mí.

Es tentador y el deseo me devora cada día más. Aquí, Sara está completamente bajo mi poder. Si decidiera no usar condones, ella no podría hacer nada, no podría conseguir una pastilla del día después por su cuenta. Tendría un hijo y lo querría y, algún día, aprendería a quererme a mí también.

Seríamos una familia y por fin la tendría de verdad.

Sería mía y nunca querría marcharse.

～

La noche anterior a que Ilya y yo nos vayamos a Nigeria, les preparo una cena especial a Sara y al equipo, improvisando los platos favoritos de cada uno y cocinando un par de recetas japonesas que llevaba tiempo queriendo intentar.

—¿Por qué no comemos así todos los días? —se queja Anton mientras se sirve por segunda vez *vinegret*, una ensalada con remolacha típica de Rusia—. De verdad, tío, tienes que currártelo más. Ayer solo comimos pescado y arroz.

Le enseño el dedo y los gemelos Ivanov se ríen antes de empezar a comer su plato favorito: brochetas de cordero cocinadas al estilo georgiano servidas con salsa picante. Sara también sonríe mientras se llena el plato cogiendo un poco de todo, incluso de mi intento de tempura de verduras.

Mientras comemos, los chicos y yo hablamos sobre la logística del trabajo y Sara nos escucha callada, como acostumbra a hacer durante las comidas. Mantiene las distancias conmigo y con mis hombres. Casi nunca habla con ellos, al menos cuando estoy yo presente. El único que parece gustarle es Ilya, pero incluso con él es reservada, educada pero nada cercana. Creo que se siente incómoda cuando está con mis compañeros. Eso o los odia por ser mis cómplices.

No me molesta su actitud con los chicos. De hecho, lo prefiero. Durante las últimas seis semanas, he pillado a los tres mirando a Sara con cierto interés y me he tenido que contener para no cortarles el cuello. Sé que no implica nada que la miren, cualquier hombre con sangre en las venas se daría cuenta de la distinguida belleza de Sara, pero aun así me dan ganas de matarlos.

Es mía y no la voy a compartir. Nunca.

En cualquier caso, me alegro de que sea Yan el que se queda aquí. De los cuatro, es el que tiene la cabeza más fría y, aunque confíe en mis tres compañeros, me fío más del autocontrol de Yan. No tocaría a Sara ni aunque lo tentara y eso es lo que quiero.

Necesito saber que está a salvo para poder centrarme en el trabajo.

—¿Y qué pasa con los vecinos de la ciudad? —pregunta Yan mientras Ilya explica nuestra ruta de escape tras el golpe. Estamos todos hablando inglés por respeto a Sara y, para mi sorpresa, veo que palidece cuando hablo de las bombas que vamos a detonar como modo de distracción.

Si no la conociera mejor, pensaría que está preocupada por nosotros.

Hablamos de nuevo sobre la logística del bombardeo y estamos en medio de la conversación sobre los planes de contingencia cuando Sara se levanta de repente, arañando el suelo con la silla.

—Perdonadme —dice con voz temblorosa y, antes de que pueda detenerla, corre hacia las escaleras y desaparece en la planta de arriba.

## 23

S*ara*

ME ENCUENTRO MAL, CREO QUE ES ANSIEDAD. ME DUELE el estómago y siento como si un camión me hubiera pasado por encima. Desde que Peter me contó lo del banquero de Nigeria, he intentado no pensar en el peligro que supone, pero esta noche, cuando escuchaba a los hombres hablar sobre la increíble seguridad de las instalaciones del banquero y lo que harán en caso de que uno de ellos acabe herido o muerto, no he podido esconderlo durante más tiempo.

Mañana, Peter y sus compañeros irán a por un monstruo a su guarida altamente vigilada y no hay garantías de que salgan vivos.

Me encierro en el baño y corro hacia el lavabo a echarme agua fría en la cara para intentar respirar a través de la tensión sofocante que siento en la garganta. Parece un ataque de pánico, pero el miedo que estoy sintiendo no tiene nada que ver con mi propia situación, que, en realidad, podría resolverse con la muerte de Peter.

Una vez me dijo que una bala en el cerebro o en el corazón es lo que haría falta para separarnos. Y tiene razón. Mientras mi secuestrador siga vivo, nunca me libraré de él. Aunque consiguiera escapar de algún modo, vendría a por mí. Así que debería desear que lo mataran, de un disparo o saltando por los aires con una de esas bombas. Entonces, sus compañeros me llevarían a casa y continuaría con mi antigua vida.

Podría recuperarlo todo si él muriera.

Es lo que debería querer; sin embargo, el terror y la ansiedad me consumen. La idea de que Peter salga herido de cualquier manera es insoportable, más ahora que la noche que me secuestró. Durante las últimas seis semanas, he hecho todo lo posible para controlar mis emociones y responder solo de manera física, pero está claro que no ha funcionado.

Los putos sentimientos que he desarrollado hacia el asesino de mi marido siguen ahí. Diría que incluso han crecido durante mi cautiverio.

Cada vez me encuentro peor y cojo una toalla para frotarla contra la cara mojada. Noto un nudo gigante en la garganta y puedo sentir cómo la sangre me late en las sienes cuando introduzco respiraciones poco profundas en la oprimida caja torácica. La cara reflejada en el espejo del baño está blanca como la nieve y tiene manchas rojas en las zonas en las que he apretado demasiado con la toalla.

Mañana, Peter podría morir.

—¿Sara? —Los golpes en la puerta me asustan y giro la cabeza hacia ella dejando caer la toalla—. *Ptichka*, ¿estás bien? —La voz profunda de Peter muestra preocupación.

Los pulmones aún no me funcionan del todo, pero consigo tragar aire de manera abrupta y exhalar.

—Estoy bien. Un segundo.

Cojo la toalla del suelo con manos temblorosas, la tiro al cesto de la colada que hay en la esquina y me paso los dedos por el pelo intentando tranquilizarme. Los ataques de pánico han disminuido en las últimas semanas y no quiero que Peter sepa que me he venido abajo solo por escuchar los peligros a los que tiene que enfrentarse.

Después de respirar hondo varias veces, voy hacia la puerta y la abro. Peter entra al instante con la frente arrugada por la preocupación y me mira de arriba abajo para ver si estoy herida.

—¿Qué ha pasado? ¿Estás bien?

—Sí, lo siento. Es solo que me duele el estómago —digo con voz casi calmada—, pero estoy bien.

Peter frunce el ceño aún más.

—¿Estás en esos días del mes?

—No, es solo… —Me detengo y hago las cuentas mentalmente. Para mi sorpresa, tiene razón. La última regla me bajó hace casi cuatro semanas, lo que explica en parte lo que siento—. Ahora que lo pienso, sí —digo, aliviada por poder usar esa excusa—. No me había dado cuenta, pero tiene que ser eso.

Ya no hay tanta tensión en la cara de Peter.

—Mi pobre *ptichka*. Ven aquí. —Se acerca y me abraza y yo le rodeo la cintura con los brazos, respirando el aroma caliente, mientras me acaricia el pelo. El pánico empieza a desvanecerse y sentir los músculos duros hace que la ansiedad disminuya, pero el temor a lo que pueda pasar mañana se niega a marcharse.

¿Y si lo matan?

—¿Quieres tumbarte? —murmura Peter tras unos segundos. Se echa hacia atrás para mirarme y yo niego con la cabeza. Aún noto la presión en el pecho y dolores muy fuertes en el estómago, pero estar sola con la ansiedad solo complicaría la situación.

Me separo de él y consigo sonreír un poco.

—Estoy bien. Siento haber arruinado la cena. Todo estaba buenísimo.

Aún se le ve algo preocupado, pero asiente aceptando mis palabras en sentido literal.

—¿Quieres postre? —pregunta—. Es pastel de manzana. Te lo puedo subir si no te apetece…

—No, bajo. De todas maneras, tengo que tomarme un ibuprofeno.

Y, tras coger aire, salgo del baño decidida a hacer lo que haga falta para olvidarme de lo que ocurrirá mañana.

## 24

**P**eter

CUANDO LLEGAMOS A LA COCINA, EL COMPORTAMIENTO de Sara cambia de golpe como si alguien hubiera pulsado un interruptor, encendiendo así una personalidad diferente. Parece que la invade una especie de energía frenética. Después de tomarse dos ibuprofenos, empieza a correr por la cocina, guarda las sobras y saca platos limpios para el postre a la velocidad de alguien que se apresura para coger un tren.

—Yo me ocupo, *ptichka*. Relájate —le digo guiándola hacia la silla mientras intenta sacar la tarta del horno sin manoplas—. No te encuentras bien, tómatelo con calma.

—Estoy bien —protesta, pero la ignoro y saco con

cuidado la tarta del horno antes de llevarla a la mesa mientras los chicos observan confundidos la situación.

Sara se queda quieta durante unos instantes y me deja cortar la tarta en cinco trozos, pero después vuelve a la carga.

—Venga, déjame servirla —dice cogiendo el plato de Ilya. Al darse cuenta de que no tiene los utensilios adecuados, corre al cajón de la cocina y regresa con una espátula.

Esta vez la dejo hacerlo, aunque no tengo ni idea de qué le pasa. Tiene los ojos demasiado brillantes, febriles por una emoción reprimida, y el rostro muy pálido. ¿Estará enferma? Pero entonces debería estar cansada y no estar corriendo como un torbellino.

—Toma —dice empujando la tarta hacia Ilya—. ¿Quieres algo más? ¿Nata montada?

—Eh, no, gracias. —Mi compañero le guiña un ojo a Sara—. Estoy bien.

Ella le responde con una sonrisa atípica y amplia y coge el plato de Anton.

Deja caer un trozo de tarta en él y se lo da. Después, hace lo mismo con Yan y conmigo antes de servirse una porción para ella.

Sentada, clava el tenedor en su trozo, mira hacia arriba y examina nuestras caras perplejas.

—Entonces —dice con una voz tan alegre que apenas la reconozco—, ¿vosotros también tenéis tarta de manzana en Rusia o es cosa de americanos? Ya sabéis que no hay nada más americano que una tarta de manzana.

Yan responde primero.

—Tenemos tarta de manzana —contesta con una divertida sonrisa—. No es exactamente como esta, pero hacemos tartas y tartaletas *pirozhki* rellenas de manzana y bayas y también de carne, patatas, champiñones, repollo, cebollas verdes y huevos.

—¿Repollo, cebollas verdes y huevos? —Sara arruga la nariz—. ¿En serio?

—Bueno, no todo junto —aclara Yan—. O huevos y cebollas verdes o repollo. Ah, los champiñones también pueden ir con las cebollas y el queso.

Sara ladea la cabeza observándolo con interés.

—Ah, ¿sí? ¿Qué otros tipos de productos horneados os gustan a los rusos?

—Oh, hay muchos —responde Anton metiéndose en la conversación. Sin percatarse, Sara ha dado con la mayor debilidad de mi amigo, los dulces y la bollería. Ilya y yo intercambiamos miradas exasperadas mientras él se lanza de lleno con una larga lista de sus tartas y productos de bollería favoritos, describiendo cada una con tantos detalles que a cualquiera se le caería la baba.

—Vaya —dice Sara cuando él hace una pausa para recuperar el aliento—. Peter, ¿sabes hacer todo eso?

—Algunos sí —contesto dejando el tenedor—. Si quieres, puedo intentarlo con el Napoleón cuando regresemos. Es la versión rusa de *mille-feuille*, el pastel de varias capas del que te hablaba Anton.

—Sí, por favor —responde Anton aunque no me

dirigía a él—. ¿Cómo lo dicen los americanos? Porfa, porfa, porfa.

Ilya y Anton se ríen, pero la cara de Sara se tensa durante una fracción de segundo. Al momento, sin embargo, se une a ellos con una carcajada. Me pregunto si habrán sido imaginaciones mías. No es que importe, su comportamiento ya es bastante extraño.

Mientras comemos el postre y bebemos té, una tradición rusa que los chicos le cuentan a Sara, la miro tratando de descubrir la razón de su repentino cambio de humor. Es como si una persona diferente se hubiese apoderado del cuerpo de Sara. Está bromeando y riéndose con mis hombres como si no le importara nada en el mundo. Sin embargo, por debajo de la mesa se está removiendo en la silla y tiene el brazo colocado alrededor del estómago, una clara señal de los dolores que la atormentan.

Me perturba este misterio. Cuando se acaba la tarta de manzana, les digo a los chicos que se encarguen de la limpieza. Sara se pone en pie de un salto para ayudarlos, pero le agarro de la muñeca antes de que pueda comenzar a corretear de nuevo.

—Ven —le digo—. Es hora de irse a la cama.

No pone ninguna objeción, a pesar de que apenas son las nueve. Cuando llegamos al dormitorio, empieza a desnudarse sin preguntar. Aún le brillan los ojos con esa luz febril.

Mi respuesta física es inmediata. Tan pronto como se quita la camisa y se desabrocha el sujetador, el pene se me pone duro como una piedra y unas punzadas de calor me recorren la piel. Cuando deja caer el sujetador al suelo, antes de quitarse los pantalones, me empieza a latir el corazón contra la caja torácica. Sin embargo, lo que más me excita es que ella me sostiene la mirada en todo momento. El destello febril que tiene en esos ojos color avellana intenso se transforma en un brillo seductor y anhelante.

El tanga es lo último que se quita y luego viene hacia mí contoneando las caderas estilizadas con una delicadeza inconsciente.

De manera casi imposible, se me endurece aún más. Me cuesta no tocarla cuando se detiene delante de mí. Con esas manos tan finas, me alcanza el botón superior de la camisa.

—Pensaba que no te encontrabas bien —digo con voz ronca, llena de la lujuria que se apodera de mí—. *Ptichka*, no tienes que…

—Shhh. —Levanta el brazo y me aprieta ese delicado dedo contra los labios—. No quiero hablar.

Me palpita el corazón con fuerza en los oídos mientras baja la mano y empieza a ocuparse de los botones de la camisa. Es la primera vez que Sara da el primer paso en el sexo conmigo. Mientras me roza la piel con los dedos, el calor dentro de mí se vuelve volcánico. La necesidad de follarla es tan fuerte que aprieto los puños. Lo está haciendo con una concentración exquisita. Se muerde el labio inferior de manera seductora mientras el pelo le cae en ondas gruesas y brillantes alrededor del rostro. Literalmente tiemblo con la necesidad de alcanzarla, agarrarla y tomarla, una y otra vez.

Pero no me muevo. No puedo. Este contacto por voluntad propia es un regalo que no esperaba esta noche, que ni siquiera me he atrevido a desear. No sé qué se le está pasando por la cabeza ni por qué está haciendo esto, pero no me voy a quejar.

Tras desabrochar todos los botones, Sara me quita la camisa de los hombros. Levanta la vista hacia mí a través de las pestañas oscuras y extiende la mano hacia la cremallera de los pantalones.

Lo hace con dedos más vacilantes ahora, casi reticentes, pero no importa. La sangre que me corre por las venas es como lava. Tiene el cuerpo desnudo tan cerca que puedo olerla, sentirla... todo menos saborear su dulzura en la lengua. Los pezones se le han tensado y endurecido. Las pálidas areolas de sus senos se balancean ligeramente mientras lidia con la hebilla del cinturón. Un gemido se me escapa mientras me libera el pene palpitante y se arrodilla ante mí.

—Sara... —Apenas puedo hablar mientras me acuna los testículos con la suave palma de la mano y con la otra me envuelve la polla. Se inclina y lo lame con delicadeza de abajo arriba, provocando que el calor suba y baje de manera vertiginosa por mi columna. Se me endurecen los huevos y sé que estoy a punto de correrme. Tratando de respirar, intento pensar en otra cosa, algo para retrasar el aumento explosivo de tensión, pero ella me rodea con los labios guiándome dentro de la boca suave y húmeda. Pierdo todo intento de control.

Gimiendo, le agarro la cabeza, le enredo los dedos en el pelo mientras la embisto por completo, haciendo que se atragante y tenga arcadas cuando le golpeo la garganta. No es lo que quería, no era lo que pensaba hacer esta noche, pero cuando la lujuria toma las riendas es demasiado violenta, demasiado potente para resistirse. De rodillas, con esas ondas castañas sobre la espalda esbelta y los ojos llorosos mientras me follo su cara, Sara es lo más sensual que he visto nunca. Y saber que está allí por voluntad propia...

—¡Joder! —exclamo cuando me aprieta los testículos con la mano y el orgasmo hierve en mi interior, el placer se dispara fuera de control. Se me tensan los músculos y se me curva la columna cuando el éxtasis me golpea las venas. Con un grito ronco, me corro y el semen le baja por la garganta.

Se traga cada gota, me chupa la polla hasta que se ablanda. Durante todo el tiempo, me mira con esos ojos color avellana fijos en los míos. Es como si se estuviera bebiendo mi placer, alimentándose de mi necesidad de ella. Me recuerda a la vez que la castigué, solo que esta noche no veo que tenga la misma sumisión aturdida en la mirada. Está haciéndolo porque quiere, no porque yo la obligue. Cuando la última ola de placer se desvanece, la levanto y la llevo a nuestra cama, decidido a hacerlo bien.

—Túmbate —le digo, guiándola sobre las sábanas, y obedece tendiéndose de espaldas. Tiene la mirada ensombrecida y los párpados medio cerrados mientras observa cómo me subo encima de ella. Sé que aún está bajo el control de lo que sea que la haya estado dominando esta noche.

El misterio me corroe, pero ahora no es el momento de averiguarlo. Todavía respiro con fuerza por las secuelas del placer, pero quiero más. Quiero saborearla cuando se corra, sentir cómo me envuelve con los brazos. Más que una necesidad sexual, es una obligación.

Con Sara nunca tengo suficiente.

Así que me entrego. Con el deseo más apremiante saciado, me tomo mi tiempo para jugar con ese cuerpo, besando y acariciando cada centímetro de la carne perfumada, cálida y dulce. Mi Sara es deliciosa, tiene la piel pálida, tierna y lustrosa y las curvas delicadas son suaves, pero firmes al tacto. Los gemidos, los pequeños jadeos entrecortados, los suspiros al lamerla. Le daría al mundo lo que fuera por quedarme así para siempre, seguir escuchando esos gemidos mientras se me deshace en la lengua.

Dos orgasmos, tres, luego cuatro… pierdo la cuenta después de un rato, consumido por ella, adicto a su placer. Le hago correrse con los dedos y con la boca y luego la tomo con suavidad, siendo consciente de su malestar premenstrual. No se opone. Se aferra a mí mientras me muevo con cuidado hacia delante y hacia atrás. Después de correrme, bajo una vez más, saboreando nuestra humedad conjunta mientras le succiono el clítoris. Me agarra el pelo con los dedos.

Esas respiraciones jadeantes y los gemidos suplicantes son como una droga que tomo en exceso, atrapado por su aroma, sabor y tacto. Tumbada allí, consumida, resplandeciente y agotada, la cojo entre los brazos y siento cómo le late el corazón contra el mío mientras nos quedamos dormidos.

## 25

Sara

ME DESPIERTO CON UNA SENSACIÓN EXTRAÑA EN LA QUE se mezclan el bienestar y el malestar y, durante un minuto, intento recordar por qué.

Peter.

Se marchó a Nigeria esta mañana después de hacerme el amor toda la noche.

Ahora parece surrealista, como un sueño del que despierto. No puedo creer que me haya insinuado a él de esa manera ni lo que pasó luego… Me doy la vuelta entre quejidos y saco las piernas fuera de la cama. Me están dando unos retortijones muy fuertes en el estómago. Cuando llego al baño, no me sorprende descubrir que me ha bajado la regla. Lo que sí me sorprende es que anoche olvidamos de nuevo los condones y no me preocupó.

Es como si de manera inconsciente quisiera quedarme embarazada.

«No». Alejo ese horrible pensamiento. Definitivamente no quiero tener un hijo de esta forma. Anoche no pensaba con claridad. Después de escuchar a los hombres hablar de los peligros a los que van a enfrentarse, estaba tan preocupada y desesperada por distraerme que casi ataco a Peter, seduciéndolo, a pesar de lo mal que me sentía. Estoy bastante segura de que me habría dejado en paz anoche, ya que siempre es muy atento cuando estoy enferma, pero necesitaba una distracción y eso es precisamente lo que obtuve. Durante el segundo orgasmo, me olvidé de todo lo de Nigeria y de que no me encontraba bien, pero en el cuarto, apenas podía recordar mi propio nombre.

Necesito de manera urgente una ducha, así que no hago caso a las molestias tortuosas que tengo en el estómago y me meto en el cubículo para lavarme de la cabeza a los pies. Luego, me seco, me cepillo los dientes y vuelvo a la habitación a vestirme. Para mi sorpresa, encuentro un vaso de agua y un ibuprofeno en el tocador. Peter ha debido dejármelo ahí esta mañana.

Sintiéndome patéticamente agradecida, me tomo el medicamento y me tumbo, esperando que la peor parte del malestar se pase. Es una tontería, pero ya echo de menos a mi captor… echo de menos sus atenciones y cuidados. Sé que es solo porque me siento mal, pero quiero que esté aquí para masajearme el vientre, para abrazarme y para hacerme sentir como si fuese el centro de su mundo.

Quiero que esté aquí y no al otro lado del mundo donde vuelan balas y explotan bombas.

«No. No, no, no». Aprieto los ojos, pero es demasiado tarde. La ansiedad que creía disipada regresa con una explosión tóxica: el pánico me constriñe el pecho y la garganta. Es absurdo, completamente irracional, pero no quiero ver a mi torturador muerto. Ni siquiera puedo pensarlo. Su impacto en mi vida es tan absoluto, tan integral, que no me la imagino sin él.

No quiero imaginármela.

El pecho me oprime aún más y me concentro en la respiración para intentar liberar la tensión en los músculos y desacelerar el pulso. Me digo a mí misma que Peter estará bien, que puede controlar cualquier cosa que se ponga en su camino. El peligro es su zona de confort y los asesinatos, su profesión. No hay ningún motivo para pensar que algo vaya a salir mal, no hay ningún motivo para imaginar que no va a volver.

«Pero resultó herido en la misión de México».

«No». Respirando hondo, alejo ese pensamiento insidioso. Es una tontería preocuparse por un único error. A lo largo de los años, Peter ha realizado muchos trabajos peligrosos sin sufrir daño alguno.

De hecho, mató a mi marido y a los tres guardias sin recibir poco más que un rasguño.

Se me revuelve el estómago, empeorando los

retortijones, y la bilis me llena la garganta al recordarlo. ¿Cómo he podido olvidarme, incluso por un instante, de la clase de hombre que es Peter y de lo que ha hecho? Aquí arriba, en esta montaña, mi antigua vida parece menos real, pero eso no significa que no haya pasado.

No significa que el marido al que amé no haya existido.

Cierro los ojos y me concentro en George y en los recuerdos felices que compartimos. Fueron tantos: nuestras primeras citas, el viaje a Disney World, las barbacoas en casa de mis padres... Ellos le querían, lo tenían en un pedestal y durante años yo también. Reíamos y llorábamos juntos, hacíamos planes fuera y dentro de casa. Estuvo en mi graduación de la universidad y yo en la suya. Después las cosas se pusieron difíciles: yo con la facultad de medicina y la residencia, él con sus interminables viajes por el extranjero. Y, aun así, estábamos unidos. Nuestro amor se reforzaba al saber que nuestras vidas acababan de empezar, que éramos jóvenes y podíamos resistirlo todo.

Eso fue antes de la bebida y de los cambios de humor, por supuesto... antes de que sus secretos destruyesen nuestro matrimonio y trajesen a Peter a casa.

Al abrir los ojos, miro al techo y siento el dolor familiar de la traición. Desearía poder olvidar esa parte, fingir que todo lo que me contó Peter es mentira, pero no puedo negar los hechos.

El chico que conocí en la universidad no era el hombre con el que me casé y, durante años, no tuve ni idea de por qué.

Espía, no periodista. Todavía parece imposible. ¿George me lo habría contado alguna vez? Si la tragedia en Daryevo y todo lo que supuso no hubiese ocurrido, ¿me habría enterado de su verdadero trabajo? ¿O lo habría mantenido en secreto durante toda la vida, mintiéndome con una sonrisa?

Al darme cuenta de que los pensamientos me están angustiando, intento concentrarme en los momentos felices, pero es inútil. Lo que George y yo tuvimos podría haber estado bien alguna vez, pero no fue así al final y no puedo olvidarlo. No puedo borrar el dolor y la culpa, la vergüenza y la desesperación que sufrí mientras nuestro matrimonio se derrumbaba con lentitud, aplastado por el peso de su adicción. Perdí a mi marido mucho antes del accidente que le rompió el cráneo, antes de que Peter apareciera con sus planes mortales de venganza.

Lo perdí cuando Peter perdió a su familia, solo que yo no lo supe en ese momento.

Todavía me duele el estómago, pero las pastillas comienzan a surtir efecto, así que me levanto y empiezo a vestirme. No soporto pensar en George durante tanto tiempo porque incluso los recuerdos felices ahora están manchados por la mentira, por la idea de que nunca conocí de verdad al hombre con el que me casé.

El hombre cuyo asesino me preocupa ahora.

Desesperada por reprimir una nueva oleada de ansiedad, cojo el iPad que Peter me dio y pongo un videoclip. Canto junto a Ariana Grande mientras me visto y me cepillo el pelo. La música me levanta un poco el ánimo y, cuando bajo las escaleras, saludo con voz normal a Yan, sentado detrás de la encimera con un portátil:

—Buenos días.

—Buenos días —responde levantando la vista de la pantalla mientras empiezo a prepararme un café. Como siempre, el hermano de Ilya está vestido como si trabajase para una empresa de inversores, tiene el pelo bien peinado y la cara afeitada a la perfección. Me sonríe, pero su mirada de ojos verdes se mantiene fría mientras dice:

—Peter te dejó crema de avena en el horno.

—Oh, gracias. —Siento una opresión en el pecho con un calor inquietante mientras camino hacia el horno y sirvo la crema de avena en un tazón. A estas alturas ya debería estar acostumbrada, pero todavía me sorprende cómo Peter nunca parece cansarse de cuidarme. Esta mañana, como todos los días, ha debido tener cosas mucho más importantes en mente, sin embargo, pensó en mí, dejándome un ibuprofeno y ahora este desayuno.

—¿Alguna noticia? —le pregunto a Yan mientras me siento a la mesa—. ¿Sabes algo de ellos?

El ruso niega con la cabeza.

—Faltan ocho horas para que aterricen. —Su tono de voz es ligero, pero noto cierta tensión encubierta.

A su manera, posiblemente psicótica, está preocupado.

Me aumenta la ansiedad de nuevo, el apetito desaparece, pero me obligo a comer mientras Yan devuelve la atención a la pantalla del ordenador. Peter podría estar fuera durante un par de días o más y no puedo pasar hambre solo porque esté muy preocupada. Tampoco tiene sentido que me preocupe por un hombre al que debería odiar, pero me doy por vencida en esa batalla.

Sea ridículo o no, no quiero ver a Peter herido ni muerto.

Me termino el desayuno, subo las escaleras y me distraigo leyendo y viendo los videoclips que Peter me descargó en el iPad. Entre eso y algunas tareas domésticas ligeras, me mantengo ocupada hasta la hora de comer, momento en el que vuelvo a bajar las escaleras.

Yan no parece estar por ningún lado, por lo que supongo que se encontrará en su habitación o entrenando fuera, en algún lugar. Por un instante, tengo la tentación de repetir mi intento de fuga, el clima es mucho más cálido ahora y, que yo sepa, no se avecina una tormenta, pero decido no hacerlo. Todavía no estoy lo bastante familiarizada con la topografía de esta montaña y caminar a ciegas por los acantilados no parece muy buena idea, sobre todo cuando me encuentro mal por la regla.

Al menos eso es lo que me digo a mí misma para explicar por qué expulso todos esos pensamientos de fuga fuera de mi mente y cojo otro ibuprofeno antes de prepararme un sándwich.

CUANDO BAJO DE NUEVO PARA CENAR, YAN ESTÁ ALLÍ, terminándose un tazón con las sobras de la crema de avena y preparando lo que parece un equipo de grabación de sonido: un par de auriculares voluminosos con un micrófono enchufados al ordenador.

—¿Se sabe algo? —pregunto acercándome a la nevera después de tomarme otro ibuprofeno. Yan niega con la cabeza.

—No deberían tardar en llegar —contesta antes de beberse el resto del té—. Te avisaré cuando aterricen.

—Gracias —digo y comienzo a prepararme un salteado vegano. Puedo sentir que se me acumula la tensión en los omóplatos y la ansiedad con la que llevo luchando todo el día vuelve mientras corto y troceo las verduras antes de sazonarlas con abundante salsa de soja.

—¿Quieres un poco? —le pregunto a Yan cuando alza la vista para ver qué estoy haciendo. Lo rechaza con educación y se pone los auriculares para hacer unas pruebas de recepción de sonido. Todavía parece inusualmente tenso. Está muy concentrado mientras teclea a gran velocidad en el portátil.

Cuando el salteado está listo, me siento a comer y observo con disimulo a Yan. La inquietud me aumenta con cada bocado. Según mis cálculos, ya han pasado ocho horas desde el desayuno y la tensión fuera de lo normal que irradia el ruso afable no ayuda.

—¿Normalmente mantienes el contacto con ellos durante la misión? —le pregunto, ya que no soporto más el silencio—. ¿O esperas a que contacten contigo?

Yan levanta la vista de la pantalla y se quita los auriculares.

—Lo normal es que esté con ellos —responde girando el taburete para mirarme y me doy cuenta de por qué está tan nervioso.

Está acostumbrado a estar allí, en medio de la acción, y no a mirar detrás de la barrera.

—Siento que tengas que cuidarme —le digo apartando el plato a medio comer. Quizás pueda tratar de conocer a este carcelero en lugar de obsesionarme con el destino de Peter—. Supongo que estarás preocupado por tu hermano.

Yan se encoge de hombros y una expresión de indiferencia oculta la tensión que tiene en el rostro.

—Ilya sabe cuidarse solo.

—Sí, estoy segura. —Cojo la taza de té y le pregunto —: ¿Es tu hermano menor o mayor?

Parece que su indiferencia aumenta:

—Mayor por tres minutos.

—Oh. —Parpadeo—. ¿Es tu mellizo?

Asiente con la cabeza.

—Gemelos, aunque parezca mentira.

—Vaya. No os parecéis en nada. —Doy un sorbo al té y observo sus rasgos armoniosos y vagamente aristocráticos. Ahora que le observo más de cerca veo las similitudes con la estructura ósea de Ilya, pero también hay algunas diferencias. La nariz de Yan es más recta y tiene la mandíbula cuadrada y más proporcionada, no tan pronunciada como la de Peter, pero sigue siendo marcada y bien definida. La mayor diferencia, sin embargo, es el pelo.

Yan tiene una cabellera abundante, sin ningún rastro de tatuajes de calaveras a la vista.

—Mi hermano ha tenido mala suerte en algunas peleas —explica al percatarse de mi observación—. Le rompieron la nariz y le golpearon bastante en la cara. Además, tomó esteroides cuando éramos jóvenes y estúpidos porque quería aumentar de volumen.

—Ya veo. —Los esteroides explicarían algunas de las diferencias, incluyendo la del tamaño. No es que el hombre que está sentado frente a mí sea pequeño, tiene aproximadamente la altura de Peter y es igual de musculoso. Sin embargo, su hermano gemelo es enorme, tan grande como cualquier culturista.

—¿Es tu único hermano? —le pregunto y Yan asiente.

—Sí, solo somos nosotros dos.

Dejo la taza.

—¿Tienes más familia?

—No. —Su expresión no cambia, no hay nada que indique pena ni dolor, como si hubiera respondido a la pregunta: «¿Tienes un par de calcetines extra?».

Querría profundizar en eso, pero hay un tema que me interesa más.

—¿Cuándo conociste a Peter? —pregunto apoyándome en los codos—. Trabajasteis juntos antes, ¿verdad?

—Sí. —Yan cierra el portátil y gira el taburete para mirarme por completo—. Ilya y yo fuimos parte de su equipo durante tres años antes de Daryevo.

La mención del pueblo me recuerda las horribles imágenes en el móvil de Peter y el salteado se me revuelve en el estómago.

—¿Los conocías? —le pregunto tratando de mantener la voz firme—. A su mujer y a su hijo, quiero decir.

—No. —Los ojos verdes del ruso brillan tanto como las gemas y son igual de fríos—. Anton es el único que los conoció. El resto no sabíamos que Peter tenía familia hasta que la mataron.

—Oh. —No sé qué decir a eso. Está claro que Peter no confiaba en el hombre que está sentado frente a mí, al menos no lo suficiente como para arriesgarse a desvelar su secreto más preciado. Sin embargo, aquí están, trabajando juntos de nuevo.

—Si yo fuese él, también lo habría mantenido en secreto —dice Yan con una firme sonrisa en el rostro y me doy cuenta de que se ha percatado de mi incomodidad—. Nosotros no metemos familias ni hijos en nuestro mundo.

—¿En serio? —Así que no fue cuestión de confianza, sino una desviación por parte de Peter de su estilo de vida—. Entonces, ¿supongo que ninguno de vosotros ha estado casado?

—Solo Peter —confirma Yan—. Y ya sabes cómo acabó.

Trago el nudo que tengo en la garganta y alcanzo el té de nuevo.

—Sí. Lo sé.

Yan me mira mientras me bebo el resto del té antes de decir en voz baja:

—Esto tampoco durará, ¿sabes?

Bajo la taza.

—¿Qué quieres decir?

—Esto. —Mueve la mano para señalarme a mí y a nuestro entorno—. Sea lo que sea esto, no durará.

Lo miro confundida.

—¿Quieres decir que… me dejará ir?

—No. —La mirada del ruso se enfría otra vez, volviéndose completamente ilegible—. No lo hará. Es un hombre obsesivo y tú eres su obsesión. Nunca te dejará ir, Sara. A menos que uno o los dos estéis muertos.

Respiro hondo, pero, antes de que pueda responder, suena algo y Yan se da la vuelta para mirar el portátil.

—Aterrizaron —dice poniéndose los auriculares—. La diversión está a punto de empezar.

 Peter

La primera parte de la operación transcurre de forma adecuada. De hecho, transcurre tan bien que hace que me ponga nervioso. Nunca es buena señal que todo vaya según lo previsto. Siempre hay algún problema por resolver, alguna especie de obstáculo que sortear. Se espera que haya imprevistos porque nada es cien por cien predecible. Y pensar que sí lo es, que el plan, con independencia de lo flexible que sea, tiene en cuenta todas las posibilidades, es la forma más rápida de ser asesinado.

Entonces, cuando entramos en el complejo del banquero y eliminamos en silencio el número exacto de guardias que planeamos, empiezo a sentirme intranquilo. Cuando pirateamos todas las cámaras, dándole acceso remoto a Yan y nos dirigimos a la habitación del banquero sin encontrarnos con un solo miembro del personal fuera de su rutina, el medidor del peligro se me pone en alerta máxima. Y no soy el único.

—Los hueles, ¿verdad? —murmura Anton cuando nos detenemos delante de la puerta de la habitación.

—¿Que si huelo el qué? —susurra Ilya olfateando el aire con el ceño fruncido.

—La mierda que está a punto de salpicarnos —digo en voz baja—. Es demasiado fácil. Muy parecido a lo que planeamos.

Se enciende una bombilla en la cabeza de Ilya.

—Mierda.

Ninguno de nosotros somos supersticiosos, pero tenemos un gran respeto por la suerte y todos sabemos que demasiada buena suerte puede ser tan mortal como una racha de mala suerte. Una ristra de pequeños obstáculos mantiene la mente despierta mientras que pensar que todo va viento en popa da demasiada confianza. No es que alguna vez nos hayamos relajado en el trabajo, la adrenalina nos mantiene en tensión, pero hay una diferencia entre el estado de alerta normal en la batalla y el estado de alerta intenso que conlleva luchar por nuestras vidas.

Este trabajo ha sido sencillo hasta ahora y, cuando nos encontremos con una situación difícil, porque lo haremos, la suerte será muy perra y nos joderá el doble.

Sin embargo, no hay nada que podamos hacer al respecto aparte de abortar la misión, así que le hago un gesto a Anton para que se prepare e Ilya se detiene frente a la puerta.

Le pega una patada enérgica con ese pie enorme y la puerta sale volando antes de estrellarse contra el suelo. Se escucha un grito de pánico en el interior. Cuando los tres nos apresuramos a entrar en la habitación, vemos que nuestro objetivo está en el suelo con los michelines temblando y que su amante está desnuda y escondida detrás de la cama.

Los pequeños ojos de cerdo del banquero están blancos de terror. Mientras le tiembla el cuerpo redondeado, se revuelve para cubrirse el pene deshinchado con una almohada.

—¡Parad! Por favor, puedo pagaros. Os lo juro, puedo pagaros. Os daré más de lo que sea que os paguen. ¿Qué queréis? ¿Cien mil euros? ¿Medio millón de dólares? Lo tengo. ¡Tengo el dinero, lo juro!

Al ver que no nos detenemos, cambia del inglés a una mezcla de acento francés y alemán y luego a un dialecto hausa, repitiendo desesperadamente la oferta hasta que Anton le apuñala en la garganta para callarlo.

—El primo de Omuya te envía recuerdos —le digo en inglés mientras observo cómo se revuelve al estar ahogándose con la sangre que le brota del cuello. Tarda unos minutos en morir, una muerte fácil, a pesar de todo.

La amante del gilipollas rompe en violentos sollozos detrás de la cama. Hacemos caso omiso al ruido y tomo una foto del cuerpo como prueba para el cliente. Le digo a Ilya en ruso:

—Átala y vámonos. —Normalmente, también eliminaríamos a la mujer, pero esta vez quiero un testigo.

Quiero que las autoridades nos busquen en África, lejos de Sara y de Japón.

Ilya se cuelga la correa de la M16 al hombro, rodea la cama y se acerca a la mujer que llora. Pienso que puede manejar la situación, así que me dirijo hacia la puerta con el instinto de peligro en alerta máxima.

De repente, suena un disparo.

Me giro con un pitido en los oídos por la detonación, pero es demasiado tarde.

Ilya está en el suelo con una mancha roja oscura en la cabeza.

ME PASEO POR EL SEGUNDO PISO DE HABITACIÓN EN habitación mientras lucho con la ansiedad. En cuanto el equipo aterrizó, Yan me pidió que lo dejara solo para que pudiera concentrarse en su trabajo: monitorizar las instalaciones del banquero a distancia por si surgían imprevistos. No estaba solo tratando de librarse de mí: al salir de la cocina, vi varias retransmisiones de cámaras de seguridad en la pantalla del ordenador, además de lo que parecía ser la vista aérea desde un dron.

He intentado leer algo otra vez para distraerme. Después, he visto algunos videoclips, canturreando a la vez que lo hacían mis cantantes favoritos. Incluso fui al estudio de danza y traté de hacer un par de rutinas de *ballet* que había aprendido de niña junto con algunos estiramientos en la barra para aliviar la tirantez que sentía en la zona lumbar por la regla. Ninguna actividad ha conseguido captar mi atención durante más de quince minutos, por lo que ahora vago de ventana en ventana, como si al mirar fijamente a la oscuridad del exterior fuera a hacer aparecer el helicóptero.

Después de unas dos horas, los dolores menstruales empeoran y soy un manojo de nervios, así que bajo a la cocina a tomarme otro ibuprofeno. Yan sigue sentado detrás de la encimera con el ordenador y los auriculares puestos, pero ya no hay rastro alguno de impasibilidad en su rostro, sino una palidez descarnada. Tensa tanto los labios que se le forman arrugas a los lados mientras habla en ruso con aprehensión por el micrófono.

El corazón se me para y al momento siguiente comienza a latir desenfrenado por el pánico.

«Algo ha salido mal».

Siento tanto miedo que un escalofrío me recorre todo el cuerpo y el estómago se me retuerce con la imagen de una terrible premonición. Me contengo a duras penas de exigir una explicación sobre lo que ha pasado. No ayudaría nada y no quiero distraer a Yan de lo que está haciendo. En vez de eso cruzo la cocina corriendo hasta donde está él y comienzo a inspeccionar la pantalla como puedo por encima de su hombro.

No me presta atención; está concentrado por

completo en el ordenador mientras gruñe lo que parecen ser instrucciones. Al principio no sé qué está pasando, hasta que lo veo... en una de las retransmisiones.

Dos cuerpos que yacen al lado de una cama.

Uno de ellos es un hombre obeso de piel oscura. Ese cuerpo enorme y desnudo flota en un charco de color rojo. Al otro lado de la cama, hay una mujer desnuda. Cuando observo con mayor atención, me percato de que también tiene salpicaduras de sangre a su alrededor.

Están muertos los dos.

Siento cómo me suben las náuseas por la garganta y me tapo la boca con la mano, intentando permanecer en silencio. Yan continúa hablando en el mismo tono de apremio cuando, en otra retransmisión, aparecen dos hombres por un pasillo portando equipamiento militar. Caminan rápido y llevan a un hombre corpulento por los brazos y las piernas.

Me doy cuenta de que son Peter y Anton cargando con Ilya y me invade una mezcla de terror y alivio. Alguien le ha vendado la cabeza a Ilya con lo que parece una funda de almohada, pero puedo ver cómo la sangre la empapa.

El hermano de Yan está herido de gravedad, puede que incluso muerto.

Sin apenas atreverme a respirar, me muerdo la palma de la mano al verlos doblar la esquina. En una nueva retransmisión veo a varios hombres armados cruzando otro pasillo a toda prisa y la inquietud en sus rostros al toparse con más cuerpos. ¿Más guardias, quizá? Sea como sea, se reagrupan rápido y avanzan por el pasillo a la vez que Yan habla incluso más nervioso por el micrófono.

Peter y Anton desaparecen de la grabación para reaparecer un momento después en otra retransmisión y veo que se están aproximando a un vestíbulo con una puerta que conduce a un garaje amplio. Llegados a este punto, están casi corriendo. El cuerpo de Ilya se balancea como si fuera una hamaca entre ellos dos. Con un sentimiento de angustia, me doy cuenta de la razón por la que se dan tanta prisa.

El pasillo por donde van los guardias armados acaba en el mismo vestíbulo.

Es una carrera con la más mortal de las apuestas en juego y los guardias parecen estar ganando.

Debo haber emitido algún sonido porque Yan aparta un instante la vista de la pantalla y me sostiene la mirada mientras tensa la mandíbula. Sin embargo, no dice nada, solo se vuelve de nuevo hacia al ordenador. Yo sigo observando, incapaz de apartar la vista del horror que se está desatando al otro lado del mundo.

En la retransmisión del dron se ve cómo dos explosiones desgarran una pequeña estructura al lado de la casa principal y los guardias se detienen antes de dividirse en dos grupos. Uno de ellos continúa hacia el vestíbulo mientras algunos guardias se apresuran hacia las bombas que el equipo de Peter ha debido colocar como distracción.

Aun así, no se retrasan lo suficiente. Los guardias llegan al vestíbulo un par de segundos antes que Peter y su equipo.

Los rusos parecen preparados. Sin parar de correr, elevan un poco más a su compañero inconsciente y Peter se agacha en mitad de la carrera, dejando que el vientre de Ilya se asiente sobre su hombro mientras Anton lo suelta y coge su fusil de asalto. Con una mueca a causa del esfuerzo, Peter se yergue, sujetando el cuerpo gigantesco e inerte de Ilya con el hombro. Atónita, le sigo con la mirada mientras vuelve a correr, estabilizando a su compañero con una mano y sacando una granada del bolsillo con la otra.

Hay tanto ruido saliendo de los auriculares de Yan que no puedo oír la ráfaga de las armas automáticas, pero sí veo las balas atravesando los muros al mismo tiempo que los rusos llegan al vestíbulo en el que están los guardias. Los disparos de Anton acribillan a dos, pero el resto se refugia detrás de una columna y ahogo un grito cuando Peter se tropieza e Ilya casi se le resbala del hombro. Pero, al cabo de un segundo, se recupera, sujetando su carga humana, y veo la salvaje determinación que denota su rostro cuando saca la granada y le quita la anilla con los dientes.

¡Buuum! Tras un fogonazo brillante, dos cámaras se quedan sin retransmisión. No estoy tocando a Yan, pero le noto dar un respingo como si le hubieran disparado. Un torrente frenético de palabras en ruso se le escapa de la boca mientras aporrea el teclado, abriendo más pestañas de transmisión. Contengo la respiración hasta que no percibo movimiento en la vista de pájaro del dron y, entonces, me doy cuenta de que estoy llorando. Siento la piel tan fría que las lágrimas dejan un rastro ardiente al caer por ella.

Yan debe haberse percatado del mismo movimiento porque hace zum en la retransmisión del dron justo cuando aparece un enorme SUV por una puerta del garaje que se abre despacio y arremete contra la entrada de las instalaciones, llevándose un trozo por delante al colisionar con ella.

Se me escapa un sollozo entre los labios y me muerdo la palma de la mano otra vez.

Al menos uno de ellos está vivo y lo bastante bien para conducir.

Temblando, contemplo cómo el SUV se abre camino a través de la puerta de hierro en medio de la lluvia de balas. Luego, se precipita por una carretera estrecha con dos SUV enemigos persiguiéndolo de cerca. El dron los sigue el tiempo suficiente para mostrar a uno de ellos tambalearse hacia un lado, como si le hubieran disparado en un neumático. Tras unos segundos, los coches desaparecen en la distancia y dejan atrás al dron.

Yan murmura algo en ruso que suena a blasfemia y aporrea de nuevo el teclado al escribir. Vuelve a emerger una pestaña, esta vez con una transmisión de audio. Me doy cuenta de que debe estar recibiendo alguna señal de radio. Y así es. Un momento después, habla en ruso de manera frenética una vez más y dejo escapar un tembloroso suspiro.

Alguien debe estar vivo en ese SUV.

«¿Será Peter? ¿Estarán heridos? ¿Cuánto les quedará para llegar al avión? ¿Seguirá vivo Ilya? ¿Estará herido Peter?».

Las preguntas amenazan con escapar fuera de mí, pero me clavo las uñas en las palmas de las manos y permanezco callada, sin atreverme a distraer a Yan mientras abre un mapa y da instrucciones en ruso a toda velocidad. Su postura corporal parece más tensa que nunca y tiene la atención centrada por completo en la pantalla. Sé que aún están en peligro.

«Si siguen vivos, claro».

Inspiro para intentar calmarme y no dejar que las lágrimas me resbalen por el rostro helado, pero tengo demasiado miedo. Me encuentro mal, estoy emponzoñada por el exceso de adrenalina. Nunca había sentido una preocupación tan debilitante por otra persona. El corazón me martillea con violencia contra las costillas y cada latido marca otro segundo más de miserable espera.

Peter tiene que estar bien. Tiene que estarlo.

Un minuto. Dos. Tres. Diez… Me concentro en el pequeño reloj en la esquina de la pantalla. Yan permanece callado, uniéndose a mí en la incertidumbre.

Doce minutos.

Quince.

Dieciocho.

No me muevo. Apenas puedo respirar.

Veinte.

Veintidós.

Yan cambia de postura, adoptando un nuevo estado de alerta. Agarra el micrófono, dice algunas frases escuetas en ruso y se quita los auriculares para girarse hacia mí.

Tiene las facciones marcadas por los estragos del estrés, pero la tensión que he visto antes en él ha desaparecido.

—Se acabó —dice—. Están volando de camino a Egipto. Una bala rozó el cráneo de Ilya, pero consiguieron detener la hemorragia y ya ha despertado. Con un poco de suerte estará bien.

Me agarro a la encimera, preparándome.

—¿Y Peter?

—Tiene contusiones y está un poco accidentado, pero no herido. Anton igual.

Suelto aire, mareada por el alivio, y me limpio la humedad de las mejillas con el dorso de la mano, temblando.

«Peter está vivo».

Magullado y accidentado, pero vivo.

Estoy a punto de desplomarme en el suelo cuando el efecto de la adrenalina desaparece sin previo aviso, pero me apoyo de nuevo en la encimera, obligando a mi cerebro sobrecargado a funcionar.

—Entonces, ¿por qué...? —Me aclaro la garganta, alejando la afonía de mi voz—. ¿Por qué están yendo a Egipto?

—Ilya aún necesita atención médica y hay una clínica allí —explica Yan, mirándome fijamente.

—¿Qué? —digo, con el corazón acelerado.

—Eres doctora —dice, inclinando la cabeza a un lado—, ¿no?

—Yo… Sí —¿Acaso no lo sabe?—. Soy ginecóloga.

—¿Sabes cómo suturar una herida?

Empiezo a entender a dónde quiere ir a parar con esto.

—Sí, claro. Trabajé como residente en urgencias, pero…

—Un momento. —Se da la vuelta hacia el portátil y se pone los auriculares.

—Espera, Yan. Necesita un hospital —protesto, pero ya está hablando por el micrófono en ruso.

Frustrada, espero a que termine y, cuando se da la vuelta hacia mí de nuevo, le digo con firmeza:

—Es mala idea. Tu hermano podría tener una conmoción cerebral o sangrado interno. Necesita un TAC, antibióticos, equipo médico adecuado… Ilya…

—Ilya ha sobrevivido a situaciones peores, créeme —me interrumpe Yan, con una expresión decidida en el rostro—. Solo necesita descansar y tiempo para recuperarse. Eso en la clínica no se lo podemos ofrecer, al menos no con las autoridades a punto de rastrear el continente africano en nuestra búsqueda. Aquí tenemos antibióticos y suministros médicos básicos, igual que en todas nuestras bases y ahora además… tenemos una doctora.

Frunzo el ceño.

—No, escucha. Sigue sin ser…

—Tú también deberías dormir, Sara —me aconseja Yan, cogiendo los auriculares—. Pareces cansada y necesitaremos que estés despejada y alerta cuando aterricen.

SARA ESTÁ DE PIE JUNTO AL HELIPUERTO CUANDO aterrizamos. La esbelta figura parece pequeña y frágil al lado del cuerpo sólido de Yan. Siento que el pecho se me encoge al verla con una añoranza profunda e intensa. Hago un esfuerzo enorme para no agarrarme a ella en cuanto el tren de aterrizaje toca el suelo. En vez de eso, lo primero que hago cuando salgo del aparato de un salto es ayudar a Ilya a bajar. Ya no le sangra la herida de la bala que le rozó el cráneo, pero sigue débil y bastante conmocionado al haber perdido bastante sangre.

Si la amante del banquero hubiera usado otra arma en lugar de un revólver con mango de perlas de calibre

22 y hubiera tenido mejor puntería, lo habríamos traído a casa en una bolsa para cadáveres.

El hombro sobrecargado me arde y las costillas amoratadas me duelen cuando Ilya se apoya en mí (el chaleco antibalas paró dos proyectiles mientras escapábamos), pero no me quejo. He tenido suerte. Joder, los tres la hemos tenido. Porque todo se fue a la mierda de una forma espectacular. Entre la amante del banquero encontrando el revólver debajo del colchón y algún guardia que escuchó el disparo, las complicaciones al salir de las instalaciones fueron inversamente proporcionales a lo sencillo que había resultado entrar.

En una escala de dificultad del uno al diez, este encargo ha acabado siendo un siete. No tan mal como otros, pero desde luego peor que algunos.

—Ya está, ya lo tengo —dice Yan, acercándose para sujetar a Ilya. Yo me aparto, dejando que ayude a su hermano. Anton sale del helicóptero detrás de nosotros, pero no le presto atención. Su brazo y su hombro fueron el blanco de trozos de metralla de la granada, pero sé que estará bien. En vez de en él, me centro en la persona sin la que no puedo vivir.

Sara.

Mi pequeño y hermoso pajarito.

El viento le alborota el pelo castaño alrededor de la cara y el sol acentúa los destellos rojos en las ondas marrones. Me contempla con una mirada solemne y el rostro desprovisto de toda emoción. Sin embargo, puedo percibir el anhelo, lo siento en las entrañas.

Puede que no lo admita, pero me necesita.

También siente nuestra conexión.

Doy cinco pasos largos y la cojo, la levanto entre los brazos y presiono mi boca contra la suya. Detrás de nosotros, Anton nos silva, pero no le hago caso. Me importa una mierda lo que piensen, no me molesta que vean cuál es mi punto débil. Nada vale la pena excepto los brazos delgados que me envuelven y el calor dulce de esos labios. El sabor a menta del aliento, el deslizamiento húmedo de la lengua, el cálido aroma a Sara… lo absorbo todo, llenando el vacío dentro de mí, desterrando la oscuridad de mi mundo.

No me la merezco, pero la tengo.

Es mía. En la prosperidad y en la adversidad, todos los días de su vida.

No sé durante cuánto tiempo la beso, pero, cuando levanto la cabeza, los demás ya están entrando en casa. Bajo a Sara al suelo a regañadientes, pero no soy capaz de soltarla del todo.

—¿Me has echado de menos, *ptichka*? —le pregunto con dulzura, bajando las manos a la delicada cintura—. ¿Te has preocupado por mí en mi ausencia?

El sol realza los puntos verdes en esos ojos claros color avellana, resaltando la tormenta en su interior.

—Yo… —Se humedece los labios, aún algo sensibles por el beso—. No quería que murieras.

—Eso dices. Pero ¿me has echado de menos?

Me dedica una mirada atormentada y me empuja, escapándose del abrazo.

—Tengo que irme —dice, tensa—. La cabeza de Ilya no se va a coser sola.

Dándose la vuelta, corre hacia la casa y la sigo, decepcionado y animado por igual.

Aún no está lista para admitirlo, pero tarde o temprano la domaré.

Lograré que me quiera, me da igual lo que tenga que hacer para conseguirlo.

Sara sigue a los hermanos Ivanov a la habitación de Ilya y yo me voy a la nuestra a ducharme antes de tumbarme. Me lavé un poco en el avión, pero aún tengo la necesidad de expulsar toda la violencia y la muerte lejos del cuerpo.

No quiero que la fealdad de mi mundo mancille a Sara de ninguna manera.

Tardo más de veinte minutos en ducharme y cambiarme porque los efectos analgésicos de la adrenalina se van acabando y me duelen los músculos doloridos y las costillas contusionadas con cada movimiento. Cuando llego a la habitación de Ilya, Sara ya casi ha terminado de coserle la mitad de los puntos. Me paro en la puerta para verla trabajar, disfrutando del pequeño ceño fruncido por la concentración. Hice que instalaran cámaras en el despacho del hospital, así que estoy muy familiarizado con esa expresión suya. Solía sacarla a la luz cuando tomaba apuntes sobre los pacientes o leía algún estudio nuevo sobre su especialidad.

—Pásame la gasa —le dice a Yan cuando ha terminado y sonrío al escuchar el tono autoritario. Mi pajarito está en su salsa y, por primera vez en semanas, veo un indicio de la antigua vitalidad. Yan tenía razón al sugerir esto. No solo es muchísimo más seguro para nosotros que Sara se ocupe de la herida de Ilya sino que también es bueno para su estado de ánimo.

Venda la cabeza de Ilya con movimientos rápidos y eficaces y mi compañero de equipo cierra los ojos, con expresión de felicidad una vez le hacen efecto los calmantes que le dimos antes.

—¿Hay que coser alguna otra herida? —pregunta Sara, girándose para mirarnos a Yan y a mí.

—Creo que no hace falta, pero voy a comprobarlo —dice Yan—. Anton tiene heridas de metralla, quizá quieras echarle un vistazo a él. Creo que está en su habitación.

Sara asiente y se levanta.

—¿Y tú, Peter?

Anhelo esas manos sobre el cuerpo, así que me encojo de hombros. Hago un gesto de dolor al instante.

—Solo tengo unos cuantos arañazos y contusiones —le digo, haciendo todo lo que puedo para sonar estoico pero dolorido.

Yan, que me ha visto andar con algún hueso roto sin protestar, me mira como diciendo «estarás de coña, ¿no?», pero es lo bastante listo para no expresarlo en voz alta mientras Sara frunce el ceño y se me acerca.

—Déjame que lo vea —ordena, haciendo ademán de levantarme la camisa, pero le agarro de la muñeca delgada antes de que pueda examinarme aquí mismo.

—¿Qué tal si vamos a nuestra habitación para que pueda sentarme? —sugiero, ignorando los ojos en blanco que pone Yan—. Estaremos más a gusto allí.

Sara vuelve a fruncir el ceño, adivinándome las intenciones.

—Aún tengo que examinar a Anton. Mira, siéntate aquí. —Retuerce las muñecas para soltarse, me coge de la mano y me guía hacia una silla en la esquina mientras Yan, el gilipollas que me acaba de joder el polvo, se ríe en voz baja.

—Vamos a ver… —dice Sara, sacándome la camisa por encima de la cabeza con manos expertas. Hago un gesto de verdadero dolor esta vez. Al moverme, siento un tirón en el hombro dolorido.

De todas formas, merece la pena porque al instante Sara pega las manos suaves y frías a mi torso y busca con cuidado posibles lesiones en las costillas. El contacto debería dolerme, pero, cuando desliza los dedos delicados sobre las contusiones, solo siento un golpe de calor mezclado con una rigidez palpitante en la entrepierna.

—Si hago esto, ¿te duele? —murmura al mover las manos hacia el hombro y niego con la cabeza, embelesado por las vetas verdes en esos tenues ojos color avellana.

—Solo es… —Me aclaro la garganta—. Solo es dolor muscular, creo.

—Mmm. —Con cuidado, me levanta el brazo y lo mueve en círculos—. ¿Tampoco te duele?

—No. —Respiro profundo, inhalando el dulce aroma—. Solo siento una ligera molestia.

—Vale. —Me baja el brazo con delicadeza y, para mi decepción, se aleja—. Parece que tienes razón y solo son contusiones.

—También me he hecho un par de arañazos en la espalda —digo, dándome la vuelta para enseñárselos—. A lo mejor hay que vendarlos.

Sara se inclina. Me roza los hombros con las manos antes de llegar a la mitad de la espalda, donde noto un leve escozor.

—¿Es esto? —pregunta, rozando apenas la zona herida. Yo asiento, aunque el dolor es casi imperceptible—. Parece que ya se está curando, así que no necesitas vendaje —dice Sara mientras me doy la vuelta hacia ella—. Supongo que alguien ya te lo habrá limpiado, ¿no?

—Anton, en el avión —admito a regañadientes. Por una vez me gustaría que mi equipo y yo no fuéramos expertos en primeros auxilios—. ¿Estás segura de que no necesitas vendarlo?

—No, así se curará mejor. ¿Algo más?

Levanto las manos para enseñarle los cortes que tengo en las palmas de las manos y Yan se echa a reír.

—¿Y qué quieres que haga con eso? ¿Que te dé un besito para que te mejores? —dice en ruso, pasando por alto mi mirada furiosa—. Tío, en serio, si quieres darte el gusto con el rollo paciente-doctora, hazlo luego.

Ahora déjala que termine de atender a los heridos de verdad.

Sara frunce el ceño antes de preguntarle a Yan:

—¿Qué acabas de decir?

—Le he dicho que Anton necesita tus cuidados —responde Yan, aún sonriente—. Y que no debería retenerte aquí con estos jueguecitos fetichistas.

Sara se pone roja y se da la vuelta antes de coger el kit de primeros auxilios para volver a introducir las gasas y el resto del instrumental.

—Ahora le echo un vistazo a Anton —dice, incómoda, y se marcha de la habitación sin mirar a ninguno de los dos.

Me levanto y me pongo la camisa.

—Te voy a reventar la puta cara mañana en el entrenamiento, capullo —le digo a Yan con gesto sombrío—. En cuanto duerma algo, haré que te comas tus propios dientes.

El cabrón se ríe mientras salgo de la habitación dando zancadas para seguir a Sara e incluso Ilya parece tener una sonrisa en la cara cuando cierro la puerta de un portazo.

Más le vale a Anton no disfrutar de los cuidados de Sara de la misma manera que yo.

Porque mataré al hijo de puta como los aproveche igual.

# Sara

ANTON TIENE UNOS CUANTOS CORTES Y HERIDAS superficiales en los brazos, donde le alcanzó la metralla de la granada, pero aparte de eso está bien. Le cambio los vendajes mientras Peter le lanza miradas asesinas desde la otra punta de la habitación y, después, le doy algunas instrucciones sobre cómo cuidarse las heridas. No es que las necesitara; por lo que sé, estos hombres son profesionales a la hora de tratar lesiones comunes.

—Gracias, Dra. Cobakis —dice cuando he terminado. Le sonrío.

Incluso los asesinos con barba y apariencia amedrentadora parecen respetar la profesión médica, al menos cuando están heridos.

Peter dice algo cortante en ruso y cruza la habitación para ponerse junto a mí.

—¿Has acabado ya? —pregunta, irritado, mirándome desde arriba. Frunzo el ceño igual que él.

—Por ahora, sí. —No tengo ni idea de cuál es el problema, pero se ha portado como un niño enfurruñado desde que entró en la habitación.

Si no fuera tan ridículo, pensaría que está celoso de la atención que le estoy prestando a su amigo herido.

—Entonces, vámonos. —Me coge de la mano, me saca fuera y el pulso se me acelera cuando me doy cuenta de que me está llevando a nuestra habitación.

—Peter... —Noto cómo me voy quedando sin respiración al intentar seguir esos pasos tan largos—. ¿Qué estás haciendo? Necesitas descansar.

Me mira de reojo, pero no se detiene. Aprieta la mandíbula con intensidad y me agarra con tanta fuerza que casi me hace daño. Arrastrándome, entra a nuestro cuarto y cierra la puerta detrás de nosotros con firmeza.

—Peter... —Me separo un poco en cuanto me suelta la mano—. Estás herido. No sé qué pretendes, pero necesitas...

Las palabras culminan en un grito ahogado porque Peter me persigue, acorta la distancia entre nosotros en unas pocas y decisivas zancadas antes de estrecharme contra el pecho. Tres segundos después, me encuentro en la cama con noventa kilos de macho furioso y excitado encima de mí.

—¿Qué estás...?

Me cubre la boca con la suya, firme y hambrienta, y me quita la ropa, arrancándome la camisa por la mitad. Asustada ante tal violencia, me pongo tensa, pero eso no le hace parar. Me quita los vaqueros con movimientos bruscos y discontinuos mientras me devora con un beso brutal. Cuando se deshace de la ropa interior, le dedico un fugaz pensamiento a las sábanas y a la compresa llena de sangre que llevo puesta, pero entrelaza los dedos con los míos y me inmoviliza las manos sobre la cabeza. Me olvido de todo, atrapada en la tormenta salvaje de lujuria.

Es sobrecogedor, incluso aterrador, pero el deseo sigue ahí, acechando tras el miedo. Tenso los músculos por instinto incluso cuando noto que me crece la humedad entre las piernas y la tensión intensifica esa excitación. Me envuelvo en llamas por él, anhelando el peligro y las bruscas maneras y, cuando entra en mí, grito, sobresaltada, por el dolor oscuro pero placentero.

Entonces, se detiene, levanta la cabeza para mirarme a los ojos y recuerdo nuestra primera vez, cómo me tomó, perdiendo todo el control. También me hizo daño, pero, al contrario que esa vez, hoy no hay odio en mi corazón ni amargura ni asfixiante vergüenza. El dolor me hace sentir bien, ahoga los restos de la preocupación y me recuerda que Peter está vivo.

Que ambos lo estamos.

—Sara... —Exhala mi nombre con aspereza mientras me mantiene cautiva en esa mirada plateada fundida, incluso cuando noto a Peter palpitar dentro de mí y me presiona los músculos internos con la polla enorme, saturándome hasta rebosar, hasta que me duele—. *Ptichka*, te necesito tanto, joder…

—Y yo a ti… —Siento que las palabras salen del centro de mi ser, expulsadas a través del fuego imposible que me crepita en las venas. No puedo luchar más contra esto, no puedo fingir que odio a este hombre hermoso y letal. Entre nosotros no hay amor ni nada que se le parezca a la amistad, pero nuestra conexión, esta química profunda que nos une en espirales de oscura necesidad y violenta atracción, es innegable. Esto es lo que quiero de él: la brutalidad y la ternura, el miedo y el calor que lo consume todo.

Es lo que nunca supe que necesitaba y, cuando se le oscurecen los ojos ante la afirmación, me doy cuenta de lo que eso significa.

Soy suya, sin importar lo aterrador que pueda resultar ese pensamiento.

Cierro los ojos, le envuelvo las caderas con las piernas, guiándole aún más profundo, y, cuando empieza a moverse dentro de mí, contrayendo el trasero musculoso contra mis gemelos, me entrego a lo inevitable.

Me entrego a él.

# PARTE III

## 30

Sara

CUANDO EL SEGUNDO MES DE MI CAUTIVERIO DA PASO AL tercero, el rencor que siento disminuye poco a poco y el anhelo desesperado por mi antigua vida se convierte en una especie de resquemor amargo. Sigo buscando una oportunidad para escapar, pero siempre hay alguien en casa, observándome, y, con el paso de los días, dejo de preocuparme por la imposibilidad de huir y empiezo a disfrutar de algunas partes de mi lujosa rutina. Ayuda el clima cálido (estamos en el mes más caluroso del verano y hay muchas más cosas que hacer fuera), así como que Peter, excepto por algunos recados, pase casi todo el tiempo conmigo.

—Hace mucho que no trabajas —le comento mientras descendemos hacia el arroyo de la montaña donde nadamos en días especialmente calurosos—. ¿Es por lo que le pasó a Ilya la última vez o no soléis tener clientes muy a menudo?

—Nos contactan de forma constante, pero seleccionamos con cuidado los trabajos que hacemos —dice Peter, apartando una rama baja para que pueda pasar—. La relación entre el riesgo y la recompensa tiene que ser adecuada, sobre todo ahora.

No dice por qué, pero no es necesario. Por lo que me ha contado y por lo que he averiguado en las conversaciones breves con mis padres, las autoridades están reforzando la búsqueda, usando todos los recursos para resolver el problema que supone Peter. En parte, es debido a mi desaparición; incluso con las llamadas dos veces por semana, mis padres están convencidos de que estoy en peligro y se pasan el día acosando al FBI para que les den nueva información. Pero la cuestión principal es el objetivo final de la lista de Peter, un antiguo general estadounidense que está demostrando ser tan esquivo como Peter y su equipo.

—Wally Henderson tiene muchos contactos —me explicó Peter hace varias semanas—. Se enteró de lo que estaba pasando mucho antes que cualquiera en la lista y protagonizó una desaparición digna de Houdini. Hasta ahora, cada pista que nuestros *hackers* han seguido no ha llevado a ningún sitio. Hasta donde hemos descubierto, no se comunica con nadie de su vida anterior, ni amigos ni compañeros ni parientes lejanos, y no ha cometido ningún descuido. No hay rastro de sus hijos en las redes sociales ni ha usado la tarjeta de crédito, nada. La mayor parte de su historial está encriptado, pero se rumorea que fue un agente de la CIA en algún momento, posiblemente un agente de campo, trabajando encubierto. Y, aunque no hemos podido descubrir cómo lo hace, parece que ha estado presionando a las autoridades desde su escondite para que redoblen los esfuerzos.

—¿Crees que sabe que es el último nombre en la lista? —le pregunté.

—Seguro —me respondió Peter—. Como te he dicho, tiene buenos contactos y no solo en Washington D.C. Conoce a todos en el Servicio de Inteligencia Internacional y se está aprovechando de eso para ponerme en prioridad máxima, igual que a un líder del ISIS.

He tratado de no pensar en las consecuencias, pero es imposible. No puedo evitar preocuparme por Peter. De hecho, debería estar de parte del general y esperar que las autoridades encontraran a mi captor, liberándome en el proceso, pero el pensamiento racional parece haberme abandonado estos días.

—¿Por qué no dejas estos trabajos de una vez? —le pregunto mientras nos acercamos al arroyo—. Debes tener suficiente dinero.

Peter me mira de reojo.

—Tener suficiente dinero no es una posibilidad cuando estás huyendo —contesta y se quita la camiseta para dejar al descubierto un torso musculoso—. Los aviones privados y los helicópteros no son baratos.

Desvío la mirada para evitar sonrojarme cuando se

quita los pantalones cortos porque no lleva ropa interior y se mete en el arroyo tras deshacerse de las botas. Le veo desnudo todo el tiempo, pero eso no reduce el impacto que produce en mis sentidos ese cuerpo musculoso. La naturaleza ha bendecido a mi captor con una constitución masculina perfectamente proporcionada (hombros anchos, caderas estrechas, miembros largos y huesos fuertes) y el intenso entrenamiento militar le ha dado un físico que los atletas olímpicos envidiarían. Pero no es su aspecto lo que me llena de deseo; es saber que, si le miro de cierta manera, el fuego que siempre hierve entre nosotros arderá sin control y terminaré entre esos brazos antes de gritar su nombre mientras me posee contra las rocas resbaladizas.

—¿Sabes? No necesitarías todos esos aviones y helicópteros si no te expusieras tanto —señalo cuando el agua le cumple por completo. La voz me suena más ronca de lo que me hubiera gustado, pero al menos no me he sonrojado—. Estarías más seguro y no tendrías que… ya sabes.

—¿Matar? —sugiere con sequedad.

—Sí.

Me entretengo quitándome la ropa hasta quedarme en bañador mientras Peter se gira para flotar de espaldas, moviendo los brazos con tranquilidad para compensar la corriente. No me gusta pensar en la cruda realidad de la profesión de Peter, al menos, no en profundidad. Es obvio que soy consciente de que es un asesino, pero, siempre y cuando no piense demasiado en ello, es más un concepto abstracto que algo que tenga de manera constante en la cabeza.

Hoy, sin embargo, no puedo dejar de concentrarme en eso y, mientras me abro paso hacia la zona profunda del arroyo para ir junto a Peter, le pregunto:

—¿Te gusta? ¿Por eso lo haces?

Espero que lo niegue, que diga que es por necesidad o que su educación es la fuerza que le empujó a elegir esa profesión, pero se gira, erguido, para encararme con una oscura sonrisa que le tuerce los labios antes de contestar:

—Por supuesto que sí, *ptichka*. ¿Qué pensabas?

Lo miro fijamente. La corriente me provoca escalofríos y el agua me cubre hasta el pecho. El arroyo que hasta hace un momento era refrescante ahora es como el hielo líquido, tan frío como la tormenta que nos sorprendió.

—¿Te gusta matar?

Peter asiente y en los ojos color plata brilla la luz del sol.

—La muerte, al igual que la vida, tiene su propio atractivo —dice con suavidad, acercándose para atraerme hasta ese cuerpo enorme y cálido—. Uno siniestro, pero ahí está. Y cualquier soldado lo sabe. Como doctora has tenido que verlo alguna vez: la manera en que el dolor se transforma en la felicidad del vacío, la agonía en la paz de la inexistencia. La muerte termina con todos los problemas, cura todas las heridas. Y tratar con la muerte... no hay nada como eso. Puedes sentirla: tu propia vulnerabilidad y la de todo lo que te rodea, pero también el poder. El control. Es adictivo cuando lo experimentas… cuando tienes la vida de alguien en las manos y terminas con ella a propósito.

Tales palabras caen sobre mí como un jarro de agua fría, aterradoras y fascinantes al mismo tiempo. He visto algo así, incluso he sentido el poder que describe. Solo que, para mí, pasa cuando salvo una vida, no cuando acabo con ella. No me puedo imaginar la falta de empatía que llevaría a usar ese poder para destruir en vez de curar, para arrebatarle la existencia a alguien.

Tenía razón al pensar que es un monstruo. Lo es; sin embargo, el descubrimiento no me repugna como debería. La confesión, aunque horrorosa, no reduce el calor que crece en mi interior cuando presiona la parte baja del cuerpo con la mía, me agarra de la cadera con una mano y me acuna el rostro con la otra. Ya está excitado, siento la dura erección contra el vientre y, cuando se inclina para presionar los labios contra los míos de forma voraz, cierro los ojos y le envuelvo el cuello musculoso con los brazos, dejando que el toque cálido se lleve el frío provocado al saber qué es en realidad.

Me acuesto con el demonio y, en este momento, no hay ningún otro sitio en el que prefiera estar.

~

ESA NOCHE CENAMOS LOS CINCO JUNTOS Y, COMO LLEVA ocurriendo desde el trabajo en Nigeria, los hombres de

Peter charlan conmigo durante la cena, contándome algunas historias entretenidas sobre Rusia y otras de las antiguas Repúblicas Soviéticas. Aún no estoy del todo a gusto con los mercenarios, ya que soy muy consciente de que podrían matarnos a mí o a cualquiera sin dudarlo si Peter se lo ordenase, pero han sido muy amables desde que curé las heridas de Ilya y Anton. Durante comidas como esta, aprendo sobre las costumbres del país de mi captor (por ejemplo, consideran que quitarse los zapatos al entrar en una casa ajena es de buena educación) e incluso algunas palabras en ruso.

—*Vkusno. V-koss-nah* —Ilya me repite despacio la palabra, suavizando la «v» para que suene como una «f»—. Eso significa «delicioso» o «apetitoso». Así que, si quieres decirle a Peter que te gusta algo, puedes señalar el plato y decir *vkusno*.

—*Vikusno* —pruebo, señalando el pollo asado que Peter ha preparado—. *Fi-koos-nah*.

—No lleva «i» —me corrige Yan, divertido—. Y no enfatices tanto la primera consonante. Simplemente dilo rápido, sin separarlo en tres sílabas. *Vkusno*. Inténtalo.

—*Vkusno* —le imito lo mejor que puedo y todos los chicos, incluido Peter, se ríen.

—Eso está muy bien, *ptichka* —comenta, cortándome más pollo—. Van a hacer de ti toda una hablante rusa.

Sonrío de oreja a oreja, absurdamente encantada, y, cuando insiste en que cante para ellos después de la cena, como hace de forma habitual sin mucho éxito, acepto por una vez y canto a pleno pulmón una de mis canciones favoritas de Beyoncé, la que he estado practicando en el estudio de grabación que instaló para mí. Los hombres de Peter escuchan con la boca abierta y, cuando termino, aplauden y vitorean con tanta fuerza que los platos tintinean sobre la mesa.

Es la mejor noche que he tenido en meses y, cuando Peter me lleva arriba, le abrazo con deseo, casi con impaciencia. Hacemos el amor y, después, no pienso en George ni en que me estoy acostando con su asesino. Ni siquiera pienso en mis padres.

Por una noche, pertenezco a Peter y a nadie más.

## 31

*S*ara

A LA MAÑANA SIGUIENTE, VUELVO A LUCHAR CONTRA LOS sentimientos que tengo por mi captor, pero con el paso de los días me doy cuenta de que voy perdiendo la batalla. Peter me está debilitando, haciéndome incluso olvidar por qué trato de resistirme. No me ha dicho que me ama desde que estamos aquí, quizás porque se lo eché en cara nada más llegar, pero no puedo negar que Peter se preocupa por mí, aunque de una forma retorcida.

Está en la manera en que me mira, en cómo me toca y abraza. Incluso cuando practicamos sexo salvaje, con ese toque siniestro que aún me asusta en ocasiones, siempre me calma después de hacerlo, acariciándome y acunándome hasta que me siento sana y salva, apreciada y adorada. Tiene un poder absoluto sobre mí y hay algo perverso y reconfortante en ello, algo que despierta una parte de mi ser que no sabía que existía.

Estaba satisfecha con la vida sexual que llevaba con George. Con el paso de los años, fuimos conociendo el cuerpo del otro y sabíamos con exactitud qué hacer para satisfacernos. Antes de que empezara con el alcohol, lo hacíamos con regularidad, por lo menos una o dos veces a la semana y, aunque después del primer año no éramos muy atrevidos, en alguna ocasión introducíamos juegos eróticos, incluso usamos algunos juguetes. Era suficiente, pensaba. Como debía ser. Nunca me imaginé esa especie de química sexual que tengo ahora con Peter, nunca pensé que una conexión física tan fuerte pudiera existir.

Me folla tanto que muchos días estoy dolorida, el deseo que siente hacia mí nunca se apaga. Y yo le correspondo, aunque a veces me agota con tantas exigencias sexuales. Nunca he conocido a alguien con esa energía. Durante las últimas semanas, Peter y sus hombres han entrenado duro cada día, durante horas, con ejercicios de resistencia, corriendo por el bosque con mochilas llenas de piedras y practicando combates cuerpo a cuerpo que parecen tan mortales como las armas. Aun así, Peter saca fuerzas para ir a caminar conmigo, nadar cuando el tiempo lo permite, cocinar para todos y, por supuesto, follar conmigo dos o tres veces al día.

—¿No te cansas nunca? —murmuro una noche mientras permanezco arropada sobre su pecho con el corazón palpitándome por la intensidad del orgasmo que acabo de tener. Lo habitual es que me quede dormida justo después de nuestra ronda nocturna, pero he dormido la siesta por la tarde, así que, por una vez, me puedo quedar despierta un poco más.

—¿Cansarme? —Peter se remueve y me coloca la cabeza en una postura más cómoda sobre el hombro. Me enreda los dedos de forma perezosa en el pelo y oigo los latidos fuertes y constantes del corazón—. ¿De qué?

—Cansancio físico —le explico—. A veces pareces incansable, como una especie de *cíborg*. ¿No te apetece holgazanear, no hacer nada? ¿Escaquearte y no entrenar con los chicos algún día?

—Estoy holgazaneando justo ahora —señala divertido—. Y tengo que entrenar; si no, corremos el riesgo de que nos maten.

Escondo la nariz en su cuello, respirando el olor cálido y limpio. Con siesta o sin ella, me estoy empezando a adormecer dado que los suaves tirones en el pelo me inducen a un estado de relajación cercano a la hipnosis. Tras reprimir un bostezo, le murmuro contra el cuello:

—No me refería a eso. ¿No te «cansas» nunca? Como un ser humano normal y corriente. Ya sabes, extremidades pesadas, músculos entumecidos, no querer moverte...

Le tiembla el fuerte pecho al reírse.

—Por supuesto que me canso. Pero tengo mayor

resistencia al dolor que los demás. De otra forma, no habría llegado a la edad adulta.

Lo dice como si nada con un tono aún divertido, pero mi radar de «Confesiones de Peter» se dispara. No suele hablar de su juventud casi nunca, así que cuando tengo la oportunidad de enterarme de algo nuevo, la aprovecho, aunque la mayoría de las veces me horrorice.

—¿Cómo era? —pregunto, el aturdimiento se ha esfumado. Levanto la cabeza de su hombro y le encuentro la mirada en la tenue luz que desprende la lámpara de la mesilla—. Me refiero a ese campamento de prisioneros para jóvenes al que te mandaron.

La expresión de Peter se endurece, todo rastro de diversión desaparece mientras me aparta del pecho, girándose para tumbarse de lado y colocarse frente a mí.

—Como el infierno —responde sin rodeos mientras me pongo una almohada bajo la cabeza—. Un infierno frío y sucio habitado por demonios con forma humana. Más o menos como te puedes imaginar que sería un campo de trabajo en Siberia.

Me estremezco al recordar un libro que leí sobre campos de prisioneros durante la época soviética y cojo una manta para alejar el escalofrío que me recorre la piel.

—¿Era como un *gulag*?

—No como uno. —Una sonrisa sombría le adorna el rostro—. Fue un *gulag* en algún momento, usado para castigar y matar en secreto a disidentes y otros indeseables. Cuando la Unión Soviética cayó, el sitio no se usó durante un tiempo, pero entonces a alguien se le ocurrió la brillante idea de reutilizar las instalaciones para un correccional de menores. Y así fue como se creó Camp Larko.

Trato de evitar el impulso de desviar la mirada de la oscuridad de esos ojos.

—¿Cuánto tiempo estuviste allí?

—Hasta los diecisiete, casi seis años.

Seis años desde que era un niño, casi toda su adolescencia. Aprieto el puño debajo la manta y me clavo las uñas en la palma.

—¿Por qué te mandaron allí? ¿No había más alternativas?

Tuerce la boca con amargura.

—En Rusia, no. No para un criminal huérfano como yo.

—Pero ni siquiera tenías doce años. —No me puedo imaginar que alguien pudiera ser tan cruel como para mandar a un niño a ese infierno helado sobre el que leí en aquel libro—. ¿Y el colegio? ¿Y...?

—Oh, ellos nos educaban. —Le brillan los dientes en una sonrisa triste—. Cada día teníamos exactamente dos horas de enseñanza. Las catorce restantes estaban reservadas al trabajo. Al fin y al cabo, para eso estábamos ahí.

¿Catorce horas? ¿Para alguien que aún era un niño? Trago saliva para deshacer el nudo en la garganta y me fuerzo a preguntar:

—¿Qué tipo de trabajo?

—Minería, sobre todo. También reparación de carreteras e instalación de tuberías. Algún trabajo de construcción, pero eso solo era en nuestro campamento, para arreglar la mierda soviética que se desmoronaba a nuestro alrededor.

Le miro, sin saber qué decir. Suponía que no había tenido una vida fácil, por supuesto, pero nunca me imaginé eso, nunca pensé que muchos de sus años de formación, una época en la que otros chicos de su edad jugaban a videojuegos y desafiaban el toque de queda, los pudiera pasar haciendo trabajos forzados en condiciones infernales.

Tratando de no hacer caso al dolor que me envuelve el pecho, saco el brazo de debajo de la manta y paso los dedos con suavidad por encima de los tatuajes que le cubren el brazo y el hombro izquierdos.

—¿Te los hiciste allí?

Peter baja la mirada, como si acabara de reparar en la tinta que hay ahí.

—La mayoría de ellos, sí —dice, doblando el otro brazo por detrás de la cabeza—. Otros me los hice después, al unirme a mi unidad.

—¿Qué significan? —pregunto en voz baja, trazando los elaborados diseños con los dedos. El que está en el hombro es similar al ala de un pájaro y hay otros parecidos a la calavera de un demonio, pero el resto son solo líneas y formas abstractas.

La mirada de Peter se oscurece.

—Nada. Era algo que hacer, eso es todo.

—Es mucha tinta para ser un capricho.

Se mantiene en silencio unos segundos. Después, dice con calma:

—Tuve un amigo en el campamento, Andrey. Le gustaban estas cosas, era un gran artista. Tras estar allí un par de años, se quedó sin espacio en la piel, así que le dejé practicar en la mía. Cada vez que nos pasaba algo, bueno o malo, él quería conmemorarlo con un tatuaje y, como era bastante bueno, le daba vía libre con los diseños.

—Oh. —Intrigada, me impulso con el codo—. ¿Qué pasó con ese amigo?

—Murió.

Lo dice con indiferencia, como si no importara, pero oigo un eco de dolor en la voz, la rabia que el paso del tiempo no ha podido enfriar. Lo que le pasó a su amigo tuvo que ser lo bastante malo como para dejarle una cicatriz... lo bastante malo como para que el recuerdo todavía tenga el poder de causarle dolor.

—Lo siento —murmuro, pero Peter no responde. En cambio, se estira para apagar la luz. Después, me acerca a él para colocarme en nuestra postura habitual para dormir.

Cierro los ojos y me concentro en la respiración, tratando de calmarme lo necesario para dormirme, pero es imposible. Ni siquiera la calidez del cuerpo enorme de Peter puede ahuyentar el frío constante de sus revelaciones. Me zumba la cabeza como una colmena devastada, las preguntas se niegan a dejarme en paz. Hay mucho que aún desconozco acerca del hombre que me abraza cada noche, muchas cosas que no entiendo de su pasado. Todo sobre la vida en Rusia me resulta extraño, tan extraño y misterioso como si viniese de otro planeta.

Al final, no puedo más. Escabulléndome del abrazo de Peter, enciendo la lámpara de la mesilla y me giro para mirarle. Como sospechaba, él tampoco está durmiendo y tiene la mirada plateada ensombrecida por los recuerdos cuando centra los ojos en los míos.

—Dijiste que te reclutaron en tu unidad cuando estabas en ese sitio —comento, impulsándome con el codo otra vez—. ¿Por qué? ¿Se hace normalmente eso en Rusia?

Me mira en silencio. Luego, se pone boca arriba, entrelazando las manos por detrás de la cabeza mientras observa el techo.

—No —dice después de un rato—. En general, reclutan a través del ejército. Pero en este caso, necesitaban a alguien con un determinado perfil psicológico.

Me siento, cubriéndome el pecho con la manta.

—¿Qué clase de perfil?

Peter vuelve la mirada hacia mí.

—Ninguna relación ni lazos familiares que pudieran resultar inconvenientes, nada de escrúpulos y una conciencia mínima. Pero también lo bastante joven para entrenarlo y moldearlo como quisieran.

—¿Con qué fin? —pregunto, aunque sospecho que ya lo sé.

Peter se sienta con una expresión cuidada y neutra mientras se recuesta contra el cabecero.

—Un arma —responde—. Alguien que no dudase ante nada. Los rebeldes se volvían más despiadados y fanáticos cada año. El bombardeo al metro de Moscú fue lo que colmó el vaso. El gobierno ruso se dio cuenta de que no podía limitarse a los métodos civilizados que las Naciones Unidas habían aprobado para combatir el terrorismo; tenían que ponerse a su mismo nivel, pelear usando cualquier herramienta disponible. Así que formaron la unidad Spetsnaz de forma extraoficial y, al no encontrar suficientes soldados entrenados que encajasen en el perfil que requerían, decidieron ser creativos y buscar en otra parte.

—En Camp Larko —digo y Peter asiente con los ojos como el acero pulido.

—Aquellos que resistíamos durante un largo periodo de tiempo tendíamos a ser fuertes, capaces de soportar largas horas de esfuerzo físico en condiciones extremas. Hambre, sed, frío, podíamos aguantarlo todo. Y, como puedes imaginar, muchos de nosotros cumplíamos con el perfil requerido.

Un escalofrío me recorre la piel, haciendo que me arrebuje bajo la manta.

—Entonces, ¿por qué te escogieron entre tantos? —pregunto, tratando de mantener un tono neutro.

Peter tuerce los labios en una sonrisa siniestra.

—Porque, antes de que llegaran, maté a un guardia —contesta con suavidad—. Le mantuve bajo vigilancia en la nieve y le hice reconocer sus delitos antes de destriparle como a un cerdo ante todo el campamento. Mis métodos eran… Bueno, digamos que era justo lo que estaban buscando. Así que, en vez de ser castigado por la muerte del guardia, conseguí una nueva profesión, una que cumplía tanto con mis inclinaciones como con mis habilidades.

Se me humedecen las palmas de las manos sobre la manta.

—¿Cuáles eran sus delitos? —pregunto, aunque no estoy segura de querer saberlo.

La oscuridad en los ojos de Peter se acentúa y, por un instante, temo haber ido muy lejos, haber desenterrado demasiados recuerdos dañinos. Pero entonces se recuesta de nuevo contra el cabecero y dice ecuánime:

—Le gustaba quemar vivos a los chicos.

Dejo de respirar mientras la bilis me sube por la garganta.

—¿Cómo? —jadeo cuando soy capaz de hablar.

—En las duchas, el agua estaba fría o hirviendo, no había término medio —contesta Peter, endureciendo el rostro mientras la mirada se le vuelve distante—. Las tuberías siempre funcionaban mal, así que usábamos cubos para mezclar el agua antes de ducharnos. Algunos guardias, sin embargo, nos castigaban dejándonos de pie bajo el agua: gélida por pequeñas infracciones, hirviendo cuando nos portábamos mal. A un guardia en particular le gustaba la solución del agua hirviendo. Creo que le entusiasmaba. Los otros lo hacían durante unos segundos, tal vez medio minuto como mucho, causándoles quemaduras superficiales. Pero este guardia lo sobrepasaba. Un minuto, dos, tres, cinco… Cuando Andrey acabó en su lista de mierda, ya había matado a dos chavales de quince años, abrasándoles hasta los huesos.

Noto el sabor del vómito en la garganta.

—Andrey… ¿tu amigo Andrey? —susurro con los labios entumecidos.

—Sí. —El rostro cincelado de Peter adquiere una expresión de furia casi demoníaca—. Andrey, que ni siquiera debería haber estado en ese estercolero. Mi amigo, que se negó a dejarse follar por ese capullo, murió agonizando.

—Dios mío, Peter… —Presiono el puño tembloroso contra la boca, después le tomo de la mano, sintiendo cómo se le crispan los dedos, apenas conteniendo la ira mientras lucha por controlarse—. Lo siento mucho.

Me agarra la mano como a un salvavidas y cierra los ojos, respirando hondo. Cuando los abre de nuevo, su expresión es serena, pero ahora conozco la profundidad del dolor y la furia que se ocultan bajo esa cuidadosa máscara.

Me equivocaba al pensar que la muerte de su familia le había convertido en un monstruo. Ya lo era mucho antes de Daryevo, los horrores a los que se enfrentó en una lucha continua por sobrevivir extinguieron cualquier capacidad para hacer el bien que alguna vez hubiese podido tener. Sus primeras víctimas no eran santos, pero, cuando cayó en el camino de la venganza, se volvió como ellos, dañando a inocentes y culpables por igual.

Separo los dedos de su sujeción con cuidado y me muevo hacia el centro de la cama.

—¿Y el director? —pregunto, sosteniéndole la mirada a mi captor. Ya siento ganas de vomitar, pero necesito saber hasta dónde llega el daño—. ¿Qué hizo para que le mataras?

Peter sonríe con tristeza.

—¿No has tenido suficiente por esta noche? ¿De verdad? Muy bien, si quieres saberlo, le gustaban los jovencitos. Cuanto más jóvenes, mejor. Yo tuve suerte porque a los once años ya era mayor, casi un adolescente, muy mayor para él cuando empezó en el orfanato. Pero los pequeños… Me acostaba y los oía chillar y llorar en las habitaciones cuando él les visitaba. Cada noche, moría un poco por dentro porque no había nada que pudiera hacer, nadie a quien pudiera contárselo y me escuchase. A los profesores o a la policía no les importaba o no se atrevían a hacer nada al respecto. Ese cabronazo tenía contactos; era de una familia importante. Así que nadie hacía nada. Entonces llegó un niño nuevo, de dos años. Cuando le escuché ir a por él, no pude soportarlo más. Cogí uno de los cuchillos de la cocina, le seguí y, mientras estaba ocupado acosando al niño, le corté la garganta.

Por supuesto. El caballero oscuro vengándose de nuevo. Cierro los ojos ante el picor ardiente de las lágrimas y se me rompe el corazón tanto por Peter como por el niño. Sospechaba que sería algo así, solo temía que él hubiese sido la víctima. Eso no quiere decir que no lo fuera. Tras abrir los ojos, me encuentro con una mirada férrea.

—¿Y tú? —pregunto insegura—. ¿Alguna vez fuiste...?

—No. —Peter aprieta los labios—. Al menos que yo sepa. Siempre he sido muy bueno defendiéndome, incluso cuando era pequeño. No tengo muchos recuerdos de antes de los tres años, así que supongo que podría ser posible. Según unas fotos antiguas, fui un niño guapo. De todos modos, cuando estaba en la guardería, ya sabía usar los puños, los dientes, piedras... cualquier tipo de arma que me cayese en las manos. Al único cabrón que intentó hacerme algo cuando tenía cinco años le arranqué el dedo de un mordisco y, después de eso, normalmente me dejaban en paz.

Le miro mientras el alivio lucha frente a una compasión dolorosa. Y con la rabia. Siento mucha rabia hacia la crueldad del mundo que le ha convertido en el hombre oscuro y atormentado que es hoy, en el asesino despiadado y amoral que, a pesar de todo, desea amor y una familia. ¿Le dieron un respiro sus demonios cuando tenía a Tamila y a su niño? ¿Por eso aceptó el embarazo con tanta facilidad y se convirtió en esposo y padre cuando podría haberse ido sin más? ¿Le devolvieron pedazos del alma solo para arrancárselos de nuevo cuando murieron de forma brutal?

Si es así, es normal que se volviera loco con sus muertes y la venganza fuera, por defecto, la respuesta.

Ante mi largo silencio, Peter endurece el rostro; después, curva los labios en una mueca burlona.

—¿Demasiado para ti, *ptichka*? Supongo que debería haberme inventado alguna historia de color rosa, una llena de arcoíris, cachorritos y piñatas.

—No, solo... —Me detengo con la garganta desbordada por los sentimientos. Tras recuperar la compostura, lo intento de nuevo—: Tan solo desearía que alguien hubiese estado ahí para ti, del mismo modo que tú estuviste para ese niño.

Parpadea con lentitud y se aleja del cabecero.

—Te acabo de decir que estaba bien. Siempre he sabido cuidar de mí mismo.

—Sé que podías —susurro cuando me acerca a él, haciendo que me tumbe a su lado antes de estirarse sobre la cama para apagar la luz—. Pero no tendrías que haberlo necesitado, Peter. Ningún niño debería.

No responde, pero sé que me oye porque intensifica el abrazo en torno a mis costillas para acercarme más a él mientras nos acostamos juntos en la oscuridad, sintiendo el calor mutuo y hallando tranquilidad en el latido constante de nuestros corazones.

## 32

$S$ara

DESPUÉS DE ESA NOCHE, ES AÚN MÁS DIFÍCIL RESISTIRME a los esfuerzos de Peter por colárseme en la cabeza y en el corazón. No sé si piensa que esas confidencias me han aterrorizado y está tratando de arreglarlo o sin tan solo siente cómo flaquea mi determinación, pero se vuelve más atento, me consiente y me mima más de lo que creía posible.

Todos excepto yo tienen tareas. Peter cocina la mayoría de las veces y los otros se encargan de lavar la ropa y mantener la casa impoluta. De todas formas, yo ayudo con la ropa para no sentirme inútil, pero Peter no me lo pide y, a excepción de aquella vez que tiré un plato, no he tenido que tocar una aspiradora o hacer nada que no quiera.

Por si fuera poco, todo lo que deseo es mío (dentro de los límites de mi cautiverio, por supuesto). Si tengo preferencia por unas fundas de almohada de seda, Peter me las consigue en pocos días. Si me apetece ir a dar un paseo, deja lo que esté haciendo y me acompaña, ya no les encarga ese trabajo a sus hombres. Aunque lo más importante es que hace lo que sea para asegurarse de que no me aburro.

El estudio de baile es, hasta el momento, la única idea que ha fracasado (solo utilizo la habitación para hacer yoga y algunos estiramientos), pero agradezco de verdad el material de grabación que me consiguió. Es de alta calidad, como el que usaría un profesional. Puedo grabar y editar todo lo que quiera y, a pesar de que empiezo con las canciones pop que me encantan, pronto experimento con modificaciones de esas canciones e incluso intento componer las mías propias, ajustando las letras a las combinaciones musicales que creo a partir de diferentes melodías. Dominar el *software* y el material es un reto, pero acepto el desafío. No solo es divertido, sino que también consume gran parte del tiempo libre y, cuando trato de buscar las palabras para expresar la canción que se me forma en la cabeza, no pienso en todo lo que he perdido ni en que soy la prisionera de un asesino.

Solo me centro en la música.

También he empezado a cantar para los chicos. Se ha convertido en una costumbre después de la cena. Peter me pide que cante como forma de entretenimiento colectivo y yo acepto a regañadientes (pero, en secreto, con bastantes ganas) a interpretar una canción, introduciendo cada actuación con advertencias como que es posible que no recuerde la letra, que no esté preparada y cosas así. Lo normal es que cante algún tema que he practicado con antelación, por lo general una modificación de cualquier éxito popular que haya trabajado en el estudio de grabación ese día. Soy demasiado tímida como para compartir mis propias canciones, pero los chicos están tan entusiasmados con las interpretaciones de la música pop que ya me imagino el día en el que podré cantar alguna de mis piezas.

—Tienes una voz muy bonita —me dice Yan tras la primera semana evaluándome con cierta sorpresa a través de los tranquilos ojos verdes—. Peter tenía razón.

Le sonrío porque un halago de nuestro psicópata es un hecho muy raro y decido interpretar dos canciones la próxima vez.

Si los chicos lo disfrutan y yo también, ¿por qué no?

Entre la música y las actividades rutinarias con Peter, tengo suficiente para llenar los días, pero aún extraño mi antiguo trabajo. Cuando uno de los chicos resulta herido, lo que ocurre con aterradora frecuencia durante el entrenamiento diario, uso mis habilidades médicas, pero no es suficiente. Necesito el estímulo intelectual de mi profesión, todas las cosas que aprendí a diario a raíz de tratar a una amplia variedad de pacientes y mantenerme actualizada con los últimos estudios. Ahora me siento fuera de lugar, aislada de cualquier novedad en mi campo y, cuando se lo menciono a Peter durante uno de nuestros paseos, promete hacer algo al respecto.

Como era de esperar, hace que sus piratas informáticos me envíen recopilaciones bisemanales de las novedades en investigación médica de todo el mundo. Parte del material es público, como los estudios revisados por colegas y publicados en revistas académicas a las que solía estar suscrita, pero la mayoría parece provenir directamente de los archivos privados de las empresas.

—Peter, esto es una locura —digo tras leer acerca de una terapia genética que mantiene la esperanza de revertir el cáncer de mama en etapa tardía—. ¿De dónde lo han sacado? Esto es increíble.

—¿Lo es? —Sonríe al levantar la mirada del portátil. Asiento con vigor.

—Si esta terapia es tan efectiva como las notas de los investigadores indican, las vidas de millones de mujeres estarían a salvo. ¿Cómo encontraron esto tus *hackers*? Por lo menos debería haber escuchado algún rumor sobre ello en Estados Unidos. Es algo revolucionario para el tratamiento del cáncer. Te das cuenta, ¿verdad?

Amplia la sonrisa.

—¿Qué puedo decir? Nuestros chicos son buenos.

Niego con la cabeza y me vuelco de nuevo en el análisis detallado. Debería sentirme culpable por estar robando la propiedad intelectual de alguna empresa emergente, pero estoy demasiado fascinada como para dejar de leer. Además, tampoco puedo usar esta información para beneficiarme económicamente o para compartirla con alguien. Mi acceso al mundo exterior está limitado por completo a las llamadas a mis padres.

Es en lo único en lo que Peter no cede, sin importar cuanto ruegue o suplique.

—Venga, ¿qué daño podría hacer que mirase las noticas de vez en cuando? —razono después de que Peter me pillara tratando de conectarme a su portátil, un intento vano teniendo en cuenta todas las contraseñas que tiene puestas. Puedes bloquear algunas páginas, evitar que use los emails y las redes sociales si quieres. Hay montones de aplicaciones para eso y...

—No, *ptichka* —responde con expresión firme cuando me quita el portátil—. No nos podemos arriesgar a que hagas una búsqueda que exponga nuestra dirección IP al FBI ni a que encuentres alguna manera inteligente de ponerte en contacto con ellos. Hoy en día, todas las páginas tienen un espacio para comentarios y eres demasiado lista como para no saberlo.

Frustrada, me rindo en tratar de acceder a internet e intento pensar en otras vías de escape, pero no se me ocurre nada. Lo único que podría probar, una especie de mensaje codificado para mis padres durante nuestras breves llamadas telefónicas, sería demasiado arriesgado. Peter siempre está conmigo, escuchando cada palabra que digo y sé que, si insinúo nuestra ubicación, me cortará el contacto con la familia. Ya me lo ha dicho y sé que habla en serio.

No importa cuánto me consienta, nunca olvido que su obsesión tiene un lado oscuro, que es capaz de hacer cualquier cosa con tal de que yo siga siendo suya.

## 33

*P*eter

CUANDO LOS DÍAS CÁLIDOS DE VERANO DAN PASO AL otoño y el bosque se tiñe de tonos rojizos y amarillos, me convenzo de que hice lo correcto al escoger a Sara. A pesar de nuestro comienzo accidentado, ella se va amoldando y creo que algún día se adaptará del todo cuando acepte su nueva vida conmigo.

La quiero tanto que es como un dolor continuo en el pecho y, aunque sé que ella no siente lo mismo, a veces noto dulzura en su mirada; una calidez que me llega directa al corazón y me llena de esperanza. A medida que el enfado por el secuestro va disminuyendo, discutimos menos y aunque ninguno puede olvidar cómo empezó nuestra relación, el pasado empieza a ser más lejano y ahora su influencia es menos dura y dolorosa.

Sigo pensando en Pasha y Tamila y me despierto con un sudor frío cuando sueño con sus muertes horribles. Pero ya no tengo tantas pesadillas y, cuando aparecen, Sara está ahí. Puedo acercarme a ella, abrazarla y oír su respiración constante hasta que desaparece ese horror.

También puedo tirármela. Es lo único que me tranquiliza, es la mejor manera de aliviar esa oscuridad interior que tanto me angustia.

—¿Por qué te gusta hacerme daño? —susurra una noche después de despertarla y follarla tan fuerte que los dos terminamos doloridos—. ¿Te gusta el sado?

Lo medito y luego niego con la cabeza, aunque probablemente no me puede ver, ya que las luces están apagadas.

—No en el sentido sexual; al menos no hasta que te conocí.

He gozado matando y torturando a mis enemigos, aunque esto era algo más cerebral, era una manera de sentir una descarga violenta de poder y satisfacer mi visión de la justicia. Al menos así fue como me sentí con el guardia que quemó a Andrey en las duchas; y, en menor grado, con los terroristas a los que atrapaba por trabajo. No me daban pena, su sufrimiento me proporcionaba un placer despiadado. Pero nunca me empalmaba por causar dolor y, durante el acto sexual, siempre era cuidadoso y amable con todas las mujeres.

Empleaba el conocimiento del cuerpo humano para satisfacer, no para herir a nadie.

No fue hasta que llegó Sara que esos impulsos contradictorios (castigo y placer, violencia y cariño) de alguna manera se vincularon entre sí. La aprecio, la quiero tanto que sufro por ello y, a veces, cuando la toco, no puedo controlarme, no puedo luchar contra el deseo de castigarla por ser lo que es.

Por pertenecer a mi enemigo antes de que me robase el corazón.

—Así que con ella… ¿nunca?

La curiosidad apenas disimulada en el susurro de Sara me hace sonreír incluso mientras un dolor familiar me encoge el corazón.

—¿Te refieres a Tamila?

—Sí. —Me posa la mano sobre el pecho como si sintiera el dolor que noto por dentro—. ¿Nunca fuiste tan brusco con ella como conmigo?

—No. —Le cubro la mano delgada con la mía, apretándola con fuerza contra la piel—. Con ella, no era así.

Lo que sentía por Tamila no es nada comparado con la intensidad y la conexión casi violenta que tengo con Sara. Con mi mujer, era una mezcla de atracción física y un vínculo placentero, incluso como una especie de amistad. La admiraba por ser valiente, en el sentido de ser educada y buena madre para Pasha. No me importaba que fuese guapa y, aunque no teníamos mucho en común, aprendí a preocuparme por ella y, quizás, hasta a quererla. Sin embargo, ahora me doy cuenta de que me estaba engañando.

Mi cariño por Tamila era solo eso, un simple eco de las emociones puras que Sara me provoca.

Retuerce la mano bajo la mía y la oigo tragar saliva.

—Entiendo. —Hay algo raro en la voz de Sara, algo parecido al dolor—. Has debido quererla mucho. —Sigue con el mismo tono y sonrío al darme cuenta de lo que ocurre.

—¿Estás celosa? —pregunto con ternura, estirándome para encender la lámpara de la mesilla. Sara parpadea ante la luz repentina y, por la tensión de esa boca preciosa, veo que estaba en lo cierto.

Ha malinterpretado la afirmación, ha pensado que el trato gentil que tenía con Tamila significa que me importaba más mi mujer que ella.

Sara no me contesta, solo aparta la mano, y yo me río, sintiéndome bastante feliz a pesar de los recuerdos oscuros que se me filtran por los límites de la mente. Mi *ptichka* está celosa ni más ni menos que de una mujer muerta y no puedo estar más satisfecho.

Ante mi diversión, la expresión de Sara se oscurece aún más y esas cejas delicadas se juntan para formar un ceño fruncido. Suelta un resoplido casi inaudible, apaga la luz y se da la vuelta, dándome la espalda de forma literal.

Se acabó la diversión y se ve reemplazada por la mezcla compleja de emociones que siempre me provoca: el deseo y el cariño, el enfado y la posesividad, todo forma parte de la locura que representa mi amor por Sara, esa obsesión que sé que nunca se irá.

—Ven aquí, mi amor. —Ignorando la tensión de esa postura, la acerco hacia mí por detrás, haciendo coincidir el cuerpo con el suyo desde atrás. Escondo la cara en su pelo, respiro el dulce olor, mi fragancia favorita, sin duda, y aumento la intensidad del abrazo para que no se mueva mientras trata de separarse de mí —. A veces quiero hacerte daño —murmuro cuando se queda quieta con la respiración irregular por el esfuerzo—. Te quiero hacer cosas que nunca soñé hacérselas a mi mujer. Hay noches en las que quiero devorarte, *ptichka*, consumirte hasta que no haya nada más, hasta que esta adicción disminuya y pueda respirar hondo sin querer tenerte, sin que parezca que te necesito más que a la vida misma.

Se le corta la respiración.

—¿Qué quieres decir?

—Estoy diciendo que te quiero, *ptichka*, y te odio. Porque duele saber que sigues queriéndolo, que sigues pensando en él cuando estás conmigo, ¿sabes? —digo con tono áspero. La aprieto contra mí cuando vuelve a intentar alejarse—. Me ves como al asesino de tu marido, eso es todo lo que ves. Si pudiese borrártelo de la cabeza, lo haría en un santiamén. Haría que se desvaneciera cada recuerdo de su existencia, lo convertiría en la nada que es. En un mundo distinto, habrías nacido para ser mía, pero, en este, he tenido que luchar y matar por ti.

Se tensa.

—¿Por mí? ¿De qué estás hablando? Solo era venganza. La lista que tú...

—Sí, lo era... hasta que te conocí. Luego, se convirtió en algo más. —No me lo había admitido a mí mismo hasta ahora, solo lo sabían los instintos más salvajes de mi alma.

Mientras estaba de pie junto a la cama de George Cobakis, dudé al pensar en Sara, pero no porque fuera a separarla de él. El asesinato no tenía sentido, su estado vegetativo era como si estuviese muerto en vida.

Terminé apretando el gatillo, no a pesar de mi atracción por Sara, sino precisamente por ella

Porque quería que se librase de él para siempre.

Porque, incluso entonces, sabía que la tenía que hacer mía.

—No. —A Sara le empieza a temblar la voz—. Lo dices por decir. No mataste a George porque estuvieras interesado y obsesionado conmigo. Eso es descabellado.

—Quizás. —No voy a reconocer mucho más—. Pero, en algunas culturas, lo que hice te hace mía: el premio de guerra, el botín de la batalla.

—¿Batalla? ¡Pero si estaba en coma! Mataste a un hombre indefenso. No era un rival digno para ti...

Me río con aire sombrío.

—¿Me tomas por una especie de héroe noble? ¿Crees que me importa la justicia?

Se queda inmóvil y le empieza a sudar la piel ahí donde se tocan nuestros cuerpos.

—No, Sara —le digo—. Me importa una mierda la

justicia porque a nadie le importa. El mundo es injusto por naturaleza. Si quieres algo, luchas por ello y lo consigues. Y yo te quería, *ptichka,* te quería desde el primer momento que te tuve, cuando lloraste de una manera tan tierna entre mis brazos. Y tú me querías también, me sigues queriendo, no importa lo que digas. Esto es real; mucho más que el espejismo de tu matrimonio. No era un cuento de hadas lo que estabas viviendo y Cobakis no era tu príncipe azul. Era un mentiroso, un debilucho que empezó a beber porque no podía sobrellevar la culpa de una masacre que él mismo había causado. Incluso si no hubiese estado en mi lista, le habría matado si te hubiese conocido porque te habría deseado. Si alguna vez nuestros caminos se hubieran cruzado, te habría hecho mía.

Está tiritando y sé que he sido demasiado sincero, que he revelado demasiado sobre mi bestia interior. Pero si hay algo que no pienso hacer es mentirle.

Conmigo, Sara siempre sabrá en qué se está metiendo, sin importar la fealdad de la realidad.

Nos arropo con la manta, le acaricio el brazo, la cadera y el muslo hasta que deja de temblar. Cuando oigo que se le ralentiza y profundiza la respiración, cierro los ojos y la abrazo con fuerza.

Quizás para los demás esto sea un error, pero tengo a Sara y soy feliz y haré lo necesario para que ella también lo sea.

## 34

# Sara

A MEDIDA QUE EL OTOÑO AVANZA Y EL TIEMPO EMPIEZA A refrescar, mi vida con Peter comienza a parecerme una larga luna de miel, con la diferencia de que compartimos nuestro retiro en las montañas con otras personas. Su atención no parece ir a menos y, aunque siga recordándome que no estoy aquí por voluntad propia, no consigo ignorar que Peter está haciendo todo lo posible para garantizarme placer y comodidad. Aparte de su profesión y el pequeño asunto de mantenerme prisionera, Peter Sokolov es todo lo que alguien desearía como marido: totalmente dócil y tan afectuoso que la mayoría de los días me siento como una princesa.

Cada mañana me trae el desayuno a la cama. Como

buen indagador, Peter ha aprendido todo lo que me gusta y lo que no referente a la comida y me mima con mis platos favoritos cada día. Los crepes al estilo ruso con pasas y queso dulce, las tortillas esponjosas, las quiches, las bandejas de fruta exótica… Me trae de todo junto a un zumo de naranja recién exprimido y café. Para comer y cenar, me mima igual, tanto que los chicos me han pedido que haga míos sus platos favoritos.

—Te gustó el *shashlik* aquella vez, ¿verdad? Aquellas brochetas de cordero que hizo Peter antes de irse a Nigeria. —Ilya hace un intento aterrador de poner ojos de cordero mientras me acorrala en la cocina.

Asiento con la cabeza, él sonríe y comenta:

—Dile por favor que lo haga pronto, ¿de acuerdo? Solo insinúale que te encanta el cordero en salsa picante. ¡Por favor!

Me río y prometo hacerlo, igual que hice con Anton y la tarta de manzana. A pesar de su papel en el secuestro, comienzo a apreciar a los hombres de Peter y estoy bastante segura de que ellos sienten lo mismo por mí. Creo que eso es bueno, pero Peter parece tener una opinión distinta. He notado cómo fulmina con la mirada a los chicos cuando se muestran simpáticos conmigo, como si tuviera miedo de que me fueran a separar de él.

La posesividad comienza a ser uno de nuestros problemas principales últimamente hasta que una noche explota.

—Mantén los putos ojos por encima de su cuello —

le grita a Anton tras terminar de cantar mi versión del último éxito de Lady Gaga. Me he disfrazado para la actuación con uno de los vestidos escotados que me compró Yan y, cuando Anton y Peter se levantan, fulminándose con la mirada, me doy cuenta de que quizás haya sido un error..

—Peter, no estaba haciendo nada —digo desesperada para suavizar la tensión—. Solo estaba escuchándome mientras cantaba, eso es todo.

—Estaba babeando, joder, eso es lo que estaba haciendo. —Peter empuja la silla que hay entre ambos —. No es la primera vez que lo hace.

—Que te den. —La barba oscura de Anton se agita por la rabia cuando los dos hombres letales se ponen en guardia, con los puños apretados y enseñando los dientes—. Nadie está haciendo nada que no debiera, estás demasiado obsesionado como para pensar con claridad, joder.

Peter ruge una respuesta en ruso y Yan dice algo también con un tono tranquilo y divertido mientras Ilya, sonriente, niega con la cabeza. Un minuto después, Anton sale corriendo con Peter pisándole los talones.

Frustrada, me giro hacia los gemelos.

—¿A dónde van? —Odio cuándo hablan en ruso para esconderme algo—. ¿Qué habéis dicho?

—Peter quiere romperle todos los huesos de la cara a Anton y les he sugerido que lo hagan fuera para que no tengamos que hacer arreglos costosos en casa —dice

Yan con una sonrisa amplia como la de su hermano—. Parece que me han hecho caso.

—¿Qué? ¿Se van a pelear?

Horrorizada, corro rápidamente hacia fuera y me encuentro con el sonido de puños sobre piel. Peter y Anton están rodando por el suelo con los codos y los brazos balanceándose mientras se golpean entre sí. Varias gotas de sangre salen volando por el aire cuando Peter acierta con un gancho brutal y cojo aire al ver un indicio de rabia salvaje en su rostro.

No están de broma; la pelea es de verdad.

—Por favor, paradlos —les suplico a Yan y a Ilya, parados junto a mí—. Se van a matar.

—No... —Yan mueve la mano, quitándole importancia—. Solo se romperán unos cuantos huesos. No tenemos ningún trabajo importante hasta dentro de un mes, así que no pasa nada.

—¡No está bien! —Aprieto los dientes y miro a Ilya —. Si quieres que volvamos a comer alguna vez un *shash*, o cómo se llame, tienes que parar esto ahora mismo. Si no lo haces, diré que tengo alergia al cordero. —Le presiono el dedo contra el pecho enorme—. ¿Me oyes?

Yan se echa a reír, pero Ilya parece bastante preocupado.

—Vale, vale —murmura él y comienza a andar hacia los combatientes.

Suspiro aliviada cuándo se lanza con valentía hacia la pelea, pero ni Peter ni Anton responden bien a sus intentos por separarlos. Pronto, los tres hombres están rodando por el suelo, intercambiando golpes brutales. Cuando me giro hacia Yan, levanta las manos, mostrándome las palmas.

—No me voy a acercar ahí —comenta y sé a qué se refiere.

Estoy sola.

Desesperada, considero echarles agua fría encima, pero busco una solución más apropiada.

—¡Ayuda! —grito a todo pulmón y me agacho como si me doliese algo—. ¡Ahhh! Peter, ¡ayúdame!

Funciona mejor de lo que esperaba. Los hombres se separan al instante y Peter se pone en pie de un salto. La furia en la cara se le transforma en una preocupación frenética mientras corre hacia mí.

—¿Qué te pasa? —me pregunta mientras me agarra de las manos y me mira de arriba abajo—. ¿Te has hecho daño?

—Sí, cuando has actuado como un salvaje —le grito, intentado empujarle mientras me palpa el cuerpo entero—. Ahora deja que vea las heridas que os habéis hecho.

Frunce el ceño mientras se detiene.

—¿No estás herida? ¿Solo querías parar la pelea?

—Claro. ¿Cómo podría hacerme daño? —ignoro a Yan, que se está riendo tanto que apenas puede mantenerse en pie y me dirijo a Anton y a Ilya, que tienen peor aspecto que Peter. Ilya tiene el labio partido y la cara de Anton está hinchándose, con la nariz sangrando y ligeramente dislocada.

—¡Oye! —Peter me agarra de la muñeca antes de

que pueda dar dos pasos—. ¿Vas a ocuparte de ellos primero? —Parece tan enfadado que me siento tentada a negarlo porque lo último que quiero es provocar otra pelea, pero algo perverso dentro de mí me hace asentir.

—Ellos no han sido los que te han atacado. —Tiro de la muñeca en un intento inútil por liberarme—. Y tú no pareces muy herido.

Si Peter piensa que voy a recompensar con cuidados tiernos su comportamiento de hombre de las cavernas, está muy equivocado.

Frunce aún más el ceño y tiene el descaro de hacerse el herido cuando me suelta la muñeca.

—Estoy herido, ¿lo ves? —Se levanta la camisa para que vea la mancha roja en las costillas—. Y esto. —Me muestra el dorso de la mano derecha, donde se le empiezan a hinchar los nudillos.

Sigo enfadada, pero me rindo ante el instinto por curarle.

—Déjame ver. —Con cuidado, le toco alrededor del torso. Le saldrá un moretón bastante grande, pero no parece haberse hecho nada en las costillas. Luego, dirijo mi atención hacia los nudillos.

—¿Te duele? —le pregunto apretándole en el nudillo del dedo anular. Peter niega con la cabeza con los ojos plateados relucientes, así que le examino el resto de la mano. Para mi alivio, no noto que tenga ningún hueso roto—. Te pondrás bien —le digo. Entonces me percato de un rasguño ensangrentado en la oreja izquierda. Se lo limpiaré en casa, donde tengo el botiquín, pero antes necesito comprobar que la nariz de Anton está bien y que Ilya no sufre otra conmoción..

Los chicos ya han entrado, así que les sigo, ignorando la expresión sombría de Peter. No entiendo qué le pasa. Sé que es posesivo, pero Anton es amigo suyo y, por lo que sé, nunca me ha tratado de manera irrespetuosa. Tampoco lo ha hecho ninguno de los otros, aunque sean hombres muy varoniles y sanos que hayan estado sin la compañía de una mujer en meses.

La bravuconería me dura hasta que llego a la cocina y veo la extensión del daño que tiene Anton en la cara. Peter no bromeaba con romperle todos los huesos, no lo ha conseguido, pero ha hecho un buen intento. Puesto que la violencia se ha desencadenado de manera tan repentina, no he tenido tiempo de procesar la increíble brutalidad de la pelea, pero mientras le recoloco la nariz a Anton, comienzan a temblarme las manos y las consecuencias de la descarga de adrenalina me sobrepasan con tanta fuerza como si hubiera sido yo la que estaba metida en la pelea.

Durante las semanas anteriores, me he engañado a mí misma al dejar que la vida cotidiana me ayudara a olvidar lo que Peter y sus hombre son. La pelea no ha sido entre borrachos en un bar, donde alguno puede tener la suerte de acertar un golpe o dos. Peter es un asesino entrenado y ha ido detrás de su amigo con la intención de causarle daños graves. Si no hubiese parado la pelea, alguien podría haber salido muy malherido, incluso muerto.

—Lo siento —le susurro a Anton cuando hace una mueca mientras le curo—. Lo siento mucho.

—No pasa nada. —La voz se le vuelve nasal cuando le introduzco un poco de algodón en los orificios de la nariz para que deje de sangrar—. Esto iba a suceder tarde o temprano, el cabrón está loco por ti. —No hay rencor en su voz, como mucho, diversión por el intento de su amigo de mutilarlo por unos celos inapropiados.

—Está bien —grita Peter, acercándose a mí—. No vuelvas a mirarla nunca más, ¿lo entiendes?

Para mi sorpresa, la boca de Anton se curva en una sonrisa sangrienta.

—Vale, puto gilipollas.

Dejo de hacer lo que estoy haciendo y alterno la mirada entre los dos hombres. ¿Estoy alucinando o acaban de arreglarlo?

En efecto, Peter le da una palmada a su amigo en el hombro y se vuelve hacia Ilya, que está sentado en un taburete a nuestro lado con una bolsa de hielo presionada contra el labio.

—Lo mismo te digo. —Le dedica una mirada siniestra a Yan, que se acaba de unir a nosotros—. Y a ti.

Ambos hermanos asienten e Ilya exclama:

—Vale, lo pillo. Es toda tuya.

Ignorando esta afirmación cavernícola, termino de arreglarle la nariz rota a Anton, le doy una bolsa de hielo para que se la ponga en la cara y extiendo la mano hacia la camisa para examinarle las costillas.

—No me pasa nada ahí —dice con voz nasal antes de que pueda levantársela más de un centímetro. Con una mirada cautelosa a Peter, añade—: Ahora puedes echarle un vistazo a Ilya, si quieres.

Frunzo el ceño, pero me giro hacia Ilya, como me ha sugerido.

—Déjame ver —le pido, alejándole la bolsa de hielo del labio—. ¿Te han golpeado en algún lugar más de la cabeza?

—No, solo aquí —contesta Ilya haciendo una mueca cuando le palpo la mandíbula hinchada.

—Perfecto —comento al terminar el examen—. No tienes una conmoción, pero debes tomártelo con calma. Los golpes en la cabeza no son buenos para el cerebro. Si no, pregúntales a los jugadores de fútbol americano.

—Sí, Dra. Cobakis. —Ilya sonríe tanto como el labio partido se lo permite—. Iré con cuidado.

Le devuelvo la sonrisa, ignorando el bufido de su hermano, y después me giro hacia Peter, que sigue de malhumor.

—Déjame verlo —le exijo tirando de él hacia otro taburete para poder examinarle la parte superior de la oreja—. Parece que te has raspado un poco la piel.

Peter se queda quieto mientras me permite limpiarle y vendarle el rasguño antes de buscarle otras heridas leves. Cuando termino, vuelvo a tener las manos firmes porque el trabajo conocido disminuye la conmoción por la explosión de violencia.

Por desgracia, la tranquilidad no me dura mucho.

En el momento en que guardo el material médico, Peter salta del taburete y se inclina para cogerme. Ignorando el chillido sobresaltado y los aullidos de los chicos, me levanta entre los brazos y reclama mi boca con un beso profundo, feroz y hambriento. Luego, apretándome contra el pecho, como el premio de guerra que cree que soy, se dirige hacia las escaleras.

eter

Sara, con la pálida cara enrojecida, quizás por el enfado y la vergüenza, se retuerce entre mis brazos mientras subo las escaleras.

—Bájame —susurra furiosa cuando llegamos al segundo piso—. Peter, bájame ahora mismo.

No lo hago hasta que entramos en la habitación. Todavía tengo sed de sangre, la adrenalina de la pelea hace que el corazón me lata muy fuerte, a un ritmo muy rápido. La ira y los celos me recorren las venas y, en lo más profundo de mi ser, siento un deseo intenso y la necesidad de reclamar su cuerpo y hacerla mía por completo, hasta que nunca vuelva a sonreír a otro hombre.

Sé que lo que siento es irracional, casi patológico,

pero verla esta noche con ese vestido rojo, ajustado y muy escotado me ha hecho perder cualquier rastro de sensatez que tuviese. En las últimas semanas, he soportado algunas miradas ocasionales de los chicos hacia ella, la competición por su atención a la hora de comer y las peticiones, no tan secretas como creían, de los platos que deseaban. Pero lo que he visto en los ojos de Anton esta noche es el espejo del deseo que yo mismo siento por Sara y eso no podía dejarlo pasar.

—No te vuelvas a poner este vestido en público —digo con brusquedad rodeándole la esbelta figura para alcanzar la cremallera de la espalda—. Desde ahora, solo te lo pondrás en nuestra habitación.

Sara se me queda mirando y las protuberancias color crema de los pechos, expuestas por ese puto vestido, se agitan cuando se le acelera la respiración.

—Estás loco. —Me empuja por el torso—. Me compraste este vestido para mí.

—Te lo trajo Yan. —Bajo la cremallera con una fuerza innecesaria, con la rabia aún corriendo por las venas—. Y si hay otros como este, será mejor que solo los vea yo. La próxima vez que pille a cualquier hombre babeando contigo, lo voy a descuartizar. Lentamente.

No estoy bromeando y Sara tiene que notarlo porque le desaparece parte del color de la cara.

—Estás enfermo —murmura mirándome a través de esos ojos color avellana y sé que, en el fondo, tiene razón. Estoy enfermo, loco de remate por ella. He hecho lo posible para mantener esta intensidad bajo control, pero no puedo hacerlo más. No puedo fingir que cada minuto que estamos separados no me parece una hora o que cada vez que la toco no quiera devorarla en el acto. Mi deseo es oscuro y violento, pero me he obligado a ser civilizado, a limitarme a actuar como un amante, cuando lo que quiero es desnudarla hasta los huesos para, así, poseerla entera.

He estado luchando en una pelea perdida y estoy preparado para rendirme.

Sara debe intuir algunos de mis pensamientos porque comienza a resistirse mientras le desabrocho el vestido para dejar al descubierto los pechos desnudos. Le inmovilizo los brazos con el vestido. El contraste del rojo con esa cara tan blanca resalta las motas verdosas de sus ojos color avellana y hace que me palpite la polla con una necesidad salvaje. La deseo. Joder, cuánto la deseo. Es como una enfermedad, esta lujuria que me atormenta día y noche.

Me dejo caer de rodillas, la rodeo con los brazos mientras la mantengo aprisionada dentro del vestido y le atrapo el pezón rosado y erecto con la boca. Sara chilla y lucha aún más mientras le chupo el pezón, aplastándolo contra el paladar con la lengua, pero no me detengo. No puedo. Ella sabe a sexo, a una perfección dulce, como cada una de mis fantasías hecha realidad. No sé cómo he vivido tanto tiempo sin ella, porque ahora que la tengo, necesito cada vez más.

La necesito entera, y hoy la voy a tener.

—Peter, por favor... —Está jadeando y le tiembla el vientre plano mientras dirijo la atención al otro pecho —. Solo... Oh, Dios, por favor...

Le torturo los pezones hasta que el calor interno me alcanza el punto álgido y, luego, tiro del vestido hacia abajo, dejándoselo enganchado a los tobillos mientras me levanto y la guío hacia la cama. Se desequilibra cuando golpea la cama con la parte trasera de las rodillas, pero la sujeto y la giro antes de subirme encima de ella, totalmente vestido.

—¿Qué estás...? —deja de hablar mientras coge aliento cuando me quito el cinturón y le atrapo la muñeca antes de retorcérsela contra la espalda y enrollarle el cinturón a su alrededor. Luego, repito el proceso con la otra muñeca, ignorando sus intentos por separarse de mí. Le ato las manos en la espalda, inmovilizándolas con el cinturón .

—¿Qué vas a hacer? Por favor, Peter... ¿Qué vas a hacer? —Las palabras se ven amortiguadas por la manta mientras cojo una almohada y se la coloco debajo de la cadera. No es suficiente, así que cojo otra para levantarle el pequeño trasero redondeado. Se retuerce por el miedo, por lo que, para impedir que se escape, mantengo la mayor parte del peso del cuerpo sobre sus piernas. Me estiro hacia la mesita de noche para coger un bote de lubricante que guardo allí.

Me desabrocho los vaqueros para liberar la polla anhelante y me inclino sobre ella, sujetándome sobre un brazo mientras le extiendo el lubricante sobre el trasero, dejándolo gotear por la grieta entre los pliegues. Sara jadea y lucha con más fuerza cuando dejo el lubricante a un lado para penetrarle el coño con un dedo. Está caliente, preciosa y escurridiza por dentro. El lubricante se mezcla con su propia humedad mientras le introduzco un segundo dedo, preparándola para mí.

Mientras la follo con los dedos, le paso el pulgar por el clítoris y pronto me veo recompensado con un pequeño gemido indefenso. Sus intentos de huir se han transformado en movimientos retorcidos para aumentar el placer. Comienza a elevar las caderas hacia mí, aprieta el clítoris contra el pulgar con cada golpe y sé que está a punto de correrse. Como no quiero que lo haga todavía, me detengo y me agarro la polla antes de guiarla hacia la abertura temblorosa del coño.

El calor húmedo me envuelve, las paredes resbaladizas me sujetan hasta que penetro la carne hinchada. Me late el corazón con fuerza, se me tensan las pelotas cuando aprieta los músculos internos a mí alrededor, acariciándome la polla. Lo que experimento es sublime y todos mis sentidos se agudizan, incluso cuando mi conciencia sobre el mundo exterior se desvanece. Solo me centro en ella: sus sonidos, la forma en la que se abre para recibirme... Puedo oler la excitación en los dedos y se los coloco sobre la boca antes de ordenarle con voz ronca:

—Chúpalos.

Me obedece y da vueltas con la lengua en torno a ellos hasta que se los introduzco en la boca, la follo con ellos mientras me hundo a mayor profundidad dentro del coño. Suelta un jadeo ahogado cuando la punta de la polla le roza el útero. Parece muy pequeña y delicada debajo de mí, con el cuerpo esbelto tembloroso cuando me presiona contra el vientre las manos atadas. Saber que está completamente a mi merced intensifica el deseo y la necesidad de dominarla y poseerla.

—Dime a quién perteneces —gruño sacando los dedos de la boca para restregarle la humedad por la barbilla y el cuello. Le rodeo la garganta con la mano y la embisto hasta el fondo, lo que la hace gritar—. Dime, Sara, ¿a quién perteneces?

Respira tan rápido que puedo sentir esas exhalaciones aceleradas en el lugar donde la agarro del cuello.

—A… a ti. —Oigo más o menos las palabras que le salen de la boca, pero no es suficiente. No es suficiente.

Le suelto la garganta, coloco la mano entre sus piernas, sintiendo la carne sedosa que se estira alrededor de la polla. La suavidad deslizante del lubricante se mezcla con el flujo. Los jadeos de Sara se intensifican, arquea el trasero y gime aún más fuerte. Muevo los dedos más arriba, deslizándolos hasta los glúteos pálidos y firmes.

—Peter…espera. Oh, joder, Peter… —dice mi nombre en forma de grito ahogado cuando encuentro la otra abertura y presiono con la punta del dedo contra ella, ignorando la resistencia de los músculos apretados. Hago uso de todo mi autocontrol para ir despacio, para no follármela con tanta violencia como me suplica el cuerpo. No quiero destrozarla, no quiero hacerle daño a pesar de la oscuridad que me recorre el alma. Introduzco el dedo con facilidad gracias al lubricante mientras la penetro con mayor profundidad, pero sigue estando demasiado apretada. Casi me corro al imaginármela apretada en torno a la polla, al pensar en cómo me envolverá y presionará con el culo.

Ella gime ante la incomodidad de la penetración, pero no me detengo hasta que el dedo está totalmente dentro y puedo sentir la polla a través de la delgada pared que separa los dos orificios. La sensación es trepidante, surrealista por su intensidad. Agudiza mi deseo y lo vuelve más oscuro y salvaje.

Mi *ptichka* bella y cautiva.

Llegó la hora de poseerla por completo.

Después de esta noche, no habrá ninguna duda de que es solo mía.

Sara

ABRUMADA, CONTRAIGO LOS MÚSCULOS PÉLVICOS, sintiendo el increíble grosor del pene y el ardor punzante del dedo invasor. Incluso con una gran cantidad de lubricante, no ha entrado con facilidad. Me siento dolorida, llena, violada y sobrepasada. Jadeo con brusquedad mientras trato de asimilar la sensación extraña de la doble penetración.

Siento alivio cuando mi torturador saca el dedo, aunque, luego, vuelve a meterlo junto a otro. Me penetra el culo con ellos poco a poco, dilatando con cuidado el apretado anillo de músculos. Pero duele, el cuerpo se resiste ante la intrusión.

—Relájate, *ptichka*. —Su voz es un susurro diabólico, seductor y controlado, incluso aunque la polla le palpite en lo más profundo de mi interior—. Relájate y déjame entrar. Te va a gustar.

Jadeo superficialmente e intento hacer lo que me dice, luchando contra el acto reflejo de contraer los músculos con más fuerza. Tenso las manos, que tengo atadas tras la espalda y se me doblan los dedos al presionarlos contra las palmas. Pese al dolor punzante de la intrusión, una parte de mí siente curiosidad, casi deseo, de algún modo retorcido. Algo en este malestar, la manera en la que mis adentros arden y se contraen, la sensación de ser forzada y violada, conecta con esa parte extraña y sumisa de mí. El deseo de castigo despierta mi monstruo interior.

Duele, pero no es una traición.

No tengo elección, pero no me estoy rindiendo ante el enemigo.

—Sí, así, mi amor... Ahora relájate y respira. —Tiene los dos dedos dentro de mí, gruesos y duros y me araña parte del tejido sensible con las uñas. Es demasiado, demasiado abrumador, la sensación va más allá de nada que haya sentido antes. Noto el corazón como un pájaro revoloteando en el pecho y la respiración se me acelera como si estuviera teniendo un ataque de pánico. Solo su voz me mantiene anclada al presente. Esa voz oscura y cariñosa con acento sutil —. Así, cariño... Relájate. —Con la otra mano me acaricia la cadera y me raspa la piel con su dureza—. Mi preciosa *ptichka*, tan delicada, tan dulce... Todo irá mejor dentro de un momento, te lo prometo, mi amor.

Mientras me susurra más palabras cariñosas,

empieza a mover el pene con embestidas lentas y poco profundas. Se me acelera el corazón a la vez que los movimientos pendulares hacen que roce el clítoris con la montaña de almohadas.

El placer va creciendo despacio, con exasperación. La tensión aumenta a ritmo de caracol. El placer del clítoris contra la almohada es demasiado suave y sus embestidas, superficiales, demasiado delicadas. Soy consciente de la plenitud punzante en el culo y gimo, frustrada, contra el colchón, empujando las caderas hacia arriba porque necesito que vaya más rápido, con más fuerza. Estaba muy cerca antes y ahora casi he llegado otra vez, pero necesito más.

Necesito que me posea hasta el fondo, que acentúe tanto el placer como el dolor.

—Peter, por favor —ruego, pero el cabrón perverso se detiene y sale de mí por completo. Solo mantiene los dos dedos en el culo y, al cabo de un instante, los saca también, dejándome dolorida y vacía, a punto e increíblemente frustrada—. Peter —gimo, pero noto que se acerca por detrás y me echa más lubricante frío entre las nalgas.

—Shhh —dice con calma mientras me contraigo de manera instintiva cuando siento esa gran polla presionándome—. No pasa nada, mi amor, déjame entrar… —Empuja con más fuerza y la presión contra el esfínter se hace más intensa, el dolor punzante empeora. Es mucho más grande y grueso que los dedos, no puedo relajarme lo suficiente para dejar que me penetre.

—Peter. —Entrando en pánico, empiezo a resistirme, tirando del cinturón que me ata las manos tras la espalda—. Peter, no creo que…

El anillo de músculos se abre con un doloroso sonido, dejando entrar al grueso miembro dentro de mí, y un mareo repentino me derriba, mientras me penetra con mayor profundidad, con la ayuda de la suavidad del lubricante. Siento que me ha perforado, invadido de la más cruel de las maneras y, mientras toca fondo dentro de mí, me dilata de manera intolerable con la gruesa polla. Quiero gritarle que pare, que deje de hacer eso. El sentimiento de plenitud va más allá de lo que había imaginado y se me revuelve el estómago, en el que siento calambres por las náuseas. Un sudor frío me recorre la temblorosa espalda.

¿Por qué esto me provocaba tanta curiosidad?

¿Cómo es posible que lo haya deseado?

Aun así, puesto que lo he deseado, permanezco en silencio, acallando la respiración temblorosa mientras espero a que el dolor se calme. Peter vuelve a susurrarme palabras cariñosas al acariciarme la espalda y la cadera, como si me premiara por algo. Pronto, el dolor se calma y la peor parte del malestar se atenúa. Sin embargo, la extrema plenitud continúa y, mientras desliza la mano entre las piernas para buscar el clítoris, empiezo a temblar con una tensión diferente. El orgasmo frustrado dos veces y la despiadada invasión, sentirle donde ningún hombre ha estado antes… Es demasiado.

—Ya está, *ptichka* —murmura y yo grito mientras

me pellizca el clítoris con suavidad—. Ahora puedes dejarte llevar.

Empieza a moverse dentro de mí, con cuidado y suavidad. Aun así, noto cada embestida como una invasión nueva, se me retuerce el cuerpo cada vez que sale y me penetra de nuevo. Duele y arde, pero el ritmo constante ayuda, intensificando la efervescente tensión de mi coño. El rítmico vaivén y la presión del pellizco de los dedos en el clítoris empiezan a parecerme hipnóticos. Mientras el hechizo de las sensaciones me embriaga, la tensión crece y el placer se enrosca en lo más profundo de mi ser.

—Córrete para mí, Sara —gime, embistiéndome con mayor intensidad. Para mi sorpresa, lo hago, comienzo a notar espasmos en cada músculo del cuerpo, liberándolo. El éxtasis es violento, explosivo, el estallido de tensión es tan fuerte que grito. Con los estrechos músculos internos relajados, el pene dentro del culo parece aún más invasivo, pero el dolor acentúa las sensaciones, provocándome un placer oscuro y ardiente. Gime y siento que se corre dentro de mí, bañándome las entrañas en carne viva con el semen.

Después del cénit, solo quedan respiraciones irregulares, la suya y la mía. Entonces, empieza a retirarse con lentitud y me desabrocha el cinturón de las muñecas antes de desaparecer dentro del baño. Muevo las manos temblorosas hacia los costados, pero sigo rodeada de almohadas, demasiado entumecida como para levantarme. Al cabo de un par de minutos, Peter vuelve con una toalla mojada. Dejo que me limpie el lubricante del orificio dolorido y, después, le quito la toalla, sujetándomela contra el cuerpo mientras me pongo de pie con piernas inestables y me dirijo hacia el baño.

Necesito ducharme. Y mucho.

Peter me brinda un par de minutos de privacidad y, después, se une a la ducha.

—¿Estás bien? —pregunta con delicadeza mientras bloquea el chorro de agua con la espalda. Yo asiento, la cara me arde cuando me cruzo con su mirada. Lo que acaba de pasar entre nosotros ha sido tan íntimo y duro que siento que soy transparente. No entiendo qué tiene este hombre para sacar este lado de mí. ¿Por qué me excitan cosas que deberían aterrarme, como las marcas de sangre en la toalla que acabo de usar?—. Bien —murmura. En la oscuridad de esos ojos veo el reflejo de mi confusión, un conflicto entre deseos que no tienen sentido. ¿Cómo es posible que quiera huir de este hombre y a la vez esté deseosa por acercarme? ¿Cómo puede amarme y aun así hacerme daño y castigarme de esta manera?

—¿Por qué? —pregunto con timidez, mientras me sujeta la cara con esas manos grandes y, con suavidad, me acaricia con los pulgares las mejillas mojadas por la ducha. Tras levantar los brazos, le rodeo las muñecas anchas con los dedos mientras siento la fuerza de esos huesos duros—. Peter... ¿por qué somos así?

No finge que lo ha interpretado mal.

—Porque el amor no siempre es fácil y bonito, *ptichka* —contesta con suavidad—, ni tampoco es con quien te esperas. No podemos elegir los deseos del corazón. Solo podemos aceptarlos y moldearlos de una manera en la que podamos sobrevivir.

—Yo no... —Se me quiebra la voz al sentir un nudo en la garganta—. No te quiero, Peter. No puedo.

Para mi sorpresa, se le curvan los labios ligeramente y baja la cabeza para besarme en la frente, antes de empujarme contra él para abrazarme.

—Sí puedes —murmura, envolviéndome la nuca con una mano mientras, con la otra, me acaricia la columna—. Sí puedes y lo harás. Algún día, pronto, dejarás de luchar y lo verás. Porque ya es tarde, *ptichka*: estás tan atrapada como yo.

# PARTE IV

*S*ara

DURANTE LAS TRES SEMANAS SIGUIENTES, ME ESFUERZO todo lo que puedo para demostrarle a Peter que se equivoca. Intento alejarme de él, pero el esfuerzo es inútil. Cada vez que levanto barreras entre nosotros, él las derriba. La conexión se fortalece con ayuda de una atracción física tan grande que hace trizas todo el afán por resistirme.

Ahora que me ha poseído en todos los sentidos, mi secuestrador no tiene límites con mi cuerpo y el sexo es más intenso que nunca. Usar condones nunca ha sido más esporádico. No entiendo cómo pasa eso, cómo el cerebro se me apaga cuando me toca y me hace olvidar algo tan importante. No quiero tener un hijo con Peter (temo incluso imaginármelo), pero cuando me atrapa entre los brazos, lo último que pienso es que me voy a quedar embarazada.

Hasta ahora, he tenido suerte. Menstrué la semana pasada como de costumbre, pero sé mejor que nadie que basta un pequeño desliz, un descuido momentáneo. Además, no estoy segura de que Peter esté siendo descuidado sin querer. Utiliza condones si consigo recordárselo, pero no he vuelto a tomar la píldora del día después, no desde aquella vez.

—He leído todos los libros médicos sobre el tema y no quiero que te expongas a esas hormonas —contestó cuando le rogué que me comprara la píldora de nuevo —. Eres muy sensible, tú lo has dicho. No voy a arriesgar tu salud por la remota posibilidad de que nos hayamos quedado embarazados.

Y no importó cuánto intentara razonar con él, recordándole que soy ginecóloga obstetra y que puedo evaluar los riesgos por mí misma, no cedió.

Estoy empezando a sospechar que Peter quiere que me quede embarazada y eso, más que nada, hace que vuelva a plantearme escapar.

Esta vez me tomo mi tiempo para planear con cautela cada paso. Estoy segura de que Peter me contó la verdad cuando dijo que la montaña está rodeada de acantilados, pero en nuestras caminatas por el bosque he visto acantilados con pendientes menos pronunciadas y raíces que pueden servir de asideros.

Sin duda, no se puede acceder a la montaña en coche y subir es casi imposible, pero una senderista que sabe lo que hace quizás pueda bajar.

Por lo menos eso espero.

Empiezo por elegir las provisiones y a buscar dónde estarán. No puedo almacenarlas con antelación sin que me pillen, pero presto una atención minuciosa a la ubicación de todo. Cuerda, un cuchillo resistente, una mochila, alimentos no perecederos, botellas de agua... Hago una lista mental de lo necesario para que, cuando llegue el momento, pueda coger todo en pocos minutos. Ayuda que Peter y sus hombres sean tan ordenados que rocen el trastorno obsesivo-compulsivo. Todo tiene su lugar en casa, así que lo que tengo que hacer es acordarme de su ubicación.

También me planteo robar una pistola. Los hombres tienen cuidado cuando estoy cerca y guardan las armas donde no las vea, pero estoy segura de que puedo hacerme con una si lo intento. Sin embargo, no lo he hecho porque, cuando he descubierto donde las guardan, he tenido tiempo de conocer a mis secuestradores y no me imagino haciéndoles daño. Siento el instinto sanador muy arraigado. Quizás apretaría el gatillo bajo ciertas circunstancias (si mi vida estuviera en peligro, por ejemplo), pero estos hombres no suponen una amenaza mortal para mí. En realidad, son agradables, cada uno a su manera. También sería una estupidez quitarles el arma para engañarles y que me dejaran ir porque notarían mis patéticas intenciones enseguida y me la arrebatarían.

Después de todo, me enfrento a exsoldados de élite, no a hombres normales.

Aun así, apunto la pistola en la lista mental, en caso de que se me dé la oportunidad de conseguir una antes de la fuga. A lo mejor no puedo engañar a Peter y a sus hombres con mis exigencias, pero no puede decirse lo mismo de un granjero japonés. Es evidente que iría por las buenas primero, pero, si me costara conseguir acceso al teléfono, no me opongo a pasear la pistola un poco (descargada, claro).

Mientras me ocupo de los preparativos, también empiezo a fijarme en el tiempo. Con aparente indiferencia, pregunto a los hombres sobre el pronóstico de cada día. Todavía no ha nevado, pero ya es octubre y, a esta altitud, la nieve no tarda en llegar.

Lo último que quiero es que me pille otra tormenta helada.

—No me gusta el frío —me quejo un día a Peter cuando volvemos de un paseo—. Y sobre todo no me gusta cuando el día empieza a una temperatura y por la tarde hace veinte grados menos.

—Pobrecita —contesta con suavidad mientras me quita la chaqueta para frotarme los brazos—. Venga, vamos a ducharnos y a ponerte cómoda y calentita.

Dejo que me haga entrar en calor con una ducha de agua caliente y dos orgasmos. Al día siguiente, sigo quejándome del tiempo. De esta manera, a nadie le parecerá sospechoso que pregunte por el pronóstico del tiempo a diario.

Mientras hago todo esto, los hombres están

entretenidos con sus propios planes. Después de una larga pausa para confundir a las autoridades, la banda ha decidido aceptar otro encargo, un asesinato muy bien pagado y muy peligroso de un político en Turquía.

He estado intentando no pensar en eso porque, cada vez que lo hago, me preocupo tanto que no puedo comer ni dormir. Después de lo de Nigeria, solo con oír la palabra «encargo» me sube la tensión.

—¿Por qué tienes que hacerlo? —pregunto a Peter con frustración, mientras se acerca mediados de octubre, el plazo límite para realizar el encargo—. Tú mismo lo has dicho, salir es especialmente peligroso para ti en estos momentos. Te pagaron millones (¡millones!) por el banquero nigeriano. No puedes haberte gastado todo ese dinero tan deprisa.

—Claro que no, pero tengo que pensar por anticipado —contesta—. Aparte de algunos de nuestros caros juguetes, los *hackers* nos cuestan una fortuna. Les necesitamos para seguir evadiendo a las autoridades y buscar a Henderson.

Mientras niego con la cabeza, tomo aire y me dirijo al estudio de grabación para distraerme con música y evitar otra discusión. Si Peter ya es estricto con la necesidad de estos encargos, es absolutamente intransigente en cuanto al tema de Henderson, el único hombre que queda en la lista. La única vez que, con cautela, saqué el tema de la posibilidad de olvidarlo y seguir adelante, Peter lo rechazó con tanta vehemencia que no me he atrevido a intentarlo de nuevo.

—Fue él personalmente quien emitió la orden de la

operación en Daryevo —gruñó mi secuestrador. Tenía el rostro atractivo tan retorcido por la rabia que era irreconocible—. Esto fue culpa suya. —Me puso el teléfono con las fotos de la masacre delante de las narices—. Y no voy a descansar hasta que él y cualquiera que le esté ayudando se pudran bajo tierra, igual que los cuerpos de mi mujer y mi hijo.

Asentí mientras me retiraba porque, por mucho que quiera fingir que no, entiendo la necesidad de venganza de Peter. No puedo imaginarme perder a personas que me importan de esa manera tan horrible y sé que ha sido incluso peor para él. Por todo lo que me ha contado, esos cortos años con Pasha y Tamila fueron los únicos momentos en los que experimentó algo parecido al amor y a una familia.

La semana pasada, por vez primera, Peter me habló un poco sobre su hijo. Fue cuando despertó de una pesadilla sobre la muerte de su familia, con el cuerpo enorme temblando y cubierto en sudor frío. Entonces se acercó a mí y me folló. Después del clímax, admitió cuánto echaba de menos a su niño, lo intensa que seguía sintiendo su ausencia.

—Pasha era... mi vida —me dijo con rabia—. Todavía no sé cómo explicarlo. Nunca había conocido a un niño tan feliz por el mero hecho de existir. Los pájaros, insectos, árboles, el cielo y las plantas; todo era nuevo para él, todo era divertido. Y tenía tanta energía. Tamila apenas podía seguirle el ritmo. La volvía loca. Y los coches... —Cogió aire y se le amplió el fuerte torso

—. Le encantaban los coches. Quería ser piloto de carreras cuando fuera mayor.

—Peter... —Coloqué la mano sobre la suya—. Parece maravilloso.

—Lo era —susurró Peter, poniendo la palma boca arriba para apretarme los dedos. La intensidad del dolor en sus palabras me estremeció.

Pese a toda su obsesión conmigo, mi secuestrador todavía vive el duelo por la muerte de su familia, las personas que amaba de verdad.

Sara

ESTAMOS CASI A MEDIADOS DE OCTUBRE, POR LO QUE LOS preparativos de los hombres para el encargo de Turquía se aceleran y yo decido que esta va a ser mi oportunidad.

Si, como la última vez, dejan a un hombre para que me vigile, quizá pueda escabullirme sin que me pillen. Sobre todo, si mi carcelero está tan ocupado como Yan durante el encargo de Nigeria.

—Bueno —le digo a Peter con aparente indiferencia en uno de nuestros paseos—. ¿Cuál es el plan para la semana que viene? ¿Se va a quedar Yan otra vez?

Para mi sorpresa, Peter niega con la cabeza.

—No puede. Nadie puede esta vez. La seguridad del

político es compleja. Necesitamos estar los cuatro para capturarle.

Se me acelera el corazón, esperanzada. Mientras intento no parecer demasiado emocionada, digo:

—Tiene sentido. Aquí estaré bien. Hay bastante comida y...

—No, *ptichka*. —Peter me coge de la mano, posándola en el ángulo interior de su codo—. No voy a dejarte aquí sola, no te preocupes.

Me trago la decepción e intento dedicarle una mirada inocente mientras seguimos el paseo.

—¿Por qué? Tampoco es que pueda bajar, así que…

—Exacto. —Peter me lanza una mirada sarcástica—. No puedes bajar, pero eso no significa que no vayas a sentir la tentación de intentarlo. Además, no quiero dejarte aquí abandonada, por si nos pasa algo.

—Pero, entonces, ¿qué vas a hacer conmigo? —pregunto, realmente confundida—. ¿Me vas a llevar contigo al encargo?

—Claro que no, aunque fue la propuesta de Yan. El muy pijo quiere una doctora a mano en caso de que alguien salga herido —contesta Peter irritado—. No. Estoy esperando noticias de alguien y, cuando lo haga, te contaré cuál es el plan.

—¿Cómo? —Frunzo el ceño—. ¿Noticias de quién? ¿Sobre qué?

—No te preocupes por eso ahora —dice Peter y sujeta una rama para dejarme pasar por debajo—. Si no funciona, hay un plan B. Pero el plan A es mucho mejor, hazme caso.

Me entero de en qué consiste el plan a dos días antes de la partida prevista por los hombres.

—¿Vas a dejarme en Chipre con un traficante de armas? —miro boquiabierta a Peter, tan anonadada que olvido que estoy a medio camino de quitarme los vaqueros—. ¿Y eso es mejor que dejarme aquí porque…?

Peter se sienta en la cama.

—Porque él y su mujer me deben un favor —explica mientras se quita la camisa—. Así que, si me pasa algo, han prometido llevarte de vuelta a casa. Estarás segura con ellos hasta que pueda volver a recogerte y si, por cualquier motivo, no puedo… Bueno, entonces tendrás lo que dices que quieres, cielo. Tu vida anterior volverá a ser tuya.

Aturdida, termino de desvestirme y me siento en la cama, a su lado, cubierta solo por la ropa interior.

—Pero ¿otro delincuente? ¿Cómo sabes que puedes confiar en él? ¿Y si te traiciona? Dijiste que tu cabeza tiene un precio…

Peter se encoge de hombros, con los ojos deambulando por mi cuerpo casi desnudo.

—Como he dicho, Lucas Kent me debe un favor y a él no le hace falta el dinero de la recompensa. Solía ser el segundo al mando de Julian Esguerra, un poderoso traficante de armas. Ahora es socio de su exjefe en algunas operaciones. El dinero de la recompensa no le interesa ni tampoco cualquier favor que pueda ganarse con las autoridades si me entrega.

—Ah. —Algo me chirría en la cabeza, algún dato que debo haber olvidado. Entonces, lo recuerdo—. Espera, ¿ese Kent es el traficante de armas que has mencionado antes? ¿El que te dio la lista?

—No. En realidad, fue su jefe, Esguerra —dice Peter, acercándose por la espalda—. O, técnicamente, la mujer de Esguerra, ya que él me había amenazado de muerte por aquel entonces.

Le agarro por las muñecas antes de que me desabroche el sujetador.

—¿Matarte? ¿Por qué?

Peter suspira.

—Es una larga historia, pero basta con decir que Kent no comparte el odio de Esguerra hacia mí. Le he ayudado en algunas situaciones complicadas, tanto cuando trabajamos juntos (Esguerra también fue mi jefe en algún momento dado), como después, cuando Kent tuvo que rescatar a su esposa. De todas maneras, lo único que necesitas saber es que Kent está en deuda conmigo.

—Pero, ese Esguerra, socio de Kent, ¿quiere matarte? —Peter asiente y yo pregunto con frustración—. ¿Por qué?

—Porque le salvé la vida, pero le desobedecí para hacerlo. En concreto, tuve que poner en peligro la vida de su esposa, la mujer que me había encargado proteger. Su esposa me lo pidió (de hecho, hice un trato con ella para conseguir la lista), pero, aun así, no quedó satisfecho.

Soltándose las muñecas con una facilidad irrisoria, Peter se dirige otra vez al sujetador. Yo me rindo y dejo que me lo desabroche.

—Pero ¿él y su mujer están bien?

Peter suspira de nuevo y baja la mirada ardiente hacia los pechos descubiertos.

—Bien es un término relativo, pero sí, los dos sobrevivieron. Ella cumplió con su parte del trato y me consiguió la lista. —Luego, con voz ronca mientras devuelve la atención a mi rostro, dice—: No tienes que preocuparte por los Esguerra, *ptichka*. Están en Colombia, lejos de la base de Kent en Chipre. Tú te quedarás con Kent y su esposa durante el par de días que nos supondrá llevar a cabo el encargo. Entonces, te recogeremos a la vuelta. Chipre está al lado de Turquía, por si no lo sabías. —Mientras habla, me sostiene los pechos, masajeándolos y apretándolos con delicadeza.

—¿Por eso...? —Trago saliva mientras me acaricia el pezón con el pulgar, enviando un hormigueo de calor a mi interior—. ¿Por eso quieres esconderme allí?, ¿porque es práctico?

—En parte —responde Peter, sosteniéndome la mirada—. Pero sobre todo porque Lucas Kent puede cuidarte por mí... mantenerte sana y salva para que, cuando vuelva, pueda reunirme contigo allí.

Y, sujetándome la cara con las manos, me besa con intensidad y me tumba sobre la cama.

Sara está callada, casi ausente, durante los dos días previos al viaje y sé que es porque está preocupada. Yan me contó lo angustiada que estuvo durante nuestra misión en Nigeria y, aunque eso me agradó en aquel momento, ahora lamento haberle causado tanto estrés.

Lo quiera admitir o no, mi pajarillo se preocupa por mí. Se preocupa mucho.

Hago todo lo posible para que deje de pensar en el próximo viaje, dejo que hable con sus padres todos los días, la llevo a pasear y le hago el amor cada minuto libre que tengo. Pero, por desgracia, no tengo muchos. Hay demasiadas cosas que hacer, demasiadas situaciones que prever. El político Deniz Arslan está acostumbrado a que le disparen y la seguridad que posee es de alto nivel, tan buena como cualquiera de las que yo organicé para los clientes que he protegido en el pasado. Hasta ahora, hemos descubierto solo un par de pequeños puntos débiles, aunque quizás sean una trampa.

Este no va a ser un trabajo fácil y por eso un oligarca ucraniano nos va a pagar veinticinco millones de euros por hacerlo.

La noche antes del viaje, preparo otra cena deliciosa para todos, pero esta vez les prohíbo hablar a los chicos acerca del peligro que nos espera, así que mantenemos una conversación ligera, recordando historias divertidas de nuestro pasado y Anton, al final, consigue sacar a Sara de su caparazón, contándole cómo nos conocimos.

—Así que ahí estoy yo, un rufián del ejército de veintiún años reclutado para ese equipo de élite, preparado para conocer a mi nuevo comandante —dice sonriendo de oreja a oreja—. Me figuraba que sería un viejo perro veterano, con miles de historias sobre Afganistán y la vida bajo el comunismo. Y, en cambio, llega este tío de mi misma edad. —Agita el tenedor para señalarme—. Y se pone a ladrar órdenes. Me pareció que era un error y le mandé a la mierda, por lo que acabé con un cuchillo en la garganta.

Sara lanza un grito ahogado de sorpresa.

—¿Peter te amenazó?

—Si estar a punto de cortarme la arteria carótida es una amenaza, entonces sí. —Anton se ríe y niega con la cabeza al recordarlo—. Aunque estuvo bien. Nos ayudó a entender con qué tipo de hombre estábamos tratando.

Sara se gira hacia mí con los ojos color avellana muy abiertos.

—Entonces, ¿te convertiste en jefe de equipo con solo veintiún años?

Asiento mientras me termino el salmón escalfado.

—Por aquel entonces, ya tenía cuatro años de experiencia localizando e interrogando a gente y era bastante bueno en mi trabajo.

—Me lo imagino —dice Sara con sequedad. Y, tras mirar a los gemelos, pregunta—: ¿Todos vosotros empezasteis a trabajar juntos al mismo tiempo?

Yan niega con la cabeza.

—Ilya y yo nos unimos más tarde, dos años después de que el equipo se pusiera en marcha. Estos dos... —Nos señala con la cabeza a Anton y a mí—. Ya eran profesionales por entonces, pero nos las arreglamos para seguirles el ritmo.

—Venga ya —suspira Anton—. ¿Y qué me dices de esa vez que te quedaste atrapado en aquel pozo cerca de Grozny mientras «nos seguías el ritmo»? Tuvimos que salvarte el culo con un cubo de agua.

Yan se encoge de hombros y sonríe con indiferencia.

—Conseguí un montón de información sobre esos rebeldes chechenos por haber estado en ese pozo y saltar dentro era mejor que terminar hecho pedazos por la bomba.

Sara palidece cuando oye hablar de una bomba y le lanzo a Yan una mirada asesina. Habíamos quedado en que tendríamos una velada tranquila, evitando cualquier cosa que pudiera hacer que Sara pensara en el próximo viaje y hablar de bombas definitivamente no ayuda.

Al darse cuenta del fallo, Yan le da un codazo a su hermano y dice—: Pero este sí que tuvo algunos problemas. ¿Te acuerdas de aquella puta que te robó las botas?

Ilya se sonroja y Yan se pone a contar la historia mientras Anton se ríe a carcajadas. Le agarro la rodilla a Sara bajo la mesa y le doy un apretón en la pierna enfundada por la tela vaquera para tranquilizarla. Me sonríe y noto ese resplandor suave y cálido en el pecho que me hace sentir tan vivo cuando estamos juntos. Aunque nos rodean mis compañeros de equipo, bien podríamos estar solos, porque mi atención pertenece a ella, es lo único que veo y oigo.

Mi Sara.

La quiero tanto que duele.

Terminamos la cena con un postre abundante y me la llevo arriba, donde le hago el amor hasta que acabamos agotados y doloridos.

# Sara

RESULTA EXTRAÑO CAMINAR HACIA EL HELICÓPTERO CON Peter y saber que saldré de la montaña por vez primera en cuatro meses y medio. Por alguna razón, no lo había calculado antes, no había sumado todos los días y semanas que han pasado, pero ahora que lo he hecho, me doy cuenta de que hace un año que Peter entró en mi vida, un año desde que irrumpió en mi casa y me torturó para dar con George.

No he visto en cuatro meses y medio a mi familia y, si no me escapo, es probable que no los vuelva a ver.

«A no ser que Peter sea asesinado», me recuerda un suspiro insidioso y me flaquea el corazón durante un latido. La preocupación por mi captor es una correa, irrompible y sofocante, que me aprieta de forma intensa y constante los pulmones y no importa cuánto razone conmigo misma, no puedo hacer que el miedo se vaya.

No quiero ser libre.

Al menos, no a ese precio.

No he abandonado la idea de huir, pero, dadas las recientes circunstancias, mi nuevo plan es escaparme en Chipre. No sé qué tipo de seguridad tendrá en su casa ese tal Lucas Kent, pero cabe la posibilidad de que sea más descuidado que Peter y sus hombres, que esté menos preocupado por mantenerme alejada de internet y de los teléfonos. Incluso podría tener reparos a la hora de actuar como mi carcelero, aunque no cuento con ello.

Los hombres en el mundo de Peter no parecen preocuparse por la libertad de las mujeres.

Mientras despega el helicóptero, veo por la ventana cómo el refugio en la montaña se va haciendo cada vez más pequeño, pero, en vez de esperanza, lo que siento es pavor. Debería agradecer este cambio, debería aprovechar las oportunidades que ofrece, pero al mismo tiempo que intento hacerlo, no puedo evitar desear que no nos vayamos.

No puedo evitar temer lo que va a pasar ahora.

Esta vez no me duermo durante el viaje, no puedo. En el momento en que aterrizamos en una pista privada en Chipre, tengo los ojos tan secos y agotados que me arden. Peter tampoco ha dormido, ha pasado las trece horas del vuelo repasando los últimos detalles con los gemelos, pero da la sensación de estar tan fresco como cuando subimos al avión, al igual que sus hombres.

Si no supiera que es imposible, pensaría que todos los rusos son superhombres.

Hace un tiempo muy cálido y agradable cuando bajamos del avión, la brisa tropical nos trae un toque de sal y mar. Una limusina negra nos espera junto a la pista de aterrizaje y nos da un paseo panorámico por una zona apenas poblada. Un par de veces, incluso, veo lo que parece un burro salvaje. Sin embargo, el viaje como tal me pone nerviosa. No solo porque vamos por el lado izquierdo, como en Reino Unido, sino también porque las carreteras son estrechas y sinuosas y, de vez en cuando, se extienden a lo largo de acantilados que parecen peligrosos.

Por fin, llegamos a una puerta automática y, tras una zona amplia de acceso, veo una casa de estilo mediterráneo encima de un acantilado con vistas a la playa. Es la casa de Kent, según me informa Peter. Es grande y está muy bien cuidada, pero no es tan ostentosa como lo que se podría esperar de un traficante de armas.

—No dejes que el tamaño de la casa te engañe —dice Peter cuando se lo menciono—. A Kent no le gusta tener al personal viviendo en casa, pero es el dueño de todo el terreno hasta donde alcanza la vista, incluida la playa de abajo, y tiene unas medidas de seguridad extraordinarias. Ahora mismo, hay varias docenas de guardias patrullando la zona y más de cincuenta drones de tipo militar vigilándonos. Si Kent pensara que, en cierto modo, suponemos una amenaza, no podríamos acercarnos a menos de un kilómetro de su casa sin explotar en pedazos.

—Oh. —Miro hacia arriba y se me encoge el estómago. Aunque es media tarde en esta zona horaria, el cielo está cubierto de nubes y eso le da un cierto aspecto amenazador, sobre todo al imaginar que algo tan mortal se cierne sobre nosotros sin ser visto.

—No te preocupes —comenta Yan, que parece adivinar mis pensamientos. Va caminando detrás de Peter y de mí, con una bolsa colgada de forma casual sobre el hombro—. Si Kent nos quisiera muertos, ya no estaríamos andando.

—Cállate, imbécil —murmura su hermano, lanzándole una mirada de preocupación a Peter. Sin embargo, el jefe no los escucha porque está mirando al hombre alto y de espaldas anchas que acaba de abrir la puerta principal y está bajando las escaleras hacia nosotros.

Yo también me quedo mirándolo fijamente, fascinada por esos rasgos duros como el granito y el frío gélido que desprenden esos ojos claros. Como Peter, parece tener unos treinta y tantos años, y, al igual que mi captor, también tuvo que ser militar en el pasado. Lo veo en la manera en que se mueve y en el intenso estado de alerta de su mirada.

Es un hombre acostumbrado al peligro.

Sin embargo, a medida que se acerca, me doy cuenta de que, en realidad, no, es un hombre que se crece con el peligro.

No hay nada concreto que dé esa impresión, lleva unos vaqueros y una camiseta, sin armas ni tatuajes a la vista, pero estoy segura de mi conclusión. Hay algo en los hombres que están tan íntimamente familiarizados con la violencia, una especie de intrépida crueldad que no tiene la gente civilizada. Peter y sus hombres lo poseen sin ninguna duda y este hombre también.

—Lucas —dice Peter a modo de saludo parándose delante de él—. Es un placer verte.

El hombre rubio asiente con una sonrisa tan dura como su rostro.

—Sokolov. —Dirige la mirada glacial hacia mí—. Y tú debes ser Sara.

Asiento cautelosa.

—Hola. —Por alguna razón, no esperaba un acento americano, pero eso es precisamente lo que oigo en la voz de Lucas Kent cuando saluda a los compañeros de equipo de Peter.

—Felicidades por tu reciente matrimonio —dice Peter mientras nuestro anfitrión nos guía hacia la entrada por las escaleras—. Siento no haber podido enviaros un regalo.

A Kent le parece divertido.

—Quizás sea lo mejor. Esguerra apenas pudo controlarse.

—Ah. —Peter sonríe—. Entonces, ¿todavía tiene algo contra tu mujer?

—Ya sabes cómo es —dice Kent escuetamente y Peter se ríe.

—Mejor que la mayoría, seguro. ¿Y dónde está tu nueva esposa, por cierto?

—En la cocina, preparando un banquete —contesta el traficante de armas, por vez primera, con un ligero tono cálido—. La conocerás en un momento.

Escucho en silencio su conversación mientras hablan de personas y lugares que no conozco. Siento curiosidad por saber qué quería decir Kent con lo de que su jefe y socio apenas se pudo controlar. Suena como si a ese tal Esguerra no le gustara la nueva mujer de Kent y, si es así, me pregunto por qué.

Cuando entramos en la casa, un sabroso aroma a carne y especias hace que me ruja el estómago. Comimos unos sándwiches en el avión, pero eso fue hace varias horas y vuelvo a tener hambre. Dudo mucho que la cocina de la Sra. Kent se acerque a los deliciosos manjares de Peter, pero si la cena de esta noche sabe la mitad de bien de lo que huele, me daré por satisfecha.

Peter y sus hombres cogerán otro vuelo justo después de la cena, tienen cosas que explorar esta noche, así que Lucas guía a Anton y a los gemelos a un cuarto de baño junto a la entrada antes de llevarnos a Peter y a mí a la habitación en la que me quedaré. Mientras atravesamos el espacioso cuarto de estar, me doy cuenta de que el interior de la mansión de Kent es moderno, pero sorprendentemente acogedor, con sofás acolchados y acabados cálidos de madera que suavizan las líneas afiladas del mobiliario con inspiración escandinava. Los ventanales dejan entrar una gran cantidad de luz y permiten admirar las hermosas vistas del mar Mediterráneo. Las paredes están cubiertas con las fotos de una pareja sonriente, nuestro anfitrión y una atractiva jovencita rubia, que debe ser su mujer. También aparece con frecuencia en las fotos un adolescente cuyo parecido con la señora Kent me hace pensar que puede ser su hermano.

La preciosa mujer de la foto no parece ser lo bastante mayor como para tener un hijo adolescente.

—Hemos llegado —nos informa Kent cuando entramos en un dormitorio con baño y otro ventanal con vistas al mar—. Las toallas están en el aseo y las sábanas ya están puestas. Si necesitas alguna cosa más esta noche, díselo a Yulia.

—¿Yulia? —pregunto.

—Mi mujer —aclara Kent mientras Peter se acerca a la ventana—. Ella es la que sabe dónde está todo, yo no tengo ni idea.

—Entendido —contesto, haciendo todo lo posible por aguantarme la risa. En Japón me acostumbré tanto a que Peter y los chicos hicieran todas las tareas domésticas que había olvidado que la mayoría de los hombres no son así. Mi padre todavía le pregunta a mi madre dónde está la cuchara para los helados y George solo sabía preparar barbacoas y sándwiches de queso.

Ante este inesperado recuerdo, se me encoge el pecho y mi humor se oscurece cuando me doy cuenta de que, una vez más, estoy comparando a mi marido muerto con su asesino. Es algo que me he sorprendido haciendo más a menudo en los últimos tiempos y siempre me siento avergonzada y furiosa conmigo misma porque George rara vez sale favorecido en esas comparaciones, lo que no es justo. George y yo teníamos una relación corriente de cariño, respeto y atracción normal. Mi marido no estaba de ninguna manera obsesionado conmigo y yo no sentía por él ni una fracción de los sentimientos contradictorios que Peter despierta en mí.

Y eso era algo bueno, trato de convencerme mientras entro en el baño a refrescarme un poco. Lo que tengo con Peter es demasiado intenso, demasiado abrumador. Lo que está dispuesto a hacer para tenerme es aterrador, igual que mi incapacidad para resistirme a pesar de las cosas tan terribles que hace. La sola idea de estar juntos ya está mal de todas las formas posibles. Y, si necesitaba más pruebas de ello, esas fotos en las paredes me las han dado. Incluso nuestro anfitrión, el traficante de armas, parece tener un matrimonio feliz, algo que nunca tendré con Peter.

Dudo mucho que Lucas Kent fuera tan cruel como para tener a su esposa cautiva y, mucho menos, asesinara a su marido.

Cuando salgo del baño, Kent se ha ido y Peter está sentado en la cama esperándome.

—La cena está casi lista —comenta levantándose mientras me acerco—. Lucas ha dicho que vayas en cuanto te cambies.

—Vale. —Cojo la bolsa de viaje que Peter me

preparó y me quito la ropa usada en el viaje, mientras él entra en el aseo. Cuando vuelve, ya llevo puesto uno de mis mejores vestidos de verano e incluso me he aplicado un poco de brillo en los labios, una reciente adquisición de Yan, que recordé meter en la bolsa.

—Ya estoy lista —digo mientras Peter viene hacia mí con una mirada metálica extrañamente decidida—. Deberíamos irnos para que no... ¡Oh!

Antes de que pueda decir nada más, me encuentro inclinada sobre la cama y con la falda levantada, enseñando el tanga. Peter tira de él con brusquedad y el trozo delicado de tela se rasga, dejándome desnuda hasta la cintura. Se me acelera el pulso, se me contraen las entrañas por una mezcla de miedo y deseo y, entonces, Peter se coloca encima de mí y, tras inclinarse, me aprieta la polla contra los pliegues.

La entrada es dura, casi violenta. Una mano grande me agarra del cuello y me fuerza a arquear la espalda para penetrarme mientras, con la otra, hurga por debajo hasta encontrar el clítoris. Al principio, no estoy lo bastante mojada y las feroces embestidas me arden porque la polla gruesa es como un ariete dentro de mí. Pero, al poco tiempo, encuentra el ritmo correcto con los dedos y una tensión familiar empieza a enroscarse en torno a mi médula. La forma en que me agarra del cuello hace que respire con dificultad y me tiemblan las terminaciones nerviosas en un agonizante dolor placentero. La falta de oxígeno aumenta cada sensación. Es demasiado, demasiado intenso, y me quedo sin aliento, jadeando, agarrando las sábanas con los manos, mientras él sigue penetrándome, follándome tan fuerte que siento que podría partirme en mil pedazos.

Y, entonces, lo hago, la tensión llega a lo más alto como una ola abrasadora. Un placer ardiente me explota a través de cada músculo del cuerpo y parece que el corazón se me va a salir del pecho. Tiemblo, respiro con dificultad, y me desplomo sobre el colchón en el momento en que Peter me suelta el cuello y le oigo gemir mientras se corre dentro de mí.

Durante un momento no puedo pensar, solo consigo jadear con debilidad entre las sábanas cuando sale de mí, pero al notar la humedad que me gotea por los muslos, empiezo a reaccionar.

Peter ha vuelto a hacérmelo sin condón.

Apretando los ojos, me maldigo a mí misma en silencio, después a Peter y, de nuevo, a mí. Cada una de las veces que nos hemos descuidado han ocurrido en un momento mínimamente fértil, por eso, hasta ahora, hemos conseguido evitar las consecuencias. En este momento, sin embargo, estoy en mitad del ciclo y es muy probable que ovulando.

—¿Me puedes pasar un pañuelo, por favor? —digo con rigidez mientras abro los ojos, sin moverme para no manchar el vestido nuevo. Solo he traído un par de conjuntos para este viaje y no me puedo permitir que uno se ensucie la primera noche.

Peter va a la mesita de noche junto a la cama y vuelve con un pañuelo

—Aquí tienes —murmura antes de acariciar la

humedad entre los muslos. Le arranco el pañuelo de las manos para terminar de limpiarme antes de ir al baño otra vez. Tengo el sexo hinchado y dolorido y las piernas aún no me sujetan del todo, pero en lo único en lo que puedo pensar es en que quizás me haya quedado embarazada.

Embarazada de Peter.

Me lavo con tanto cuidado como puedo, aunque sé que es inútil. Solo hace falta un espermatozoide, no los millones que están todavía dentro de mí. Luchando contra el impulso de llorar, me arreglo el pelo, me aseguro de que el vestido todavía está presentable y salgo del baño.

—Sara... —Peter se levanta de la cama donde se había sentado. Tiene la mandíbula apretada, frunce el ceño y extiende la mano para agarrarme del brazo con suavidad—. ¿Estás bien, *ptichka*?

—¿A qué te refieres? —Le miro extrañada.

—¿Te he hecho daño? —aclara con cara de preocupación—. No pretendía ser tan violento. Es solo que estabas tan sexi y tan guapa que... —Hace una mueca—. Bueno, que he perdido el control.

La desesperación se convierte de repente en furia y las mejillas se me encienden por la ira. ¿Sexi y guapa? ¿Esa es la excusa para hacerme eso?

—¿Qué has perdido el control? —Tiro del brazo con brusquedad para que me suelte—. ¿De verdad? ¿Y todas las otras veces que lo has hecho? ¿También «perdiste el control»?

Se le llena de remordimiento la mirada plateada.

—Te he hecho daño. Lo siento, mi amor. He sido muy violento, y no tenía que haberlo sido, por lo menos esta noche.

—¡No me has hecho daño! —Pongo los brazos en jarra—. Bueno, sí, pero eso me da igual. Lo que me preocupa es que no hayas usado condón.

Se le suavizan los rasgos y su expresión se vuelve opaca y prudente.

—Ya.

—¿Ya qué? —Le miro de forma airada, acercándome tanto que casi le piso los dedos de los pies. Me lleva la cabeza y es muchísimo más grande que yo, pero estoy demasiado furiosa como para preocuparme por eso—. Admítelo —le reprocho—. Estás intentando dejarme embarazada. Esto no ha sido un accidente, ni tampoco lo fueron las otras veces que nos hemos «descuidado».

Durante un momento, estoy segura de que lo va a negar, pero me coge de la mano y se la presiona contra el pecho, con los ojos brillantes como un cristal oscuro.

—Sí —dice con suavidad—. Tienes razón, Sara. Estoy intentando dejarte embarazada.

S*ara*

NO ASIMILO NADA MÁS SOBRE LA CASA DE KENT mientras Peter me lleva al comedor, ni presto atención a sus hombres cuando se unen a nosotros en la sala de estar y nos siguen hasta la mesa. Todavía estoy procesando la confesión de Peter y mi ira se está convirtiendo a toda velocidad en un pánico asfixiante.

No es que me pille completamente por sorpresa, claro. Ya lo sospechaba. De algún modo, lo sabía. Mi secuestrador había admitido que no le importaría tener un hijo conmigo y un hombre como Peter, lo bastante meticuloso como para planear asesinatos imposibles teniendo en cuenta todos los imprevistos, no se olvidaría de ponerse un condón. Al menos, no repetidas veces.

Tenía razón en querer huir. Si no me escapo pronto, puede que nunca encuentre una salida. Y debo hacerlo. Si no es por mí, por mi futuro hijo.

No puedo tener un bebé con un criminal fugitivo cuya vida está llena de violencia y peligro.

—Aquí estás. Empezaba a pensar que habías decidido echar una cabezada antes de la cena. —La preciosa mujer de las fotos, Yulia, nos recibe con una deslumbrante sonrisa cuando entramos al comedor. En persona, es todavía más impresionante, con piernas muy largas, ojos azules brillantes y medidas de modelo. Al igual que su marido, está vestida de forma casual, con unos vaqueros cortos y una camiseta de color claro, pero este sencillo conjunto realza aún más su belleza natural. Parece unos años más joven que yo, entre los veinte y los veinticinco. Es alta y delgada, llena de curvas en los lugares correctos y la piel clara le brilla con un tono dorado que contrasta, de manera preciosa, con los reflejos blancos y rubios de un cabello largo y abundante.

Si me la encontrara por la calle, estaría segura de que es modelo o actriz.

Al darme cuenta de que la estoy mirando boquiabierta como si fuera una celebridad, dejo de lado todos los pensamientos sobre Peter y el embarazo y, con una cálida sonrisa, le digo:

—Hola, soy Sara. Tú debes de ser Yulia.

No tengo ni idea de si la mujer de Kent conoce mi situación, pero, si no es así, tal vez se lo pueda explicar y quizás me ayude. Pero primero, necesito conocerla un poco, saber cómo es.

—En efecto. —Radiante, Yulia se acerca y me da un beso muy europeo en la mejilla—. Me alegro mucho de conocerte. —Se vuelve hacia Peter y sus hombres y les sonríe—. Hola. Es un placer conoceros a todos.

Mientras los chicos se presentan, observo que la esposa de Kent también habla un inglés americano perfecto, sin ningún tipo de acento. Sin embargo, su nombre me hace pensar que es de algún lugar del este de Europa, una suposición que se confirma cuando Yan dice algo en ruso y ella le responde en el mismo idioma con una amplia sonrisa.

—Yan le acaba de preguntar si la comida va a estar tan buena como en sus restaurantes —me traduce Peter—. Yulia tiene tres restaurantes ahora mismo y parece ser que Yan ha estado en el de Berlín.

—Vaya. —Retiro lo que he pensado antes, puede que la comida sepa tan bien como huele—. Eso es fantástico. Enhorabuena.

—Gracias —dice Yulia con una sonrisa aún más brillante—. Supone un montón de trabajo, pero me encanta.

—¿Qué es lo que te encanta? —pregunta Kent cuando entra. Va directo hacia Yulia y la atrae hacia él, pasándole un posesivo brazo alrededor de la cintura. Tiene el férreo rostro inexpresivo, pero le brillan los ojos claros de una forma peligrosa mientras examina a Peter y a sus hombres, con una actitud de silenciosa advertencia para que mantengan las manos y los ojos lejos de su mujer.

—Llevar los restaurantes —explica ella, sonriéndole a su enorme marido de aspecto peligroso, sin un indicio de miedo y, tras levantar el brazo, le acaricia el pelo por la parte de atrás—. Parece que Yan ha estado en la sucursal de Berlín y le ha encantado.

—¿Cómo no iba a gustarle? —la expresión de Kent se suaviza cuando mira a su mujer—. Tus recetas son fantásticas, cariño.

Yulia se ruboriza y, durante un momento, parecen ignorar nuestra presencia. Las miradas que se cruzan son tan tiernas, tan íntimas, que hasta yo me sonrojo, incluso aunque un dolor agridulce me perfore el corazón.

El de Kent es, de hecho, un matrimonio feliz y no puedo evitar sentir envidia.

—¿Y la comida? —dice Anton de forma lastimera y todos nos reímos mientras Yulia se suelta de su marido y corre hacia la cocina. Nuestro anfitrión va detrás de ella y vuelven un momento después con unos platos que huelen que alimentan para ponerlos sobre la mesa. Peter y yo vamos a la cocina para ayudarles a traer el resto y, unos minutos después, estamos todos sentados ante una comida *gourmet* que supera con creces a los platos más exquisitos que Peter me haya preparado.

—¿Todo el mundo en tu país cocina así? —pregunto asombrada. No solo hay dos tipos diferentes de pollo asado y de cordero adobado, también hay pescado ahumado, cinco clases de ensalada, pasteles de hojaldre y crepes rellenos de una gran variedad de deliciosos *toppings*. Hay tantas salsas y guarniciones que lo único que espero es tener suficiente espacio en el estómago para probarlo todo. Y está tan bien presentado que cada uno de los platos parece una obra de arte.

—No, solo has tenido suerte conmigo y todos la hemos tenido con Yulia —contesta Peter sonriendo. Su expresión es relajada y me dedica una mirada cálida a través de esos ojos metálicos. Si no me hubiera contado hace cinco minutos que intenta obligarme a tener un hijo, sería más fácil fingir que somos una pareja normal disfrutando de una cena agradable con un grupo de amigos.

Todos se sirven la comida y felicitan a Yulia con cada bocado. Cuando estamos medio llenos, la conversación se convierte en una charla de negocios. Al parecer, Peter sabe bastante sobre el tráfico de armas, incluyendo todos los elementos clave, y yo escucho fascinada mientras él y nuestro anfitrión hablan sobre acuerdos de sumas desorbitadas de dinero, algunas de miles de millones.

No tenía ni idea de que el tráfico de armas era tan lucrativo o de que mi propio gobierno también estaba involucrado.

—¿Conseguiste en algún momento resolver los problemas de fabricación del explosivo indetectable? —pregunta Peter, mientras alarga el brazo para coger un pastel de hojaldre relleno con una mezcla de camembert y *shiitake*, uno de los platos favoritos entre sus hombres—. Tenía bastante demanda, creo recordar.

—Todavía la tiene y no —responde Kent mientras Yulia le sirve una cucharada de ensalada en el plato—. El material base es tan inestable que es necesario tener químicos altamente cualificados supervisando el proceso de fabricación en cada uno de los pasos. E incluso si pudiéramos ampliar la producción, el tío Sam no nos dejaría. Como puedes imaginar, los norteamericanos están bastante satisfechos con la compra de cada lote que producimos, cada vez que lo fabricamos.

—Por supuesto. —Peter coge otro pastelito antes de que los gemelos Ivanov acaben con el plato—. ¿Frank trabaja todavía para vosotros?

—Se retiró hace unos meses —dice Kent mientras juguetea con la mano de Yulia, entrelazando los dedos grandes y bronceados con los dedos delgados y delicados de ella—. Tenemos un nuevo contacto en la CIA, Jeff Traum. Aunque es duro. Odia la arrogancia de Esguerra y solo trabaja con nosotros bajo coacción.

—¿Cómo? —pregunta Yan con interés y entusiasmo —. ¿Le habéis hecho algo? —Kent se encoge de hombros.

—En realidad, no. Les dimos algo de información a los israelíes un par de veces, creo que eso fue determinante. Y aquello que pasó con Novak no ayudó.

Peter levanta las cejas.

—¿El traficante de armas serbio?

—Sí, ese. —Kent le suelta la mano a Yulia y aprieta los labios—. Ha estado interfiriendo en nuestros negocios y tuvimos que tomar represalias. Por desgracia, la CIA estaba en medio de una operación encubierta cuando atacamos y nos llevamos a algunos agentes por delante. No lo hicimos a propósito, como puedes imaginar, pero Traum todavía está cabreado porque esa operación era como un hijo para él.

—Ya, oí algo de eso —contesta Peter de manera pensativa y, volviéndose hacia Anton, dice—: ¿Te acuerdas de si el caos del que hablaban nuestros piratas informáticos en agosto fue en Belgrado?

—Eso es —responde Anton, asintiendo—. Dos almacenes llenos de explosivos C4, quince camiones blindados y una fábrica al lado de aquel pueblo. ¿Fue cosa tuya, Kent?

La sonrisa de nuestro anfitrión se afila como una cuchilla.

—Efectivamente. Teníamos que ponernos serios con Novak. Vender más barato que nosotros es una cosa, pero irrumpir en nuestras instalaciones de Indonesia y matar a todo el personal, ya fue el colmo.

Escucho con una fascinación horrorizada y clavo la mirada en Yulia para ver cómo reacciona ella ante todo esto. ¿Puede alguien acostumbrarse a cenar con conversaciones sobre asesinatos de personas y explosiones de fábricas?

Y, en efecto, la mujer de Kent está comiendo tranquila y, al parecer, imperturbable. Así que o no tiene ningún problema con los negocios violentos de su marido o es una actriz excelente. Por alguna razón, tengo la sospecha de que es un poco de las dos cosas, lo que hace que me pregunte sobre su pasado. ¿Ha estado siempre en el negocio de la restauración? Y, si no, ¿a qué se dedicaba antes? ¿Cómo conoció a su marido?

En resumen, ¿cómo conoces a un hombre metido en este mundo sin sufrir la desgracia de que tu marido esté en la lista de un asesino?

Dejándome llevar por la curiosidad, me levanto para ayudar a Yulia a recoger los platos. Intenta rechazarme, pero insisto en que llevemos todo a la cocina y dejemos que los hombres hablen sobre lo que ocurrió en Belgrado. Es importante que le caiga bien a la esposa de Kent y no solo porque quiera saber más de ella.

Si tengo alguna oportunidad de escapar antes de que Peter regrese, necesitaré su ayuda.

—¿De dónde eres? —pregunto mientras saca varios postres de una nevera industrial—. Tu inglés es perfecto, pero tu nombre...

—Es ucraniano —me dice con una sonrisa—. Aunque también podría ser ruso. Es un nombre común en los dos países. Si te resulta difícil pronunciarlo, me puedes llamar Julia, que sería el equivalente en inglés.

Le devuelvo la sonrisa y comienzo a enjuagar los platos.

—Creo que puedo pronunciar el original. *Yu-li-ya*, ¿verdad?

Parece complacida.

—Eso es. A algunos americanos les cuesta, por eso les dejo que me llamen Julia. La verdad es que lo pronuncias muy bien, mejor que la mayoría.

—Gracias. No podría ser de otra manera, he

escuchado mucho ruso últimamente —digo mientras meto los platos en el lavavajillas. Espero que me pregunte sobre eso, sin embargo, solo sonríe y se lleva la primera tanda de postres al comedor antes de volver a la cocina a por más.

No tengo posibilidad de volver a hablar con ella porque sigue yendo y viniendo con la intención de servir té y café para tomar con el postre. Frustrada, vuelvo a la mesa, donde los chicos ahora están hablando sobre la situación en Siria y la continua agitación en Ucrania. Intento seguir la conversación, pero es como si estuvieran hablando en ruso. El resto de las palabras hacen referencia a lugares y nombres que no conozco y utilizan siglas extrañas como UUR. Lo único que comprendo es que el negocio de Kent prospera gracias a conflictos de todo tipo, desde pequeñas rivalidades entre cárteles de la droga hasta guerras entre naciones.

Cada uno de los hombres que hay en esta mesa contribuye, de una u otra manera, a la muerte y al sufrimiento de todo el mundo.

Ya debería estar acostumbrada, he estado viviendo con un grupo de asesinos durante meses, pero todavía me sorprende lo normal que es todo esto para ellos y la indiferencia que muestran ante obviedades como el bien y el mal. De donde yo vengo, la gente se siente avergonzada si no recicla o no dona la ropa usada, por no hablar de lastimar a otra persona. Los hombres malos en mi mundo engañan a las mujeres, conducen borrachos o se niegan a ceder el asiento a una embarazada, no matan por dinero ni venden armas que pueden exterminar ciudades enteras.

Ese es otro nivel de maldad.

Pero, aunque me diga eso a mí misma, no puedo evitar estar pendiente del traicionero paso del tiempo, de cómo cada minuto que transcurre nos acerca más al final de esta velada y a la partida de Peter.

Dadas las circunstancias, debería sentirme aliviada porque se vaya, sin embargo, no puedo reprimir la ansiedad que hierve bajo el miedo y la ira.

Pase lo que pase, no puedo parar de preocuparme por el monstruo al que debería odiar.

En un abrir y cerrar de ojos, los postres desaparecen, muchos de ellos por culpa de Anton, y el té se termina. Mientras se levantan, Peter y sus hombres le dan las gracias a Yulia, con todo tipo de alabanzas hacia la comida. Después, Anton y los gemelos se dirigen hacia la salida acompañados por nuestro anfitrión.

Yulia desaparece en la cocina y yo me encuentro sola con Peter por primera vez desde su revelación.

Se acerca a mí y me pasa suavemente los nudillos por la mejilla.

—Tengo que irme —susurra y yo asiento, tratando de ignorar el angustioso nudo que me crece en la garganta.

—Vale —intento responder lo más tranquila posible—. Buena suerte.

«Ten cuidado. Vuelve conmigo. Te necesito». Estoy a punto de soltar esa dolorosa confesión, pero consigo reprimir las palabras y el impulso de abrazarle y besarle. No es un amante que se va a la guerra, es mi secuestrador, mi captor. Cuando regrese, espero haber huido o, si no, las cosas se pondrán muy difíciles entre los dos. Lo que Peter quiere, dejarme embarazada sin mi consentimiento, es peor que el secuestro, más terrible que la tortura.

Eso me privaría de la elección más básica de todas y metería a un niño inocente en este desastre de relación. Peter me sigue mirando y creo que espera algo. No sé qué, así que continúo ahí de pie y en silencio. Entonces, se le tensa la cara y deja caer la mano.

—Nos vemos pronto —dice de forma sombría y, mientras se va, le miro y el corazón se me rompe en pedazos.

Justo antes de medianoche, tomamos tierra en una pista de aterrizaje privada cerca de Estambul, a menos de ocho kilómetros de la mansión suburbana de nuestro objetivo. Nuestra tarea para esta noche es examinar la zona en persona, como hemos estado haciendo con las imágenes de satélites y drones hasta ahora.

Si todo sale según lo previsto, asaltaremos la casa en pocos días.

Todos estamos cansados y afectados por el cambio horario (ya es de día en Japón), de modo que haremos un reconocimiento rápido. Anton y Yan conducen por la urbanización privada donde se sitúa la mansión, prestando atención a los puntos de referencia claves y posibles rutas de escape, mientras Ilya y yo entramos a la urbanización a pie, aprovechando el cambio de turno de seguridad para escalar la valla de tres metros cerca de la puerta principal.

Este nivel de seguridad está diseñado para no dejar pasar a los criminales comunes, no a exasesinos de Spetsnaz.

La parte difícil será la seguridad en la mansión de Arslan. Aunque parece una casa más de esta urbanización privada, está protegida con todo, desde detectores de movimiento hasta un pequeño ejército de guardaespaldas, además de escáneres de retina, sensores de peso, alarmas silenciosas o generadores de reserva. Hay muchas redundancias en la seguridad de este sitio y es por una buena razón.

Cuando traicionas al oligarca despiadado que te puso en el poder, debes prepararte para lo peor.

Una vez dentro de la urbanización privada, nos dirigimos hacia la mansión de Arslan, asegurándonos de mantenernos fuera del alcance de las cámaras situadas de manera estratégica en las intersecciones y frente a la mayoría de las casas de lujo. Los vecinos de nuestro objetivo, políticos corruptos y hombres turcos de negocios con grandes riquezas, también tienen enemigos. Sin embargo, ninguno tan poderoso como el oligarca ucraniano que es nuestro cliente.

No llegamos hasta la propiedad de Arslan, las cámaras allí serían imposibles de evitar, pero no necesitamos hacerlo. Solo nos lleva un par de minutos desactivar las alarmas de la casa de tres pisos situada al final de su calle, la residencia de un magnate inmobiliario que está de vacaciones en Tailandia. Una vez están las alarmas desactivadas, subimos al tejado y ponemos una cámara de largo alcance, de modo que podamos observar todo lo que está pasando en la vivienda de nuestro objetivo. Luego, repetimos este mismo proceso en otra mansión en el otro extremo de la calle y, después, en dos residencias a una manzana de distancia para así tener una vista de 360 grados de la mansión de Arslan.

La manera más simple y segura de matar al político sería eliminarlo con un rifle de francotirador de largo alcance. Por desgracia, las ventanas de la mansión son a prueba de balas y, cuando nuestro objetivo sale a la calle, está rodeado de guardaespaldas. La segunda mejor opción sería colocar una bomba en su coche, pero cambia de coche con frecuencia y sin un patrón apreciable, además de que todos los vehículos están siempre muy vigilados, incluso estando aparcados en la calle. Cada paquete que le llega a casa es revisado al detalle, así como cada persona que entra y sale.

A primera vista, la seguridad de Arslan parece impenetrable, pero nosotros sabemos cómo hacerlo. Todo el mundo se siente más seguro en casa, lo que representa una debilidad por sí misma.

Tras dejar las cámaras en su lugar, Ilya y yo nos alejamos de la urbanización y nos dirigimos a la intersección donde Yan y Anton nos recogen. Pasamos el resto de la noche en una casa particular que hemos alquilado con identidades falsas y organizamos turnos para vigilar las imágenes de las cámaras que hemos instalado.

Yan es el primero seguido de Anton, de modo que yo puedo dormir seis horas reparadoras antes de levantarme para hacer mis tres horas de monitoreo con la cámara. Ilya, el cabrón afortunado, obtuvo la pajita más larga esta vez, de modo que puede dormir un total de nueve horas.

A mitad de mi turno nos damos cuenta de que hay movimiento dentro de la casa. Incluso con las persianas de las ventanas cerradas, vemos que las luces se encienden en el dormitorio principal de la segunda planta y, a continuación, aparecen más luces en el piso de abajo.

La casa de Arslan se está despertando.

El personal doméstico es escaso, solo tiene un ama de llaves, dos criadas y un mayordomo que hace las veces de guardaespaldas viviendo en su hogar. Sus habitaciones están abajo, cosa que encaja con nuestro plan. Los otros guardias, los veinticuatro, residen en un cuartel en la parte trasera. Para pasar desapercibidos para los vecinos, salen en pequeños grupos a intervalos aleatorios para patrullar la calle y el precioso jardín que rodea la mansión.

Prestando atención a las cámaras, apunto la hora y marco el patrón de las luces de arriba. Las personas somos criaturas de hábitos, incluso aquellas a las que sus guardaespaldas instruyeron para ser tan impredecibles como fuera posible.

—Vigila la hora a la que sale —le digo a Ilya cuando

viene a reemplazarme—. Sabemos que se va de casa a una hora distinta cada día, pero quiero ver cuánto tiempo pasa entre que se encienden las luces y se marcha.

Ilya asiente y se coloca frente al ordenador mientras me voy a una de las habitaciones a echarme una siesta. Me palpitan las sienes por el dolor de cabeza debido a la tensión, necesito descansar para mantener alerta mis sentidos mientras planeamos este ataque.

Sin embargo, en cuanto cierro los ojos, mi mente se centra en Sara y en nuestra tensa separación. He intentado no pensar en ello y centrarme solo en el trabajo, pero no puedo evitar recordar la mirada herida en la cara cuando admití mis intenciones, cuando le confirmé que los condones olvidados no habían sido un accidente.

No me di cuenta hasta ese momento, no sabía que me había rendido a mis deseos más profundos hasta que escuché las palabras que me salían de la boca. No obstante, en el momento en que las dije, supe que eran verdad. Quizás no la estuviese intentando dejar embarazada de forma intencionada, pero tampoco fue un error por descuido. Con alguna parte instintiva y primitiva, decidí llenarla con mi semen, hacerla mía de la manera más visceral posible.

La única vez en mi vida que fui descuidado con la protección fue en Daryevo hace muchos años, cuando Tamila me sedujo antes de que me despertara.

Abriendo los ojos, fijo la mirada en el techo de esta habitación desconocida. A pesar de la reacción de Sara, me siento más ligero, como si me hubiera quitado un peso de encima. Es liberador abrazar la peor parte de mí, dejar ir mis últimos escrúpulos morales. No sé por qué me he resistido tanto tiempo, por qué he intentado luchar tanto por su amor cuando está decidida a aferrarse al odio.

Es obvio que no importa lo que haga, Sara no dejará atrás el pasado y, en ese caso, tendrá otra razón para odiarme.

Resuelto, cierro los ojos y me obligo a relajar los músculos en tensión.

Cuando vuelva, no habrá más condones. De una manera u otra, Sara va a tener un hijo mío.

Si no puede amarme, amará una parte de mí.

Sara

TARDO UNOS MINUTOS EN RECOMPONERME DESPUÉS DE que Peter se vaya y, cuando me dirijo a la cocina para hablar otra vez con Yulia, vuelve Kent y de una manera educada pero firme me lleva a la habitación.

—Deberías dormir un poco —dice y, por la mirada implacable que me dedica, estoy segura de que usará la fuerza física para hacerme obedecer si es necesario.

No tiene ninguna intención de ayudarme, eso lo sé seguro.

—Gracias por tu hospitalidad —contesto cuando llegamos a la habitación, y él asiente mostrando una mirada indescifrable a través de los ojos claros.

—Buenas noches, Sara. —Cierra la puerta y, después, oigo el débil clic de una cerradura giratoria.

Espero treinta segundos y compruebo el pomo de la puerta para confirmar mis sospechas.

Por supuesto, estoy encerrada.

Cojo aire para calmarme y me dirijo a la ventana grande. Parece que la parte inferior debería abrirse deslizándose hacia arriba, pero por mucho que intente empujar hacia arriba, el cristal grueso no se mueve. Está sellado o pesa demasiado para que yo lo levante. ¿Podría ser algún tipo de vidrio a prueba de balas? Eso tendría sentido, dada la profesión de Kent.

En cualquier caso, abrir la ventana no es una posibilidad.

Acto seguido, exploro la pequeña ventana del baño. Tiene el mismo cristal grueso que la ventana del dormitorio, pero con dos problemas adicionales: es demasiado pequeña para que quepa y, al menos que yo sepa, no tiene ningún mecanismo de apertura.

Frustrada, dejo las ventanas en paz y me dirijo al armario y a la cómoda en busca de un móvil olvidado o una vieja tableta. Las probabilidades de encontrar un aparato así son escasas, pero, en América, todos dejan los aparatos electrónicos en cualquier parte. Quizás Kent y su esposa hagan lo mismo. Después de todo, es su casa, no un lugar donde suelan mantener a los prisioneros.

Al menos, espero que así sea.

Como es evidente, no encuentro nada. El armario y la cómoda tienen lo que uno se espera encontrar en una habitación de invitados: ropa de cama y toallas de repuesto, junto con algunos artículos de higiene personal sin abrir.

Sintiéndome cada vez más exhausta y desanimada, decido ducharme y descansar un poco como me aconsejó Kent.

Con un poco de suerte, hablaré con Yulia mañana.

Llegados a este punto, ella es mi mayor esperanza, si no la única.

Para mi decepción, al día siguiente no veo a Yulia y tampoco se me permite salir de la habitación. Kent me trae la comida, una mezcla de sobras de la cena y nuevos manjares hechos sin duda por su mujer. Se lleva los platos una hora después. No sé si me está manteniendo a propósito alejada de Yulia o si es una desafortunada coincidencia, pero, cuando llega la tarde, comienzo a volverme loca. La frustración por esta situación se mezcla con la creciente preocupación por Peter. Todo lo que tengo son unos libros que me ha traído Kent a la hora de la comida y no son suficientes para evitar que me obsesione con los peligros con los que el equipo de Peter podría estar enfrentándose en estos momentos.

—¿Has sabido algo de ellos? ¿Están bien? —le pregunto a Kent cuando me trae la cena. El osco traficante de armas me intimida, pero estoy decidida a no demostrárselo.

Después de todo, he estado viviendo con cuatro criminales igual de peligrosos durante meses.

A mi pregunta, Kent parece divertido.

—¿Quieres saber si están bien?

Asiento, aunque el rubor hace que me arda la cara. Sé lo que parece. Dado el trato que me ha brindado Kent hasta ahora, es obvio que sabe que no estoy aquí por voluntad propia. Sin embargo, prefiero que piense que sufro el síndrome de Estocolmo a continuar en la incertidumbre y preocuparme por Peter toda la noche.

—Están bien —contesta Kent, poniendo la bandeja en la cómoda. Una vez más, no deja entrever ninguna expresión, aunque un rastro de diversión le brilla en las heladas profundidades de los ojos—. Peter me envió un mensaje hace un par de horas preguntando por ti. Por ahora, solo están reuniendo información para el asalto, así que dudo que pase algo esta noche. Puedes dormir tranquila.

Suspiro, aliviada.

—Gracias.

Asiente y se gira para marcharse, pero decido tentar a la suerte.

—Espera, Lucas… ¿dónde está Yulia? No la he visto en todo el día y le quería agradecer estas comidas tan deliciosas.

Se dirige a mí con una mirada impenetrable.

—Le daré las gracias de tu parte.

Es la manera de decirme que sea una buena prisionera y lo deje pasar, pero no voy a rendirme con tanta facilidad.

—Preferiría hacerlo en persona, si no te importa. —Le dedico una leve sonrisa avergonzada—. ¿Está realmente ocupada? Hay una cosa que le quería preguntar… cosas de mujeres, ya sabes…

—Ah. —Kent me mira otra vez, divertido—. Yulia me dijo que te comentara que los tampones y otras cosas de mujeres están en el armario bajo el lavabo.

—Ah, no es sobre eso —contesto a toda velocidad, aunque era en realidad lo que estaba insinuando—. Es otra cosa.

Arquea las cejas.

—Ah, entonces, ¿qué es?

Mierda. Esperaba que actuase como la mayoría de los hombres y se avergonzase al enfrentarse a la realidad de las funciones biológicas femeninas. Tras pensar con rapidez, respondo:

—Es solo una crema para algo. Da igual, estoy segura de que desaparecerá por sí solo.

No le cambia la expresión.

—Solo dime qué crema es y veré si puedo conseguírtela.

—Miconazol —digo, mirándole fijamente mientras nombro un tratamiento habitual para las infecciones de hongos—. El nombre genérico es *miconazole*. Es para…

—Hongos. Lo sé. —No parece nada avergonzado—. Te lo conseguiremos.

Aprieto los dientes.

—Vale, gracias.

Está decidido a alejarme de Yulia y eso hace que quiera hablar aún más con ella.

AL DÍA SIGUIENTE OCURRE LO MISMO, ME MANTIENE encerrada en la habitación todo el tiempo.

La única diferencia es que a la hora de comer, Kent me informa sobre Peter por voluntad propia.

—Planean hacerlo pasado mañana por la mañana —comenta, colocando la comida sobre la cómoda—. Te mantendré informada si algo cambia.

Miro al traficante de armas malhumorada.

—Vale, gracias.

Siento como si un hacha, un hacha que se moviera con mucha lentitud, estuviera colgando sobre mi cabeza. Temo tanto el fracaso de esta operación en Turquía como su éxito. Si algo sale mal, perderé a Peter y tendré que volver a mi antigua vida. Si regresa ileso, estaré atada a él para siempre, atada por un niño que pretende obligarme a tener.

La única salida es escapar antes de que Peter vuelva y no veo ninguna posibilidad, ya que soy más prisionera aquí de lo que era en Japón.

Kent se va y yo ceno como un autómata, es decir, sin apenas saborear esta comida tan deliciosa. En la bandeja, junto con los platos tapados, está la crema que pedí, algo que no me sirve para nada más que para explicar mi necesidad de hablar con Yulia. Ahora que ya han pasado dos días, estoy más convencida que la preciosa rubia empatizaría con mi situación si pudiera explicárselo todo.

Tras terminar la comida, miro la crema, dándome cuenta sin ningún tipo de interés que está empaquetada de una forma un poco distinta a lo que estoy acostumbrada en Estados Unidos. No me sorprende. Esto es Europa. La píldora del día después japonesa tampoco se parecía en nada a la que yo recetar.

La píldora del día después…

Cojo aire y salto, incapaz de contener un entusiasmo repentino. No sé por qué no se me ha ocurrido antes, pero, si Kent ha estado dispuesto a conseguirme esta crema, existe la posibilidad de que acceda a conseguirme otra cosa, como por ejemplo la píldora que tanto necesito.

El primer instinto es correr hacia la puerta y golpearla hasta que llegue mi carcelero, de modo que pueda poner en marcha el plan de inmediato. Sin embargo, no sería prudente. Actuar demasiado entusiasmada podría hacer que Kent sospechara de mí e incluso quizás provocara que le comentase el tema a Peter.

Respiro con tranquilidad, me obligo a sentarme y espero a que Kent regrese a por la bandeja. Para que esto salga bien, tengo que ser inteligente.

Tengo que fingir que esto es otra estrategia para hablar con Yulia.

La espera parece interminable, a pesar de que el reloj me indica que solo ha pasado una hora.

Por fin, Kent abre la puerta y pongo en marcha el plan.

—Entonces, ¿sigue Yulia ocupada hoy? —pregunto de manera casual cuando entra en la habitación—. Me encantaría hablar con ella.

El traficante de armas me mira con frialdad.

—¿Por qué? ¿Otra cosa de mujeres?

Intento parecer avergonzada.

—En realidad, sí. Siento haber olvidado mencionarlo ayer, pero es algo que necesito de verdad.

—¿Qué es?

—Plan B. —Pongo cara de inocente—. ¿Sabes lo que es? Hay otras marcas, como *Next Choice* o *My Way*.

—Entendido. Pronto lo tendrás.

Y, tras recoger la bandeja con rapidez, se dirige hacia la puerta.

Sara

POR LA NOCHE, NO PARO DE DAR VUELTAS EN LA CAMA, torturada por la preocupación del asalto de Peter y dándome cuenta de que, a pesar de mi pequeña victoria esta tarde, la píldora, como mucho, retrasará lo inevitable. Cada vez que caigo en un sueño ligero, me despierto con el corazón acelerado, como si de un ataque de pánico se tratase. Me recuerda a los primeros meses después del asalto de Peter en la cocina, cuando las pesadillas sobre torturas y despiadados hombres de ojos grises formaban parte de mi realidad cada noche.

Al final, abandono el intento de dormir y me levanto para ir al baño. No tiene ningún sentido, pero lo que más deseo en este momento es estar con Peter. Quiero su afecto en la oscuridad y esos brazos musculosos rodeándome, abrazándome con fuerza. Quiero su voz intensa llamándome *ptichka* y diciéndome cuánto me quiere.

Echo de menos a mi torturador, le añoro con cada fibra de mi ser, incluso aunque tema su regreso.

Voy hacia la encimera del baño, enciendo la luz y me miro la cara pálida en el espejo. Tengo los ojos inyectados en sangre, ojeras y el pelo hecho un desastre. Apuesto a que, si Peter me viera ahora mismo, no se mostraría tan ansioso por tenerme.

Claro, eso dando por sentado que mi aspecto sea la razón por la que está tan obsesionado conmigo. Una gran hipótesis, aunque quizás errónea. Sé que soy atractiva, pero no soy ni de cerca tan guapa como alguien parecido a Yulia. Sea lo que sea lo que hace que Peter y yo nos deseemos, va más allá de la atracción física. Ambos lo sabemos. Hay algo dentro de nosotros que nos hace encajar como dos piezas de porcelana rota… algo oscuro, perverso y dependiente que ignora los defectos del otro.

Estoy a punto de abrir el grifo para lavarme la cara cuando oigo un ruido.

Paralizada, escucho con atención y luego lo oigo otra vez.

El gemido gutural de una mujer seguido del gruñido apagado de un hombre.

Me arde la cara al darme cuenta de lo que estoy escuchando.

Este baño debe estar justo debajo de la habitación

de Yulia y Lucas y el conducto del aire conecta los dos pisos.

Sé que debería volver a la cama y darles privacidad, pero las piernas se niegan a moverse. Esto es más entretenido que las novelas de suspense que Kent me dejó para leer. Sonrojada y sintiéndome como una pervertida, escucho cómo los ruidos procedentes del piso de arriba aumentan antes de culminar en el esperado clímax.

Cuando vuelve a reinar el silencio, abro el grifo con manos temblorosas y me refresco la cara, que me quema. Ha sido una mala idea, pues no solo he violado la intimidad de mis anfitriones y carceleros, sino que ahora estoy tan excitada que tendré problemas para conciliar el sueño otra vez. Siento los pezones duros y el sexo resbaladizo por la necesidad y las ganas.

Ahora echo de menos a Peter más que nunca.

Gimo en silencio y vuelvo a la cama. Como era de esperar, no consigo dormirme, así que me meto bajo la manta y juego conmigo misma hasta que me corro, pensando en Peter todo el tiempo.

A PESAR DE LA NOCHE EN VELA, ME DESPIERTO PRONTO por la mañana y, mientras me preparo para lavarme los dientes, oigo pasos en el piso superior, seguido de voces tensas.

Parece que los Kent están discutiendo.

Sin poder contener la curiosidad, dejo el cepillo de dientes y escucho.

Al principio las voces parecen apagadas, como si estuvieran al otro lado de la habitación. Sin embargo, luego se acercan al conducto de ventilación y los latidos del corazón se me aceleran al darme cuenta del motivo de la discusión.

«Yo».

—¿Cómo puedes estar tan seguro? —dice Yulia acalorada—. Es la viuda de su enemigo. Mató a su marido y la secuestró. ¿Cómo puede eso no ser maltrato? Como mínimo, le quitó todas las oportunidades y le arruinó la carrera profesional. Es doctora, doctora, Lucas. No es como nosotros. Nunca ha formado parte de este mundo.

—Ahora lo es —la interrumpe Kent con voz muy grave—. No es de nuestra incumbencia. Le debo un favor y ese favor es ella.

—Es una persona, no un favor. Por lo menos, déjame hablar con la chica para averiguar si la está maltratando.

—¿Por qué? ¿Para hacer qué? ¿Dejarla ir y terminar en su lista de objetivos? Ya sabes el tipo de personas que persigue su equipo. No tenemos que lidiar con esta mierda, ya tenemos bastante con la situación de Novak.

—No, por supuesto que no —añade Yulia frustrada—. Pero es una ciudadana inocente, Lucas, y es una invitada en nuestra casa. Necesito asegurarme de que tienes razón y de que lo quiere porque si no fuera así no podría vivir conmigo misma. Lo entiendes, ¿verdad?

Su marido se queda en silencio durante un momento y yo me muerdo el pulgar con el corazón acelerado mientras espero su respuesta. Tenía razón al poner las esperanzas en Yulia, comprende mi situación.

—Lo entiendo —dice él al final. Pero de momento no puedo hacer nada, no pondré tu vida en peligro por esa mujer.

—Pero...

—Pero nada. Sokolov me pidió que la mantuviera a salvo y eso es precisamente lo que voy a hacer.

—Lucas... —La voz de Yulia se suaviza, volviéndose más persuasiva—. Solo déjame hablar con ella. Es todo lo que te pido. No voy a hacer nada sin consultarte. No soy estúpida, no quiero que Peter se convierta en nuestro enemigo. Solo quiero asegurarme de que está bien, tranquilizarla si está asustada. Eso no le hará ningún daño, ¿verdad? ¿Solo un poquito?

No hay respuesta por parte de Kent, aunque oigo ruidos, seguidos de algo metálico. Tal vez sea la hebilla del cinturón golpeando el suelo.

—Yulia... —La voz de Kent se vuelve más grave—. Cariño, no tienes por qué... oh, joder. Joder... —Las palabras terminan en un gemido y yo me ruborizo cuando me doy cuenta de lo que estoy escuchando otra vez.

Al sentirme de nuevo como una pervertida, me digo que debo quedarme quieta para ver si vuelven a mencionarme. Sin embargo, cuando lo único que oigo durante los siguientes diez minutos son sonidos sexuales, me obligo a acabar de cepillarme los dientes y vuelvo a la habitación.

Tal vez, solo tal vez, la táctica de persuasión de Yulia tenga éxito y pueda encontrar una manera de salir de este aprieto.

Al menos ahora tengo una esperanza real.

 eter

Pasamos la víspera del ataque repasando las diferentes modalidades del plan, calculando las probabilidades de éxito y planteando soluciones a los problemas que pudieran surgir. Nuestro plan es arriesgado, pero hay muchas posibilidades de que salga bien (siempre y cuando lo hagamos en el momento adecuado).

Por la noche, ya estamos más que preparados, lo cual es buena señal: nuestro cliente, el oligarca ucraniano, está empezando a perder la paciencia. En teoría, Arslan, dentro de dos días, aprobará un proyecto de ley que perjudicaría al negocio que nuestro cliente tiene en Turquía. De modo que tenemos que intervenir antes de que eso suceda.

Cuando cierro el portátil, dispuesto a echar una cabezadita antes de que empiece mi turno, Anton me llama. Parece emocionado, algo raro en él.

—Mira —me dice. La adrenalina me recorre las venas cuando veo un nuevo correo de nuestros *hackers*.

Lo leo deprisa de punta a punta en el portátil de Anton y se me ilumina la cara con una sonrisa despiadada.

Mi rival por fin ha cometido un error.

Bonnie, la mujer de Walter Henderson III, ha estado en una bodega de Marlborough, en Nueva Zelanda. Nos hemos enterado gracias a una foto que el propietario del sitio, ajeno a todo, subió a Instagram. Nuestros piratas informáticos la detectaron con un programa de reconocimiento facial pocas horas después de que fuera publicada.

—Preparaos —le digo a Anton y a los gemelos al acabar de leer el correo—. En cuanto hagamos lo de mañana, nos vamos a Nueva Zelanda.

—¿Y Sara? —pregunta Ilya—. ¿La vas a dejar con Kent?

Primero vacilo, pero luego niego con la cabeza.

—No. —Un día más sin ella sería una tortura—. También vendrá.

Antes de irme a dormir, llamo a Lucas para ver cómo se encuentra Sara.

ME PASO EL DÍA DANDO VUELTAS POR LA HABITACIÓN. ME encuentro cada vez más ansiosa por el paso del tiempo, tanto que, a la hora de cenar, estoy que me tiro de los pelos.

La misión arriesgada de Peter empieza en menos de doce horas y Yulia aún no ha venido a hablar conmigo ni tampoco su marido para traerme la pastilla que me prometió.

—Veré si puedo ir a por ella luego —me ha dicho al traerme la comida—, pero quizás tengas que esperar hasta mañana.

Mañana ya sería demasiado tarde, pero me he mordido la lengua para que mi carcelero no supiera lo mucho que necesito esa pastilla. En todo caso, me la puedo guardar para un futuro y rezar porque este mes mi periodo fértil no haya sido tan fértil.

Dejo de dar vueltas cuando alguien llama a la puerta con suavidad.

—¿Sara? —pregunta una voz de mujer—. ¿Puedo pasar?

Se me acelera el pulso de alegría.

—¡Sí! Claro, pasa.

La puerta se abre y Yulia entra de espaldas a la habitación con una bandeja. Sobre ella, hay unos platos tapados que parecen pesar bastante.

—Espera, que te ayudo. —Casi incapaz de reprimir el entusiasmo, me apresuro hacia ella y, entre las dos, la colocamos encima del tocador. Yulia me sonríe.

—Gracias. ¿Cómo llevas la estancia?

—Bien —respondo, devolviéndole la sonrisa—. Muchísimas gracias por la comida, está deliciosa.

La alegría hace que los ojos azules de Yulia se iluminen.

—De nada. Y, en general, ¿qué tal? ¿Necesitas algo más? Lucas me contó que le pediste un par de medicamentos...

Asiento y apuesto por intentarlo. Sé que Yulia está de mi parte y, teniendo en cuenta que es posible que Peter vuelva mañana, no hay tiempo que perder.

—Necesito la pastilla del día después —digo con decisión—. Hoy es el último día para tomármela.

La boca preciosa de Yulia se redondea, adoptando una mueca de sorpresa.

—Ah, vaya. Lucas no me lo dijo. Mandó a uno de

sus guardaespaldas a que fuera a por algunas cosas a la ciudad, pero algo pasó y se despistó. Voy a ver si la compró al final, ¿vale?

—Espera. —Le agarro el brazo delgado en cuanto se da la vuelta para irse—. Necesito que me ayudes, por favor.

De manera cautelosa, la expresión de Yulia se torna neutra.

—¿A qué te refieres?

Le suelto el brazo.

—Necesito salir de aquí. Ya. Esta noche. Antes de que vuelva Peter. Te lo suplico, es muy importante. No soy su novia, soy su prisionera. Me secuestró y ahora…

—Espera, Sara. Por favor. —Alza la mano con la palma abierta. A pesar de mantener las formas, es evidente que está angustiada. No se esperaba que le pidiera ayuda de manera tan directa—. ¿Te maltrata? ¿Te ha hecho daño? —pregunta con tacto.

—Me hizo cortes con un cuchillo y me torturó —respondo. La expresión de pavor de Yulia hace que sienta una punzada de remordimiento. Debería haberle dicho que todo eso pasó antes de que empezáramos nuestra relación, pero, si quiero que me ayude, no puedo pintar mi cautiverio de color de rosa.

Por muy amable y compasiva que parezca Yulia, no deja de ser la esposa de un traficante de armas, por lo que su concepción de moralidad puede diferir de lo convencional.

—También quiere obligarme a tener un hijo suyo —insisto mientras ella sigue conmocionada—. Por eso necesito la pastilla del día después. En un par de horas, ya habrán pasado las 36 en las que podría hacer efecto, pero tampoco creo que me sirva de mucho si sigo aquí cuando Peter vuelva. Hará lo que quiera conmigo y nadie podrá evitarlo. Por favor, Yulia. —La cojo otra vez del brazo—. No tienes ni que dejarme escapar, pero déjame llamar a alguien o mandar un correo. Nadie se enterará de que me ayudaste. Por favor.

A medida que hablo, se le va empalideciendo el rostro y casi llego a sentir pena por ella. Me puedo imaginar en la situación tan difícil en la que la estoy poniendo. A pesar de que Yulia hace la vista gorda con el negocio letal de su marido, no es como él o al menos es lo bastante empática como para ponerse en mi lugar. Asimismo, está al corriente de lo peligroso que es Peter y de los riesgos a los que se enfrentaría si lo traicionara.

—¿Hay…? —Carraspea—. ¿Hay algún momento en el que estés con él por voluntad propia? La noche que te conocí, en la cena, noté que había tensión entre vosotros, pero te miraba de una manera que… Y, luego, cuando os despedisteis, tú estabas tan… Yo no paraba de entrar y salir de la cocina, pero me pareció que… ¿Puede que me llevara una impresión equivocada? ¿Te maltrata? ¿Te obliga siempre a hacer lo que quiere?

Me arde la cara de vergüenza tras esa pregunta personal. Vuelvo a soltar a Yulia.

—Yo no… Quiero decir, me secuestró. ¿Tú qué crees?

Para mi sorpresa, parece incómoda.

—Creo que a veces las cosas son complicadas —contesta tras una breve pausa—. Cada relación es única y hay momentos en los que… —Entonces, se detiene, como si hubiera cambiado de idea.

La miro con el ceño fruncido. Ahí hay gato encerrado, pero da igual, no puedo centrarme en eso. Tengo que convencerla para que me ayude antes de que sea demasiado tarde.

—Yulia, por favor —le digo—. Es mi única oportunidad. Tú eres mi única esperanza. Si cuando regrese sigo aquí, no volveré a ver a mis padres nunca más ni podré ser dueña de mi propia vida… Te lo suplico. Sé que entiendes mi situación. Peter Sokolov mató a mi marido, me torturó, me acosó y me raptó. Llevo casi cinco meses secuestrada. Tengo que irme antes de que llegue, solo necesito tener acceso a un teléfono. Será solo un momento. Puedo llamar al FBI y luego…

—Y luego todos los organismos de seguridad del Estado tendrán nuestra casa en el punto de mira —me interrumpe Kent, que ha abierto la puerta sin llamar. Tiene la mandíbula cuadrada apretada por la rabia. Entorna los ojos claros hasta que parecen pequeñas aberturas mientras cruza la habitación para coger a Yulia de la mano con ímpetu—. Vámonos —le ordena a su mujer sin dejar de apretar los dientes. Observo desesperada cómo la arrastra fuera de la habitación.

—Lo siento. —No lo dice en voz alta, pero consigo leérselo en los labios antes de que Kent dé un portazo y bloquee la cerradura de nuevo. Ahora sí que se acabó.

Mi única esperanza de poder escapar se ha desvanecido.

Lloro durante dos horas hasta que consigo quedarme dormida y me sumerjo de inmediato en un mar de pesadillas. No sé por qué me pasa esto otra vez, pero, en cuanto me despierto, temblorosa y empapada en sudor debido a otro sueño tan realista, en el que me ahogaba en el fregadero, sé que esta noche no podré dormir.

Me libero de la manta y muevo las piernas dispuesta a levantarme de la cama. Entonces, oigo el seguro de la puerta y veo cómo se abre sin hacer ruido.

Asustada, cojo el edredón para taparme, pero no entra nadie.

Envuelta en él, me precipito hacia la puerta. Al final del pasillo hay una figura alta y delgada que desaparece al doblar la esquina. Le brilla la cabellera rubia como un faro en medio de la oscuridad de la noche.

Yulia.

Ha venido a por mí.

No tengo ni idea de cómo ha conseguido escabullirse de su marido, pero no puedo perder tiempo intentando cuestionar esta buena suerte. Me pongo a toda prisa un vestido y unas sandalias, salgo al pasillo y me dirijo a la cocina, con cuidado de no hacer ruido.

Necesito un teléfono, un ordenador o cualquier

otra cosa que me permita comunicarme con el mundo exterior.

—Toma. —De repente, alguien me coloca unas llaves en la mano. Ahogo un grito cuando Yulia aparece ante mí, como si se hubiera desprendido de la pared que está a mi derecha. La luz de la luna que entra a raudales por los ventanales hace que el rostro pálido de Yulia parezca de otro mundo—. El Mercedes está fuera —me susurra con apremio antes de que pueda recuperarme de la impresión—. He desactivado las alarmas perimetrales, abierto las puertas automáticas y mandado los drones a la playa. Tienes diez minutos, ¿de acuerdo? Hay una gasolinera a unos siete kilómetros al suroeste. Ve allí directamente, habrá un teléfono.

Asiento. El corazón se me acelera mientras aprieto las llaves que me ha dado.

—Gracias. Gracias, de verdad.

—Vete. —Tras mirar hacia atrás con preocupación, Yulia me empuja hacia la puerta principal y no pierdo ni un segundo más.

Con las llaves en la mano, salgo de la casa y me subo deprisa al coche.

*P*eter

—CINCO MINUTOS —SUSURRO A TRAVÉS DE LOS auriculares—. Preparaos.

Han pasado exactamente veinte minutos desde que las luces de la segunda planta se encendieron en la mansión de Arslan. Eso quiere decir que, dentro de cinco o diez minutos, nuestro objetivo saldrá por la puerta principal y se subirá al coche a prueba de balas. Tal y como esperábamos, es un esclavo de las costumbres; su rutina matutina entre semana apenas varía de un día a otro. La hora a la que sale de casa cambia, así como el camino que sigue para ir al trabajo y el lugar en el que los guardaespaldas le aparcan el coche. Sin embargo, el tiempo que pasa en casa, donde se siente seguro y protegido mientras desayuna, es totalmente predecible.

En pocos minutos, estará a cielo abierto acompañado de sus guardaespaldas durante una pequeña franja de tiempo. Será entonces cuando ataquemos.

—El RPG está cargado e Ilya tiene el coche listo —me informa Yan a través de los auriculares. A diferencia de Anton y yo, él está en el tejado de la casa de enfrente.

—Vale. —Miro a Anton, que está a mi lado, tumbado boca abajo mientras observa por la mira del fusil francotirador—. ¿Estás preparado?

Asiente sin apartar la mirada del objetivo.

—Voy a apuntarles a la cabeza por si llevan chalecos antibalas.

—De acuerdo. —Me centro en mi propio M110 y ajusto la mira.

Disparar a la cabeza es complicado, sobre todo cuando los objetivos empiezan a reaccionar, pero es la mejor manera de asegurarse de que un profesional muera.

Los equipos de protección corporal ocultos bajo la ropa son cada vez más comunes hoy en día.

Pasan los segundos y cada uno parece durar más que el anterior. Sé que es fácil distraerse en un momento como este, así que me concentro en estabilizar la respiración y en garantizar que nada obstaculice mi campo visual.

Esta misión es demasiado importante como para cagarla.

Sin poder evitarlo, me empiezan a invadir pensamientos sobre Sara. Me pregunto qué estará haciendo, si seguirá dormida o si ya se habrá levantado. Por muy emocionante que sea esta situación (que lo es, a decir verdad), preferiría, sin duda alguna, estar en casa, en Japón, abrazando ese cuerpo cálido y desnudo mientras se despierta. En tan solo unos meses, mi pequeño ruiseñor se ha convertido en lo más importante de mi vida. El deseo que siento por ella ha eclipsado todos mis otros intereses.

El sonido de una puerta abriéndose interrumpe el hilo de mis pensamientos.

—Ya sale —susurra Yan a través del auricular. Me obligo a centrarme.

Ya habrá tiempo para pensar en Sara.

Si salimos vivos de aquí, claro está.

# Sara

DIEZ MINUTOS. LOS NEUMÁTICOS DEL COCHE CHIRRÍAN cuando me alejo por el camino de entrada y avanzo a toda velocidad a través de las puertas abiertas, con los dedos clavados en la funda de cuero del volante.

Solo tengo diez minutos.

Claro, suponiendo que Yulia haya calculado bien. No logro entender cómo ha podido escapar de la mirada asesina de su marido y desactivar todas las medidas de seguridad, pero es perfectamente posible que él vaya pisándome los talones.

No hay ninguna luz ni señales de tráfico en la carretera de un solo carril, nada que me indique hacia dónde me dirijo. La luna y los faros del coche son las únicas fuentes de iluminación. No tengo ni idea de por dónde se va al sudoeste, por lo que, al llegar a una bifurcación, giro a la izquierda, eligiendo al azar, y me dejo guiar por el instinto.

Si he tomado la dirección equivocada, estoy jodida.

El corazón me martillea en el pecho y la respiración agitada se me instala en los oídos. El sudor de las axilas me gotea por los costados. Me tiembla la rodilla cuando piso el acelerador. Conducir por el carril izquierdo con el volante en esta parte del coche resulta más que complicado para una norteamericana, pero no me atrevo a aminorar la marcha.

Ocho minutos.

Siete.

Lo lograré.

Saldré de esta.

Los faros de un coche en sentido contrario me ciegan y mis niveles de adrenalina se disparan. ¿Será Kent? ¿O tal vez un escolta?

El coche pasa por mi lado sin detenerse. Respiro, aliviada, y levanto el pie del acelerador al tomar una curva pronunciada. Lo último que quiero es perder el control del coche y estrellarme contra el guardarraíl, como le pasó a George esa noche terrible. Sin embargo, aun reduciendo la velocidad, voy a 110 kilómetros por hora. Si la gasolinera está solo a siete kilómetros, debería llegar con tiempo de sobra.

Transcurre otro minuto antes de la siguiente curva y, entonces, lo veo.

Más faros, esta vez detrás de mí.

Agarro fuerte el volante y piso el acelerador.

El coche que me sigue también acelera.

Se me forma un nudo en la garganta. Por el rabillo del ojo veo una señal de limitación de velocidad. Indica 50 km/h… sesenta… no, setenta kilómetros por debajo de lo que marca el velocímetro. Si ese coche está dándome alcance es porque corre más que el mío.

Ya es oficial.

Me persiguen.

La carretera gira de nuevo. Reprimo un chillido cuando otro coche pasa volando en dirección contraria y me ciega con los faros en un momento crucial. Toco con el lateral el guardarraíl y saltan chispas por el roce del metal. Apenas sin aliento, reduzco la velocidad y giro el volante para alejarme del quitamiedos. Me sitúo en el centro de la sinuosa calzada.

La luz de los faros se acerca a mí y, cuando llego a la siguiente curva, veo dos SUV que me siguen, ambos de gran tamaño y de color oscuro. Siento el pulso como un rugido en los oídos, las manos me sudan tanto que no puedo asir bien el volante. Lucho contra el pánico y vuelvo a pisar el acelerador, pero detrás de mí los coches van más rápido que yo y, cuando la carretera gira a la derecha, se coloca uno a mi lado mientras el otro avanza hasta ponerse delante.

Me envuelve la desesperación como un puño helado.

Es el fin.

Me han cogido.

Dejo de acelerar, temblando.

La única oportunidad que tenía de escapar y la he echado a perder.

El SUV que va delante también reduce la velocidad y el que tengo al lado se coloca detrás. Saben que no me queda otra que obedecer.

Oficialmente, es el fin.

He perdido.

El SUV aminora aún más y me obliga a frenar. Mi velocímetro indica cuarenta kilómetros por hora, luego treinta y cinco, después treinta… Voy casi a paso de tortuga y entiendo que me están haciendo parar.

Van a sacarme del coche y a llevarme a rastras de vuelta a casa de Kent y permaneceré encerrada hasta que Peter venga a por mí.

El futuro se presenta tan oscuro y peligroso como las curvas de esta carretera. Sin esperanza de poder escapar, sin posibilidad alguna de elegir, pasaré a ser propiedad de Peter, igual que nuestro hijo. Ya no podré ayudar a mujeres a dar a luz a los suyos ni volveré a ver nunca más a mi familia ni a los amigos. Cuando mis padres sean mayores, no voy a estar ahí ni ellos conocerán a sus nietos.

Solo tendré a Peter y lo que más miedo me da es que la idea no me parece desagradable.

Lo veo con claridad: el modo en el que me va a cuidar, la ternura de su mirada cuando sostenga a nuestro bebé. Me amará con una intensidad que me abrasará el alma y, al final, mi amor retorcido renacerá de sus cenizas. Después, todo parecerá normal, desde mi falta de libertad hasta la violencia de su profesión.

Seremos una familia, como él desea. Cuando veo que la velocidad baja por debajo de los quince, sé que no puedo consentir que esto suceda.

No cederé a la parte más vomitiva de mi ser, la que desea este futuro retorcido.

Otra curva en la carretera, faros aproximándose. Los latidos frenéticos del corazón se estabilizan y, al estirarme para abrocharme el cinturón, me invade una calma extraña. Dispongo de poco menos de un segundo para actuar, así que debo aprovecharlo.

Quito el pie del freno, cojo con firmeza el volante y, cuando un coche que viene en sentido contrario pasa como una exhalación, cegándonos a mí y a mis perseguidores, giro por completo el volante a la derecha y me meto en el carril contrario, dándole gas a fondo.

Salgo a toda velocidad, pasando al lado del SUV que me bloqueaba el paso. Casi puedo oír los insultos de mis perseguidores tras dejarlos cubiertos por una nube de polvo. El rugido gutural de los 8 cilindros de este flamante Mercedes me hacen ganar velocidad. El velocímetro alcanza los 100, 110, 120, 130...

Saltan más chispas cuando vuelvo a rozar el guardarraíl, pero esta vez no aminoro. Piso con firmeza el acelerador, solo haciendo las correcciones necesarias para no perder el control del coche.

«Es un videojuego», me digo. Un videojuego de carreras en el que conduzco por el lado equivocado de la carretera.

Una vez pasada la sorpresa de esa maniobra

precipitada, los perseguidores me pisan los talones, pero no tengo ninguna intención de ponérselo fácil. Cada vez que quieren acercarse, me muevo hacia el centro de la carretera y evito que se pongan a mi lado. Conduzco a toda velocidad, sin dejar de acelerar en las curvas más pronunciadas. Me ayuda imaginar que estoy en un videojuego, de pequeña siempre se me dieron bien.

Otro minuto en la carretera.

Dos.

Tres.

Lo lograré.

Saldré de esta.

Veo luces a lo lejos y el pulso se me acelera de nuevo.

Es la gasolinera. Tiene que serlo.

Mi plan es sencillo: frenar en seco ante la tienda, bajar del coche y entrar corriendo para pedir a gritos un teléfono. Con un poco de suerte, los hombres de Kent se sentirán demasiado cohibidos por las autoridades y no me cogerán en público, pero, si no la tuviera, habrá alguien, el empleado de la gasolinera u otros conductores, que verá lo que está pasando y llamará a la policía.

No es un gran plan, pero es lo que hay.

La gasolinera está más cerca cada segundo que pasa. Pese a ser de madrugada y a la desolación de la zona, me alivia que haya una tienda con suficiente luz y personas dentro, además de coches en el aparcamiento.

Solo espero que Kent no vaya a causarme

problemas en un lugar cercano a su casa. Como era de esperar, los SUV que me siguen aminoran la marcha y me dejan que me acerque a la gasolinera.

Una sensación de triunfo me recorre las venas mientras reduzco la velocidad y me preparo para ejecutar la maniobra de parar y echar a correr.

Estoy llegando.

Aunque me cojan antes de poder acceder a un teléfono, mi captura no pasará desapercibida.

Me hallo a unos cincuenta metros de la gasolinera y, entonces, ocurre.

Un perro sale disparado a la carretera.

Reacciono por instinto, giro de forma brusca, frenando a la vez y, mientras el coche da vueltas hacia el guardarraíl, tengo un último pensamiento ilógico.

Espero que Peter y sus hombres terminen el trabajo sin un rasguño.

—¡AHORA! —GRITO POR EL PINGANILLO. YAN ABRE fuego con el RPG mientras los guardaespaldas de Arslan conducen en manada a su jefe hasta el coche.

¡BUM!

Por un instante, el destello cegador del misil al explotar y el pitido en los oídos absorben todo lo demás. Entonces, lo veo.

Los guardaespaldas que sobreviven a la explosión se dispersan como cucarachas pero hay más que salen de sus garitas para hacer frente a la amenaza.

—¡Adelante! —le digo a Anton, que empieza a dispararles uno a uno de forma eficaz y letal con el rifle semiautomático de francotirador. Yo me sumo a él y, poco después, en el suelo hay varios cuerpos con una bala en la cabeza.

—A las dos en punto —dice Yan por el pinganillo. Noto que algo se mueve en el suelo. Un guardaespaldas está agachado tras un coche en llamas. Protege a un hombre rodeándole la espalda con el brazo.

Me puede la rabia al reconocerlo.

Es Deniz Arslan.

El objetivo sigue vivo.

Está ensangrentado y cubierto de mugre, pero puede andar, lo que significa que sus guardaespaldas son mejores de lo que suponíamos.

—¡Es Arslan! —rujo por el pinganillo. Cambio de posición y busco otro ángulo desde el que no me obstaculice la visión el coche en llamas.

Tengo que acabar con ese cabrón.

Hoy tiene que morir.

A lo lejos se oyen sirenas y más guardaespaldas salen corriendo por el patio de Arslan. Tenemos minutos, por no decir segundos, para completar la tarea.

Ignorando el ruido y los latidos del corazón en las sienes, me concentro para apretar el gatillo.

El escolta de Arslan cae, pero disparo una segunda vez y sus sesos van a parar encima del político.

—¡Joder!

Ya sea porque esté entrenado o porque todos los tontos tienen suerte, mi objetivo cae y rueda por el suelo.

Murmuro una blasfemia antes de disparar de nuevo

y oigo el repiqueteo del arma de Anton junto al de la mía.

Con una sonrisa de satisfacción, observo cómo dos de las balas de nuestras armas le atraviesan el cráneo a Arslan y le vuelan los sesos.

Se acabó.

El político corrupto está muerto.

—¡Ya están aquí! —grita Yan. Me incorporo de un salto cuando oigo el sonido de un helicóptero en la distancia.

Como era de esperar, vienen a por nosotros.

Anton y yo tardamos solo unos segundos en deslizarnos por el tejado del vecino y llegar hasta Yan al final de la calle. Solo nos separan unas cuantas manzanas de la valla de la urbanización y corremos con todas nuestras fuerzas mientras el lamento sonoro de las sirenas se oye más cerca. El helicóptero también está aproximándose a toda velocidad.

—¡Ilya, dime que no estás muerto! —le ordeno falto de aire mientras corro calle abajo.

—Listo y a la espera —contesta él—. Tíos, es mejor que os deis prisa. Esto pronto parecerá un manicomio.

Aprieto con fuerza los dientes, acelero y Yan y Anton hacen lo mismo. Un vehículo sale chirriando de la manzana anterior.

El resto de los guardaespaldas de Arslan nos está alcanzando.

A medida que corremos nos aproximamos a la valla de tres metros. Los guardias de seguridad de la urbanización, armados hasta los dientes, saltan a la calzada.

—¡Ahora!

Yan saca una granada y, sin dejar de correr, le quita la anilla con los dientes.

Los guardias de seguridad se dispersan cuando le ven lanzarla. Anton y yo sacamos nuestras pistolas y disparamos indiscriminadamente.

No tenemos que matarlos a todos, solo asustarlos para que nos despejen el camino.

Estamos al lado de la valla. Para subir, me agarro a la rama de un árbol y me impulso hacia arriba haciendo palanca. Estas situaciones son el motivo por el que entrenamos tan duro y la razón por la que hemos de ser más fuertes que la mayoría de los atletas. Mis músculos se tensan cuando me cuelgo de un brazo para alcanzar con el otro a Anton y atraerlo hacia mí. Tras escalar la cerca, tira de mí primero antes de estirarse a por Yan mientras cubro a ambos.

Yan lanza otra granada que explota con un ruido ensordecedor y espanta a los guardias de seguridad, mientras bajamos de la valla de un salto y salimos de nuevo a la carrera sin detenernos.

Hemos de llegar a nuestro punto de reunión.

Es la única forma de lograrlo.

Sobre nosotros crece el rugido del helicóptero y las sirenas de la policía son más audibles.

—¡Ahora, Ilya! —grito por el pinganillo. Un coche sale chirriando de una curva y se detiene para que subamos.

Nos alejamos de la urbanización de Arslan y tomamos un camino alternativo que lleva a un túnel. Cuando los ruidos de la persecución se desvanecen, cambiamos de vehículo y nos vamos directos al avión.

Lo logramos.

Nuestro objetivo está muerto, nadie ha salido herido.

Eufórico, llamo a Lucas nada más despegar.

—Ya está —le informo cuando contesta al teléfono—. Estamos volviendo, dile a Sara que se prepare. Pasaremos a recogerla antes de dar un pequeño rodeo hacia Nueva Zelanda.

Por un instante, no oigo más que silencio. Entonces, me dice con un tono grave:

—Peter... acerca de Sara... me temo que ha habido un accidente.

50

*P*eter

El corazón se me paraliza como un bloque de hielo y los pulmones me asfixian al oír las palabras de Lucas. ¿Sara? ¿Un accidente? No puede ser, es imposible.

Mi peor pesadilla hecha realidad.

Cuando Lucas habla, me cuenta algo de un coche y un perro, pero no le escucho. Me zumban levemente los oídos y solo puedo pensar en la única vez que alguien me dio esta clase de noticias por teléfono.

«El olor a muerte, las largas pestañas de Tamila chamuscadas por el fuego y pegadas por la sangre, la manita de Pasha, que envuelve un coche de juguete...». Se me nubla la visión. Desaparece toda noción del tiempo mientras la angustia me destroza por dentro.

«Examino un montón de cuerpos, acompañado por

el zumbido de las moscas, sabiendo que no estuve allí para salvarlos…».

Me cuesta respirar y siento que el horror me atenaza.

«Un accidente de coche. El cuerpo de Sara aplastado entre montones compactos de chatarra.»

Es demasiado dolor para poder soportarlo. No concibo que esté muerta, no me imagino que se haya apagado su chispa vital.

Algo rojo y cálido me resbala por el antebrazo. Apenas me doy cuenta de que estoy apretando con tanta fuerza el teléfono que me he arrancado una uña. Pero no siento dolor. Nada me afecta más que la agonía vacía que me surca el pecho.

No puedo perder a Sara.

No lo superaría.

— … quizás haya sufrido una conmoción cerebral, pero los doctores no creen que…

—¿Una conmoción cerebral? —digo aferrándome a esta palabra sin sentido. Tengo pensamientos vagos e imprecisos, paralizado por el desconcierto y el dolor que va en aumento—. ¿De qué estás hablando?

—Los doctores no creen que sea grave —contesta Lucas con un deje de exasperación en la voz—. ¿Me estás escuchando? Tiene un corte feo en la frente, pero se asegurarán de que no le quede ninguna cicatriz. Por supuesto, yo corro con todos los gastos, es lo mínimo que puedo hacer dadas las circunstancias.

—¿Una cicatriz? —Por un momento, no le entiendo. La desesperación que me envuelve es demasiado extrema, demasiado absoluta, pero entonces mis neuronas empiezan a reaccionar. Suelto el aire contenido tras largo tiempo y digo con sequedad—: ¿Está... viva?

—¿Qué? —pregunta Lucas, confundido—. Pues claro, ya te he dicho que tiene un hombro dislocado y una posible conmoción. ¿Está fallando la cobertura? Claro que Sara está viva. Se estrelló con el coche contra el guardarraíl, se abrió la cabeza y sufrió una lesión en el hombro. La llevamos a la clínica en Suiza, la que le gusta a Esguerra, ¿te acuerdas? Peter, ¿me estás escuchando?

Le escucho, pero no puedo decírselo. Tengo los músculos del cuello agarrotados por convulsiones espasmódicas, como el resto del cuerpo. El alivio que entonces lo recorre es igual de intenso que la metralla de una mina al explotar, igual de doloroso que la angustia que hace poco me ahogaba. No recuerdo haber llorado cuando perdí a mi hijo, pero ahora noto la agonía de la humedad en la cara, las lágrimas que me queman el corazón hecho pedazos.

No he perdido a Sara.

Está viva.

Herida en mi ausencia, pero viva.

—Peter, ¿me oyes? —La voz de Lucas sube de tono—. Joder, tío, ¿me escuchas?

—Voy de camino —respondo con sequedad. Cuelgo y le ordeno a Anton que cambie el rumbo hacia Suiza.

ENTRO Y SALGO DE LA NEBLINA OSCILANTE, A LA DERIVA, y mis sentidos alternan entre la consciencia aturdida y el vacío total. Cuando soy capaz de pensar con coherencia, me percato del dolor, pero también capto otros estímulos… quizás voces.

—¿Por qué lo has hecho? ¿No te das cuenta de lo que va a pasar cuando vuelva? Se suponía que la teníamos que mantener a salvo. —Es una voz masculina, áspera y enojada. Conozco al hombre al que pertenece la voz, pero el dolor palpitante en las sienes se vuelve insoportable cada vez que intento recordar cómo se llama.

—Fueron tus guardias los que la persiguieron. Podías haberla dejado escapar —le rebate una voz femenina. La mujer parece preocupada. Sé que su nombre es exótico y extranjero, pero tengo la mente demasiado nublada como para acordarme de él—. Estaba abusando de ella, Lucas…

«Sí, Lucas, eso es», recuerdo, aliviada. Lucas Kent, el traficante de armas que vive en Chipre.

—¿Abusando? Pero si besa el puto suelo que pisa. ¿No viste cómo la mira? —Kent parece a punto de matar a alguien—. Te lo he dicho, me ha llamado todos los días para preguntar por ella, para saber si comía, si dormía… si estaba contenta, joder. ¿Crees que un hombre que actúa así torturaría a esa mujer? Y ella me preguntaba por él. ¿Acaso una mujer que odia a su secuestrador se preocuparía por su seguridad?

—No, pero…

—¡Pero nada! Incluso si tratara de atormentarla cada noche, no es nuestro puto problema. Le estaba haciendo un favor. Tendremos suerte si no nos mete en su lista.

—Lucas, por favor. —La mujer de nombre exótico, ahora que me acuerdo, la esposa de Kent, la preciosa rubia, parece aún más preocupada—. Fue un maldito accidente, nada más. Lo entenderá. Déjame hablar con él, le explicaré lo que pasó…

—No. —La voz de Kent adquiere un tono sombrío y firme—. No quiero que sepa que estás implicada de alguna manera. Vas a volver a casa antes de que llegue. Y le voy a pedir a Esguerra varios guardias hasta que pueda contratar más por mi cuenta.

—¿Y tú? —pregunta la mujer de Kent y el tono

preocupado que utiliza intensifica el dolor nauseabundo de cabeza. Con una mueca, intento encontrar una posición más cómoda, pero tengo que reprimir un grito cuando la agonía se me extiende por el hombro izquierdo.

—Voy a quedarme aquí hasta que aterrice —contesta Kent mientras respiro de forma superficial para controlar la explosión de dolor. Quiero abrir los ojos, pero algo me lo impide y no me atrevo a mover los brazos de nuevo para descubrir qué es.

—¿Y si intenta matarte? —le rebate la mujer de Kent —. Si tienes razón y no te escucha…

—Tengo a varios de mis hombres conmigo y, además, estará preocupado por ella. —Siento que la atención se dirige hacia mí antes de que Kent diga—: Creo que la acabo de ver moverse. Se le debe estar pasando el efecto de los analgésicos. Llama a las enfermeras, rápido.

Oigo zancadas veloces y, un minuto después, vuelvo a flotar en un vacío nebuloso.

CUANDO SALGO A LA SUPERFICIE DE NUEVO, UNA SUAVE mano femenina me acaricia el pelo. Me gusta, sobre todo porque siento la cabeza como un globo lleno de cemento.

—Lo siento mucho, Sara —murmura la mujer y, en ese momento, recuerdo su nombre. Yulia, así se llama la esposa de Kent—. Tengo que irme, pero quiero que sepas lo mucho que lo lamento. Pensé que tenías más tiempo para escaparte, pero Lucas sospechó que intentaría ayudarte e instaló alarmas perimetrales adicionales. Lo siento muchísimo. Nunca quise que esto pasase. Espero que me creas.

Abro la boca para agradecérselo, pero acabo tosiendo, dolorida. Siento la garganta como un desierto árido y el globo pesado que tengo por cabeza me palpita con agonía. También parece que tengo algo en la cara que me impide abrir los ojos. ¿Será quizás una venda gruesa en la frente?

—Toma. Debes estar sedienta. —Una pajita me toca los labios y la atrapo con ellos, deseando absorber el líquido tibio.

—¿Qué ha ocurrido? ¿Dónde estoy? —grazno al acabarme el vaso de agua. Lo digo con voz grave y áspera, pero al menos puedo volver a hablar.

—Estás en una clínica privada en Suiza —explica Yulia con suavidad—. Tuviste un accidente de coche. ¿Te acuerdas?

Asiento y, de inmediato, me arrepiento de haberlo hecho.

—Sí —contesto con un jadeo cuando una oleada de dolor agonizante me sobreviene—. Se cruzó un perro y...

—Sí, exacto. —Parece aliviada. ¿Por la herida en la cabeza, quizás? Me pregunto lo grave que será y, luego, la tensión me presiona los pulmones cuando recuerdo algo mucho más importante.

Frenética, pregunto:

—¿Dónde está Peter? ¿Se ha…?

—Me temo que sí —responde Yulia y siento que el corazón se me rompe en mil pedazos al notar el arrepentimiento genuino en la voz—. Lo siento mucho —continúa con el mismo tono—. Viene para acá. No hay nada que puedas hacer.

Se me expanden los pulmones con un suspiro tembloroso.

—¿Quieres decir que… está bien? —pregunto con nerviosismo mientras un hormigueo me recorre las extremidades ante la violenta descarga de adrenalina—. ¿No está herido?

Se produce un momento de silencio. Luego, Yulia dice con lentitud:

—No. Sara, ¿me lo has preguntado porque tienes miedo de que no lo esté… o de que lo esté? —Ante mi falta de respuesta y confusión, me aclara—: ¿Sientes algo por ese hombre?

Me humedezco los labios agrietados, consciente de una sensación inoportuna de culpa. No quería mentirle a Yulia ni aprovecharme de su amabilidad, pero eso fue justo lo que hice cuando enfaticé los aspectos negativos de la relación tan compleja que tengo con Peter.

No solo he fracasado tratando de huir, sino que también la he metido en problemas. Sin embargo, lo peor es que, en secreto, me siento aliviada de haber fallado, agradecida por no haber sido capaz de alejarme de Peter y del futuro que quiero y temo a la vez.

—Es… complicado —respondo al final, imitando las palabras que pronunció aquel día.

Inhala con fuerza y se levanta.

—Ya veo.

—Yulia, espera —le suplico cuando oigo sus pasos, pero es demasiado tarde.

Se ha ido y, pronto, los medicamentos me reclaman de nuevo.

«Un hombro dislocado y una brecha en la frente».

Si pensara de forma lógica, sabría que ninguna de esas heridas es mortal, pero cuando veo a Sara en la cama del hospital, con la cara pálida, amoratada y una venda cubriéndole la mitad de esta, el miedo y la rabia me arden en el pecho, desafiando cualquier rastro de racionalidad.

El vuelo de cuatro horas hasta Suiza ha sido uno de los más largos de mi vida. Cuando cambiamos el rumbo, llamé a Lucas de nuevo para pedirle más detalles y explicaciones. Aunque él ha insistido en asegurarme que Sara está estable y que la están tratando los mejores doctores de Europa, no le he creído hasta que la he visto.

El destino nunca ha estado de mi parte.

Me siento en el borde de la cama y, con cuidado, le sujeto la mano con las mías, sintiendo la calidez frágil de su piel y la delicadeza de esos huesos delgados. Me tiemblan las manos porque las emociones son demasiado extremas para poder controlarlas.

«Un perro».

Ha estado a punto de morir por un puto perro.

Se me vuelve a romper el corazón por la mitad con un dolor tan intenso como el que he sentido cuando pensaba que estaba muerta. Si el quitamiedos no hubiera sido tan sólido, si el coche no hubiera tenido airbags, si el vidrio de la ventana que le hizo un corte en la frente se le hubiera clavado en el ojo… Me estremezco al imaginarme todas las formas crueles en las que podía haber muerto y los problemas incapacitantes que podría haber sufrido.

Y todo es culpa mía.

No puedo esconderme de la crudeza de esta realidad, no puedo deshacerme del remordimiento asfixiante.

Yo no estaba allí y Sara se escapó.

Robó un coche y se apresuró hacia la libertad, tan desesperada por huir de mí que no le importó vivir o morir.

La ira que me hierve en el pecho está solo en parte dirigida hacia Lucas. Pagará esta negligencia, por supuesto, pero no puedo fingir que es suya la mayor parte de la culpa.

Esa solo me pertenece a mí.

Ha sido mi necesidad egoísta de tenerla, de enjaularla y poseerla lo que ha llevado a Sara a correr ese riesgo. He estado a punto de matar a la mujer a la que amo y no sé cómo repararlo.

No sé, ni siquiera ahora, si puedo dejarla marchar.

Se le abren los labios hinchados con una exhalación leve y caigo de rodillas en el suelo antes de presionarle con los ojos cerrados el dorso de la mano contra la mejilla áspera por la barba incipiente. Tiene la piel muy suave y los dedos muy pequeños comparados con los míos. Se me encoge el pecho, angustiado. Siento como si me estuviera asfixiando, ahogándome por la añoranza y la desesperación. ¿Por qué no me quiere? ¿Por qué no puede aceptar que estamos hechos el uno para el otro? Hubo veces en las que pensé que sí lo hacía, cuando creía que se estaba acercando a mí.

Y quizás fuera así. Quizás sigue siendo así. El monstruo de mi interior gruñe para exigirme que la abrace, que me quede con ella sin importar lo que eso conlleve… sin importar lo que acabe ocurriéndole. Con el tiempo, entrará en razón, entenderá que nuestro destino es estar juntos, que, si me da una oportunidad, puedo hacerla feliz… a ella y al niño que anhelo con tantas ganas.

Un gemido débil me saca de esos pensamientos y abro los ojos para encontrarme a Sara moviendo los labios.

—¿Peter? —murmura y una supernova me explota en el pecho. Hace falta una sola palabra para que mi mundo se vuelva mil grados más cálido, un millón de vatios más brillante. Toda la pena y el dolor desaparecen y la oscuridad huye en lugar de absorberme el alma.

—Sí, *ptichka* —contesto con voz grave antes de presionarle la mano contra los labios—. Estoy aquí.

Se le crispan los dedos delgados cuando los beso uno a uno.

—¿Has…? ¿Ha ido todo bien? —pregunta, aturdida por los analgésicos—. ¿Hay alguien herido?

Una oleada de agonía me inunda el pecho.

—No, cariño. Solo tú.

—Eso está bien. —Se le curvan los labios en una sonrisa pequeña de felicidad—. Me alegro.

Cojo aire, tenso, y la culpa y la angustia me vuelven a sobrepasar. De alguna manera, sería más fácil si Sara me odiara, si solo sintiera rencor y miedo. Entonces, podría alejarme, intentar disminuir mi obsesión para dejarla vivir su vida mientras volvía a la mía, fría y vacía. Pero Sara no me odia, es más complicado que eso.

Me necesita. Me lo ha confesado.

—¿Por qué te escapaste? —le pregunto enfadado, observando los moretones de la mandíbula—. ¿Por lo que dije sobre los condones? ¿Tanto temes tener un hijo conmigo?

Tengo que entender qué le impulsó a hacerlo.

Tengo que saber si hay alguna esperanza para nosotros.

Curva los dedos bajo los míos.

—Yo… Sí. Quiero decir, no. No lo sé. No es lo que

quiero, pero quizás... —Se va apagando, aún bajo el efecto de los analgésicos.

—¿Pero quizás? —la presiono con el corazón latiendo de forma dolorosa en el pecho.

—Pero quizás en otra vida, sí. —La voz se le convierte en un murmullo, en un susurro entrecortado —. En otro mundo, en el que hubiera nacido para ser tuya, sería diferente. No serías un asesino a la fuga... No me hubieras secuestrado después de matar a George. Serías mi marido y yo, tu esposa querida. Incluso podríamos tener un perro en el jardín... Iríamos al parque con los niños y celebraríamos los cumpleaños de mis padres... Tendríamos amigos y haríamos barbacoas con música... y me querrías, me querrías de verdad... me querrías tanto que no me separarías de mi vida.

Cierro los ojos con fuerza mientras las palabras me retuercen las entrañas como la espada de un asesino. Esta confesión suscitada por los fármacos no debería dolerme; debería alegrarme que quiera todo eso conmigo. Pero solo puedo pensar en que nunca la tendré de verdad, nunca podré darle la vida que quiere. Incluso si consiguiera que formásemos una familia, incluso si se sintiera más cerca de mí con los años, el pasado siempre se interpondría entre nosotros como un abismo y el estilo de vida de fugitivo siempre sería una fuente de conflictos y estrés. No habría barbacoas ni jardines en nuestro futuro, ni perros ni niños que jugaran en el patio.

Querría a nuestro hijo, pero no sería feliz.

Podría darle todo lo que tengo y no sería suficiente.

Un monitor suelta un pitido cuando se acompasa la respiración de Sara y, al abrir los ojos, me la encuentro dormida de nuevo gracias a los analgésicos que le ayudan a descansar y a curarse.

Respiro superficialmente y un peso increíble me comprime los pulmones, anhelantes de aire.

Debería levantarme, informar a mis hombres de las novedades y enviarlos tras Henderson, pero no consigo moverme.

No puedo hacer nada, excepto arrodillarme junto a la cama de Sara mientras le sujeto la mano a la vez que un vacío oscuro entra en mi interior.

S*ara*

CUANDO ME DESPIERTO DE NUEVO, ESTA VEZ SIN LA venda gruesa que me tapaba los ojos, Peter está aquí, sentado en una silla, al lado de la cama, con el ordenador sobre el regazo. Parece agotado, más cansado de lo que lo he visto nunca. Tiene una sombra oscura en torno a los ojos inyectados en sangre y las mejillas cubiertas por la barba incipiente, hundidas como si hubiera perdido peso. Está trabajando con el portátil, pero, en cuanto me remuevo, fija la mirada en la mía como un imán sobre el metal.

—Estás despierta —dice con voz áspera mientras deja el ordenador a un lado y se levanta—. ¿Qué tal te encuentras, *ptichka*? ¿Necesitas algo? Toma, bebe un poco de agua. —Coge una taza con una pajita de la mesilla que hay al lado de la cama, se inclina sobre mí y me ayuda a incorporarme antes de colocarme la pajita contra los labios.

Aunque me siento un poco aturdida por los fármacos, absorbo la mayor parte del agua, agradecida.

—¿Cuánto tiempo he estado sedada? —pregunto con un graznido cuando aparta la taza.

Incluso después de beber, siento la garganta como si me la hubieran raspado con papel de lija y tengo la boca tan seca que la lengua se me aferra a las mejillas.

—Tres días —responde Peter, sentándose en el borde de la cama—. Los doctores dijeron que así te curarías más rápido.

Paso la lengua por los labios agrietados y advierto una hinchazón dolorosa en uno de los lados. Ahora que estoy más despierta, me doy cuenta de que sigo teniendo una venda en la frente porque puedo notar la presión sobre las cejas y siento el hombro dolorido y rígido.

—¿Estoy muy mal? —pregunto antes de hacer una mueca al intentar moverme.

Peter aprieta la mandíbula.

—Un fragmento de vidrio te hizo un corte profundo en la frente y te has dislocado el hombro izquierdo. Por suerte, llevabas puesto el cinturón y el airbag absorbió la mayor parte del impacto de la colisión. Además, tienes moretones por todo el cuerpo, incluso en la cara —contesta con voz áspera y se le tensa el rostro por el dolor.

Pestañeo para alejar la oleada repentina de lágrimas

y, con cuidado, levanto la mano derecha para tocar la venda que me cubre la frente. Quizás debería preocuparme por si me deja una cicatriz muy grande, pero solo me puedo centrar en la angustia reflejada en la mirada plateada de Peter.

He hecho daño a este hombre letal e indómito.

Le he hecho daño cuando ya estaba demasiado herido, cuando lo único que había conocido era sufrimiento.

—No te quedará señal —dice con brusquedad tras seguir el movimiento de la mano—. Aquí trabajan los mejores cirujanos plásticos y pueden arreglarlo. Te lo prometo, mi amor… Voy a solucionarlo.

Lo miro fijamente con los ojos ardiendo por un ataque emocional. Quizás sean las secuelas de los analgésicos, pero no soporto el dolor en su mirada, no aguanto saber que le he hecho daño. Porque no importa lo que me diga a mí misma, estoy muy contenta de verle, tan aliviada porque no haya muerto que quiero dejarme caer de rodillas y llorar.

Si ahora mismo tuviera que elegir entre él y la libertad, lo dejaría todo para tenerle en mi vida.

Llaman a la puerta antes de que dos enfermeras entren en la habitación y contengo un suspiro irregular cuando Peter se pone de pie.

—¡Espera! —Ignorando una oleada de dolor vertiginoso, me siento y le agarro de la muñeca tatuada —. Quédate conmigo… Por favor, Peter, quédate.

De inmediato, se sienta y me cubre la mano con su enorme palma.

—Claro. —Utiliza un tono profundo y suave, tan cálido como la llama oscura en la mirada—. Lo que desees, mi amor.

Se queda conmigo mientras las enfermeras me cambian el vendaje de la cabeza y, cuando intentan que se marche al comentarle que necesito descansar, le suplico que se quede y me abrace. Sé que no tiene sentido, pero ya he dejado de lado todo empeño por seguir la lógica y la razón. Volveré a tratar de escaparme (sobre todo porque se lo debo a mi futuro hijo y a mis padres), pero ahora mismo necesito a Peter conmigo.

Quiero arrastrarme hasta sus brazos y no irme nunca.

Permanece conmigo el resto del día y la noche siguiente, abrazándome desde atrás con cuidado mientras duermo. Por la mañana, cuando me despierto, ahuyento a las enfermeras y Peter me ayuda a ducharme antes de colocarme sobre el regazo para ver la televisión.

Me aferro a él durante los dos días siguientes, incapaz de dejarlo marchar, y me lo permite, aunque pensará que es raro. Hay demasiadas cosas que no nos hemos dicho, tanto sin resolver, pero lo único que me interesa en este momento es tenerlo.

Es mío para quererlo y odiarlo, nada más importa.

~

POR DESGRACIA, ME CURO CON LENTITUD. NECESITO pasar por otra operación para reducir la cicatriz y me sigue doliendo el hombro con cada movimiento. Sin embargo, después de una semana más en la clínica, me niego a quedarme en la habitación todo el día y Peter está a punto de matar al médico que me deja levantarme y caminar por el pasillo sin supervisión.

O, al menos, sin su supervisión.

No soy la única que se comporta de modo irracional desde el accidente. Por lo que me han dicho las enfermeras, Peter no me ha perdido de vista durante más de unos minutos desde que llegó a la clínica. Intenta incluso acompañarme al baño con el pretexto de que los analgésicos me dejan mareada. Cuando me niego en redondo, insiste en que al menos haya una enfermera presente para que le informe de inmediato si algo va mal. Tiene que entender que este nivel de preocupación roza la locura, pero, igual que yo, no parece poder contenerse.

—Necesito saber que estás bien. Tengo que verte y tocarte todo el tiempo —me explica con aire sombrío cuando le aseguro que me siento mejor y que no pasa nada si se marcha durante una hora a una reunión de negocios con sus hombres.

—Estás perdiendo la cabeza —le dijo Anton ayer delante de mí cuando Peter pospuso una llamada importante con un cliente potencial porque quería estar mientras me cambiaban la venda—. Sara tiene ocho enfermeras y, al menos, cuatro doctores para cuidarla. ¿De verdad piensas que necesita que estés presente?

Yo creo que sí, pero permanezco en silencio para no añadir más fuego a esta locura mutua. Estoy bastante segura de que Peter no ha abandonado las obligaciones con el equipo porque, cada vez que me despierto, lo encuentro con el portátil o hablando de negocios con sus hombres, pero las enfermeras me han dicho que todas las reuniones de los rusos se han realizado en la habitación de al lado mientras dormía y que Peter venía a ver cómo estaba cada diez minutos.

—Su marido la adora —dice con entusiasmo una joven enfermera alemana cuando Peter la deja a cargo para vigilarme mientras se da una ducha—. Ojalá mi prometido estuviera tan loco por mí.

Estoy tentada a sacarle de su error, a decirle que Peter me ha secuestrado, que no es mi marido, pero no consigo convencerme de romper su burbuja. De todas formas, no haría ningún bien. A los doctores y al personal de enfermería de la clínica les pagan mucho dinero para que sean discretos porque nadie con quien haya hablado hasta ahora ha querido llamar a las autoridades de mi parte. Tampoco me he esforzado mucho en persuadirlos. No solo sufro una enfermedad que me incapacita para alejarme de mi captor, sino que también me siento fatal por haber dejado a Yulia con el agua al cuello.

Espero con desesperación que Peter no añada ni a ella ni a Lucas a su lista.

Me planteo hablar con él sobre eso, explicarle que

no tuvieron la culpa del accidente, pero, cada vez que los hombres de Peter comentan algo sobre Chipre o los Kent, les dedica una mirada severa y peligrosa, por lo que no me atrevo a presionarle con ese tema. Por el momento, Peter parece estar solo centrado en mi salud y quiero que siga así todo el tiempo posible.

En general, no hemos hablado de mi intento de huida ni de los acontecimientos que le precedieron. Ninguno puede soportar mencionarlo. No sé si Peter sigue queriendo obligarme a tener un hijo ni si él mismo lo sabe. En cualquier caso, no me ha tocado, al menos en el aspecto sexual.

Al principio, me sentí agradecida porque no estaba en condiciones de practicar sexo durante esos primeros días, pero ahora que me siento mejor, comienzo a reflexionar sobre el tema. Mi captor aún me desea, siento la erección cuando me abraza. Pero no hace nada al respecto, ni siquiera me besa en los labios. Incluso después de aclararlo de manera explícita con los doctores, se contiene y sé que es porque se culpa por la colisión. Quizás no hayamos hablado sobre lo que ocurrió, pero se interpone entre los dos y mis heridas son un recuerdo contante de lo que sucedió aquella noche. Veo la tortura en los ojos cuando observa los moretones descoloridos y la misma culpa angustiosa que me consumía después del accidente de George.

Quizás lo que pasó nos esté uniendo, pero está destrozando a Peter.

*Peter*

DESPUÉS DE DIEZ DÍAS EN LA CLÍNICA, SARA INSISTE EN dar un paseo ella sola y se lo permito, aunque Yan piratea las cámaras del pasillo para poder verla desde el portátil mientras lo hace.

Estoy tan pendiente de Sara que todo lo demás me sobra, incluidas mis ganas de venganza. Conseguí enviar a mi equipo a Nueva Zelanda unas horas después de llegar a la clínica. Sin embargo, como era de prever, cuando llegaron, Henderson ya se había percatado del error de su esposa y había vuelto a desaparecer. Lo normal es que eso me hubiera irritado, pero no encontré energía suficiente para enfadarme. Sigo sin tenerla. Incluso Lucas, que, prudente, volvió a casa en cuanto llegué a la clínica, no está dentro de mi radar por la negligencia que cometió con Sara. Aún tengo intenciones de hacérsela pagar, pero, por ahora, lo único que me importa es que esté viva y se esté recuperando.

La observo a todas horas, por el día y por la noche. Ha llegado un punto en el que apenas como o duermo. No sé qué hacer, cómo apagar este miedo obsesivo por su seguridad. Cada vez que cierro los ojos, sueño con Lucas diciéndome que está herida, pero, cuando llego al hospital, me doy cuenta de que me ha mentido porque está muerta.

Es mi nueva pesadilla y no consigo quitármela de la cabeza, igual que no puedo convencerme de dejar que Sara vuelva a su casa.

Es lo que debería hacer, lo sé. Quedarme con ella la destrozará. Lo veo tan claro como los puntos que tiene en la frente. Aunque hubo momentos en los que parecía contenta cuando estábamos en Japón, en el fondo estaba rota y mutilada. La separación de su familia y la pérdida del trabajo son heridas que nunca sanarán del todo. Incluso ahora, en la clínica, intenta ayudar a los doctores con los otros pacientes, cuando no les está pidiendo que llamen al FBI, claro.

Mi pequeño pajarito no desespera en sus intentos de huida y temo que nunca lo hará.

Las llamadas telefónicas a sus padres tampoco ayudan. Le he dejado que hable con ellos todos los días de la semana, pero eso solo parece empeorar las cosas. Ya han pasado cinco meses desde que Sara desapareció y, a pesar de que intenta asegurarles lo contrario, la familia está convencida de que está retenida contra su voluntad.

—¿Por qué no vuelves a casa? —oigo que le pregunta su madre con frustración en una de esas conversaciones—. Si solo estás viajando con ese hombre, no deberías tener problemas para venir a visitarnos. Sabes que ya te han sustituido en el hospital, ¿verdad? Tanto tu padre como yo les suplicamos y les pedimos que esperaran, pero estaban hasta arriba. Y tu amiga Marsha nos ha estado llamando todas las semanas para preguntar por ti. ¿Por qué no la has llamado? A ella o a cualquiera del hospital. Están todos preocupados por ti, cariño, igual que nosotros. Y el corazón de tu padre... —Se detiene, aunque no lo bastante rápido como para que Sara no palidezca debajo de esos moretones.

—¿Qué ocurre con el corazón de papá? —Su tono denota pánico—. Por favor, mamá, ¿qué le pasa al corazón de papá?

—Bueno, ya no es un jovenzuelo, igual que yo —contesta Lorna Weisman y oigo que Sara suspira aliviada cuando se da cuenta de que su madre no se refería a nada en concreto. Los piratas informáticos han estado revisando el historial médico de los Weisman y se lo habría contado a Sara si hubiera habido algún cambio. Aun así, sé que está asustada. Es uno de sus mayores miedos: que algo les ocurra mientras ella no está allí... que no sea capaz de ayudar a las personas a las que más quiere porque es mi prisionera al otro lado del mundo.

—Por favor, mamá, no lo menciones siquiera —contesta, fingiendo alegría—. Estoy bien e iré pronto a visitaros.

—¿Cuándo? Danos una fecha.

Sara me lanza una mirada.

—No puedo. Aún no.

—¿Por qué no? ¿Porque no te lo permite?

—No, mamá, ya te lo he explicado. Todo ha sido un enorme malentendido con el FBI y, hasta que no se aclare, Peter no puede...

—Gilipolleces —le interrumpe su padre, que debe estar escuchando a través del altavoz—. No puede, pero tú seguro que sí... y deberías. Si no te ha secuestrado, entonces vuelve a casa. Aléjate de ese criminal. ¿Sabes que piensan que ha matado a varias personas? No nos cuentan nada, claro, pero los hemos oído hablar y...

—Papá, me tengo que ir. Lo siento. Hablamos pronto, ¿vale? ¡Os quiero!

Sara cuelga antes de que su padre pueda decir una palabra más y, aunque mantiene una expresión contenida y neutra, sé que está al borde del llanto. Con lentitud, camino hacia la cama y, tras asegurarme de que no le presiono el hombro dolorido, la coloco sobre el regazo.

La abrazo mientras llora y noto cómo aumenta mi propia desesperación al percatarme de que algo tiene que cambiar.

No puedo dejarla ir, pero tampoco puede permanecer conmigo.

LO QUE EMPEORA EL DILEMA ES QUE, DESDE EL accidente, algo ha cambiado entre nosotros. Lo noto y eso acaba con los impulsos más nobles cada vez que aparecen. Lo que siempre he querido, que Sara comparta lo que siento, parece, por fin, estar a mi alcance. La manera en la que se aferra a mí y la forma en la que me mira estos días añaden leña al fuego de mi necesidad compulsiva por mantenerla cerca, por abrazarla con fuerza y que nunca sea libre.

Quiero que permanezca en una jaula de oro durante toda la eternidad para asegurarme de que está a salvo.

Quiero protegerla de todo, incluidas mis propias necesidades perversas.

—Los doctores dicen que no pasa nada, ¿sabes? —murmura una noche mientras extiende bajo la manta la mano delgada para envolverme la polla anhelante con ella—. Déjame…

—No. —Gimo angustiado mientras le aparto la mano con cuidado, aunque cada célula del cuerpo llora la pérdida de ese contacto tan deseado—. Esta noche no, *ptichka*. Aún no estás bien.

Quizás los doctores le hayan permitido realizar cierta actividad sexual de poca intensidad, pero me conozco y la magnitud de esta lujuria que Sara me provoca me aterra. La necesidad es demasiado violenta, demasiado incontrolable. No puedo arriesgarme a tocarla antes de que se recupere del todo, por lo que me obligo a esperar hasta que se mejore.

Hasta que supere esta indecisión intensa y descubra qué hacer.

AL FINAL DE LA SEGUNDA SEMANA, A SARA SE LE CAEN los puntos y los doctores nos dicen sin rodeos que no hay razones para permanecer en la clínica. Uno incluso se atreve a señalar que, en un hospital normal, le hubieran dado el alta después de la primera noche. Me importa una mierda su opinión, por supuesto, pero la de Sara es otra historia.

Está harta de permanecer en la clínica y preparada para trasladarse a cualquier sitio, incluso a nuestra casa en Japón.

—Por favor, Peter, ya basta. Estoy muy bien —insiste y, al final, cedo y le digo a Anton que prepare el avión para mañana por la mañana.

—Ya era hora, joder —murmura en tono sombrío—. Creíamos que habías decidido jubilarte y venirte a vivir aquí.

Contengo las ganas de ladrarle porque tiene razón. Desde el accidente de Sara, he puesto todo en pausa y he ignorado las ofertas de trabajo que nos han llegado a raudales. Nuestra fama en los bajos fondos se ha extendido y tendríamos que sacarle partido.

Varios trabajos más como los de Turquía y mi equipo y yo podríamos jubilarnos de verdad.

Tendríamos bastante como para evadir a las autoridades de por vida.

Cuando me levanto para revisar el correo electrónico es casi de noche. Como de costumbre, la bandeja de entrada está a rebosar con mensajes de clientes tanto actuales como futuros. Con algunas de las ofertas, me entran ganas de reír (por ejemplo, quinientos mil dólares por eliminar a un mafioso de la zona o un millón de euros por deshacernos de alguien relacionado con un tío rico), pero la mayoría valdría la pena considerarlas.

Casi he terminado de leer los mensajes cuando me llega un correo nuevo. Lo abro y lo observo asombrado por la cantidad que nos ofrecen.

Cien millones de euros.

Cuatro veces más del pago más lucrativo que hemos recibido hasta la fecha.

Es de Danilo Novak, el traficante de armas serbio que está entrometiéndose en los negocios de Kent y Esguerra. Y, si la cantidad no fuera suficiente como para intrigarme, el nombre del objetivo lo es, definitivamente.

Novak quiere que elimine a Julian Esguerra, mi antiguo jefe, el hombre que prometió matarme por haberle salvado la vida tras poner en peligro la de su mujer.

Atónito, vuelvo a revisar el correo, con la mente trabajando a toda velocidad al pensar en lo que eso implicaría. Entre líneas, leo que Novak parece tener algunos activos en juego que reducirían la dificultad del golpe de imposible a increíblemente peligroso. En cualquier caso, si lo aceptáramos, Esguerra sería nuestro mayor desafío hasta la fecha.

Sentado ahí, mirando a la pantalla del ordenador, se me ocurre otra idea, una igual de peligrosa y muchísimo más tentadora.

Si gestiono bien la situación, este trabajo podría ser la respuesta a todo.

Podría quedarme con Sara y darle la vida que quiere.

¡Gracias por leer! Si quieres dejar tu valoración, te lo agradeceré muchísimo.

La historia de Peter y Sara continúa en *Mi destino*.

Si quieres que te avise cuando se publique el próximo libro, no dudes en visitar mi página web www. annazaires.com/series/espanol/ y apuntarte a la newsletter.

Y ahora, por favor, pasa la página para leer unos fragmentos de *Secuestrada* y *Contactos Peligrosos*.

EXTRACTO DE SECUESTRADA

**Nota del autor**: *Secuestrada* es una trilogía erótica oscura sobre Nora y Julian Esguerra. Los tres libros se encuentran ya disponibles.

**Me secuestró. Me llevó a una isla privada.**

Nunca pensé que pudiera pasarme algo así. Nunca imaginé que ese encuentro fortuito en la víspera de mi decimoctavo cumpleaños pudiera cambiarme la vida de una forma tan drástica.

Ahora le pertenezco. A Julian. Un hombre que tan despiadado como atractivo, un hombre cuyo simple roce enciende la chispa de mi deseo. Un hombre cuya ternura encuentro más desgarradora que su crueldad.

Mi secuestrador es un enigma. No sé quién es o por qué me raptó. Hay cierta oscuridad en su interior, una oscuridad que me asusta al mismo tiempo que me atrae.

Me llamo Nora Leston, y esta es mi historia.

Tengo diecisiete años cuando lo conozco.

Diecisiete años y estoy loca por Jake.

—Nora, vamos, me aburro —dice Leah, sentada conmigo en las gradas viendo el partido. Fútbol americano. No sé nada de fútbol, pero finjo que me encanta porque es donde puedo verlo. Allí, en ese campo, mientras entrena cada día.

No soy la única chica que mira a Jake, claro. Es el quarterback y el más buenorro del mundo... o por lo menos de Oak Lawn, un barrio residencial de Chicago, Illinois.

—No es aburrido —le digo—. El fútbol es divertidísimo.

Leah pone los ojos en blanco.

—Ya, ya. Anda y ve a hablar con él. No eres tímida. ¿Por qué no haces que se fije en ti?

Me encojo de hombros. Jake y yo no nos movemos en los mismos círculos. Las animadoras se le pegan como lapas y llevo observándolo bastante tiempo para saber que le van las rubias altas y no las morenas bajitas.

Además, por ahora es divertido disfrutar de esta atracción. Sé qué nombre tiene este sentimiento: lujuria. Hormonas, así de simple. No sé si me gustará Jake como persona, pero me encanta como está sin camiseta. Cuando pasa por mi lado, noto que se me acelera el corazón de la alegría. Siento calor en mi interior y me entran ganas de removerme en el asiento.

También sueño con él. Son sueños sensuales y eróticos donde me coge la mano, me acaricia la cara y me besa. Nuestros cuerpos se tocan, se frotan el uno contra el otro. Nos desvestimos.

Trato de imaginar cómo sería el sexo con Jake.

El año pasado, cuando salía con Rob, casi llegamos hasta el final, pero entonces descubrí que se había acostado, borracho, con otra chica en una fiesta. Acabó arrastrándose cuando me enfrenté a él, pero ya no podía fiarme y rompimos. Ahora me ando con mucho más ojo con los chicos con los que salgo, aunque sé que no todos son como Rob.

Pero puede que Jake sí lo sea. Es demasiado popular para no ser un mujeriego. Aun así, si hay alguien con quien me gustaría hacerlo por primera vez, ese es Jake, sin duda alguna.

—Salgamos esta noche —dice Leah—. Noche de chicas. Podemos ir a Chicago a celebrar tu cumpleaños.

—Mi cumpleaños no es hasta la semana que viene —le recuerdo, aunque sé que tiene la fecha marcada en el calendario.

—¿Y qué? Podemos adelantar la celebración.

Sonrío. Siempre está a punto para la fiesta.

—No sé. ¿Y si vuelven a echarnos? Esos carnets no son muy buenos…

—Iremos a otro sitio. No tiene por qué ser el Aristotle.

El Aristotle es el club más molón de la ciudad. Pero Leah tenía razón… había otros.

—De acuerdo —digo—. Hagámoslo. Adelantemos la fiesta.

~

Leah me recoge a las nueve.

Va vestida para salir de fiesta: unos vaqueros ceñidos oscuros, un top brillante sin tirantes de color negro y botas de tacón hasta las rodillas. Lleva la melena rubia completamente lisa y suave, que le cae por la espalda como una cascada radiante.

Sin embargo, yo aún llevo puestas las zapatillas de deporte. Tengo los zapatos de tacón dentro de la mochila que dejaré en el coche de Leah. Un jersey grueso esconde el top sexi que llevo. No me he maquillado y llevo la melena castaña recogida en una coleta.

Salgo de casa así para no levantar sospechas. Digo a mis padres que me voy con Leah a casa de una amiga. Mi madre sonríe y me dice que me lo pase bien.

Ahora que casi tengo dieciocho años, no tengo toque de queda. Bueno, quizá sí, pero no es oficial. Siempre y cuando llegue a casa antes de que mis padres empiecen a preocuparse, o por lo menos les diga dónde voy a estar, no pasa nada.

Cuando subo al coche de Leah empiezo a transformarme.

Me quito el jersey, que revela el ajustado top que llevo debajo. Me he puesto un sujetador con relleno para aprovechar al máximo mis encantos, algo pequeños. Los tirantes del sujetador están diseñados inteligentemente para ser bonitos, así que no me da vergüenza que se me vean. No tengo unas botas tan llamativas como las de Leah, pero he conseguido sacar a hurtadillas mi mejor par de zapatos negros de tacón. Me añaden unos diez centímetros de altura. Y como necesito hasta el último centímetro, me los pongo.

Después, saco mi neceser de maquillaje y bajo el visor para mirarme al espejo.

Unos rasgos familiares me devuelven la mirada. Mis ojos grandes y marrones y las cejas negras y muy definidas dominan mi pequeño rostro. Rob me dijo una vez que parecía exótica, y sí, algo así es. Aunque solo tengo una cuarta parte de latina, siempre estoy algo bronceada y mis pestañas son más largas de lo normal. Leah dice que son postizas, pero son auténticas.

No tengo ningún problema con mi aspecto, aunque a veces me gustaría ser más alta. Es por los genes mexicanos. Mi abuela era bajita y yo también lo soy, aunque mis padres tienen una altura normal. Y no me preocupa, lo que pasa es que a Jake le gustan las altas. Creo que ni siquiera me ve en el pasillo porque estoy por debajo del nivel de su vista.

Suspiro, me pongo brillo de labios y sombra de ojos. No me paso con el maquillaje porque a mí me funciona más lo sencillo.

Leah sube el volumen de la radio y las nuevas canciones pop llenan el coche. Sonrío y empiezo a cantar con Rihanna. Leah se une y ahora las dos estamos cantando a voz en grito la de S&M.

Sin casi darme cuenta, ya hemos llegado al grupo.

Nos acercamos como si fuéramos las reinas del mambo. Leah sonríe al portero y le enseñamos nuestros carnets. Nos dejan pasar, sin problemas.

Nunca habíamos estado antes en este club. Está en una parte del centro de Chicago más vieja y deteriorada.

—¿Cómo descubriste este sitio? —grito a Leah para que me oiga por encima de la música.

—Me lo dijo Ralph —grita ella y yo pongo los ojos en blanco.

Ralph es el exnovio de mi amiga. Rompieron cuando él empezó a comportarse de forma extraña, pero, por algún motivo, siguen en contacto. Creo que ahora él está metido en las drogas o algo así. No lo sé seguro y Leah no me lo quiere contar por lealtad a él. Es un tío muy turbio, y que estemos aquí porque nos lo haya recomendado él no me tranquiliza en absoluto.

Pero, bueno, da igual. La zona de fuera no es lo mejor, pero la música es buena y me gusta la gente variada que hay.

Estamos aquí para pasárnoslo bien y eso es exactamente lo que hacemos durante la hora siguiente.

Leah consigue que un par de tíos nos inviten a unos chupitos. No nos tomamos más de una copa. Leah porque tiene que llevar el coche y yo porque no metabolizo bien el alcohol. Puede que seamos jóvenes, pero no somos tontas.

Después de los chupitos, bailamos. Los dos chicos que nos han invitado bailan con nosotras, pero poco a poco nos vamos alejando de ellos. Tampoco son tan monos. Leah encuentra a unos buenorros de edad universitaria y nos ponemos a su lado. Entabla conversación con uno y yo sonrío al verla en acción. Se le da muy bien esto del flirteo.

En esas que la vejiga me dice que tengo que ir al baño. Así que los dejo y allá que voy.

Ya de vuelta, pido al camarero un vaso de agua. Después de bailar me ha entrado sed.

El chico me lo da y me lo bebo de un trago. Cuando termino, dejo el vaso en la barra y levanto la vista.

Me topo con un par de ojos azules y penetrantes.

Está sentado al otro lado de la barra, a unos tres metros de mí. Y me está mirando.

Le devuelvo la mirada, no puedo evitarlo. Es el hombre más guapo que haya visto en mi vida.

Tiene el pelo oscuro y un poco rizado. Su rostro es de facciones duras y masculinas, con rasgos simétricos. Tiene las cejas rectas y oscuras por encima de los ojos, que son increíblemente claros. Y una boca que podría pertenecer a un ángel caído.

De repente me acaloro al imaginar esa boca rozando mi piel y mis labios. Si fuera propensa a ponerme roja, ahora mismo me habría puesto como un tomate.

Él se levanta y camina hacia mí sin dejar de mirarme. Anda sin prisa, tranquilo. Se lo ve muy seguro de sí mismo. ¿Y por qué no iba a estarlo? Es muy guapo y lo sabe.

Al acercarse, me doy cuenta de que es grande. Es alto y fornido. No sé qué edad tiene, pero supongo que se acerca más a los treinta que a los veinte. Es un hombre, no un chiquillo.

Se coloca a mi lado y tengo que acordarme de respirar.

—¿Cómo te llamas? —pregunta en una voz baja, pero audible por encima de la música. Oigo su tono profundo a pesar de este entorno tan ruidoso.

—Nora —respondo con voz queda, mirándolo. Me he quedado fascinada y estoy segura de que él lo sabe.

Sonríe. Al separar esos labios tan sensuales deja entrever unos dientes blancos y rectos.

—Nora. Me gusta.

Como él no se presenta, me armo de valor y le pregunto:

—¿Cómo te llamas?

—Puedes llamarme Julian —dice, y miro cómo mueve los labios. Nunca me había fascinado tanto la boca de un hombre.

—¿Cuántos años tienes, Nora? —me pregunta a continuación.

Parpadeo.

—Veintiuno.

Se le ensombrece la expresión.

—No me mientas.

—Casi dieciocho —admito a regañadientes. Espero que no se lo diga al camarero y me echen de aquí.

Asiente, como si hubiera confirmado sus sospechas. Entonces levanta la mano y me toca el rostro. Suavemente, con cuidado. Me roza el labio inferior con el pulgar como si sintiera curiosidad por su textura.

Estoy tan sorprendida que me quedo allí plantada. Nadie me lo había hecho antes, nadie me había tocado así, como si nada, de aquella forma tan posesiva. Siento frío y calor a la vez, y un escalofrío de miedo me recorre la espalda. No vacila en sus gestos. No pide permiso ni se detiene a ver si lo dejo tocarme.

Me toca sin más. Como si tuviera derecho a hacerlo. Como si yo le perteneciera.

Con la respiración agitada y entrecortada, doy un paso atrás.

—Tengo que irme —susurro, y él vuelve a asentir, mirándome con una expresión inescrutable en su hermoso rostro.

Sé que me deja ir y me siento agradecida porque algo en mi interior me dice que podría haber ido más allá, que no sigue las normas establecidas.

Que seguramente sea la persona más peligrosa que he conocido jamás.

Me doy la vuelta y me abro paso entre la muchedumbre. Me tiemblan las manos y el pulso me late con fuerza en la garganta.

Tengo que salir de allí, así que cojo a Leah y le pido que me lleve a casa en coche.

Al salir de la discoteca, miro hacia atrás y vuelvo a verlo. Sigue mirándome.

A su mirada se asoma una oscura promesa; algo que me hace estremecer.

*Secuestrada* ya está disponible. Para saber más y registrarte para mi lista de nuevas publicaciones, visita www.annazaires.com/book-series/espanol/.

**Nota del autor**: *Contactos Peligrosos* es el primer libro de la trilogía de las Crónicas de Krinar Los tres libros se encuentran ya disponibles.

En un futuro cercano, la Tierra está bajo el dominio de los Krinar, una avanzada raza de otra galaxia que es todavía un misterio para nosotros…y estamos completamente a su merced.

Tímida e inocente, Mia Stalis es una estudiante universitaria de la ciudad de Nueva York que hasta ahora había llevado una vida normal. Como la mayoría de la gente, ella nunca había interaccionado con los invasores, hasta que un fatídico día en el parque lo cambia todo. Después de llamar la atención de Korum, ahora debe lidiar con un krinar poderoso y peligrosamente seductor que quiere poseerla y que no se detendrá ante nada para hacerla suya.

¿Hasta dónde llegarías para recuperar tu libertad? ¿Cuánto te sacrificarías para ayudar a los tuyos? ¿Cuál será tu elección cuando empieces a enamorarte de tu enemigo?

*Respira, Mia, respira.* Algo en el fondo de su mente, una pequeña voz racional, repetía sin cesar esas palabras. Esa misma parte extrañamente objetiva de ella notó la simetría de su rostro, la piel dorada que cubría tersamente sus pómulos altos y su firme mandíbula. Las fotos y vídeos de los K que ella había visto no les hacían justicia en absoluto. Vista a unos diez metros de distancia, la criatura era simplemente impresionante.

Mientras seguía mirándolo fijamente, todavía paralizada en el sitio, él dejó de apoyarse y empezó a andar hacia ella. O mejor dicho, a rondar con movimientos acechantes en su dirección, pensó ella estúpidamente, porque cada uno de sus pasos le recordaba a los de un felino selvático aproximándose con andares sinuosos a una gacela. Sus ojos no dejaban de sostenerle la mirada. Según él se iba acercando, ella podía distinguir unas motas amarillas tachonando sus ojos de un dorado claro, y unas tupidas y largas pestañas que los rodeaban.

Ella lo miró entre incrédula y horrorizada cuando se sentó en su banco, a menos de medio metro de ella, y le sonrió, mostrando unos dientes blancos y perfectos. "No tiene colmillos", advirtió alguna parte de su cerebro que aún funcionaba, "ni rastro de ellos". Ese era otro mito sobre ellos, igual que el que supuestamente odiaran la luz del sol.

—¿Cómo te llamas? —Fue como si la criatura prácticamente hubiese ronroneado la pregunta. Su voz era grave y sosegada, sin ningún acento. Le vibraron ligeramente las fosas nasales, como si estuviera captando su aroma.

—Eh... —Ella tragó saliva con nerviosismo—. M-Mia.

—Mia —repitió él lentamente, como saboreando su nombre—. ¿Mia qué?

—Mia Stalis. —Oh, mierda, ¿para qué querría saber su nombre? ¿Por qué estaba aquí, hablando con ella? En suma: ¿qué estaba haciendo en Central Park, tan lejos de cualquiera de los Centros K? *Respira, Mia, respira.*

—Relájate, Mia Stalis. —Su sonrisa se hizo más amplia, haciendo aparecer un hoyuelo en su mejilla izquierda. ¿Un hoyuelo? ¿Tenían hoyuelos los K?

—¿No te habías topado antes con ninguno de nosotros?

—No, nunca. —Mia soltó aire de golpe, al darse cuenta de que estaba aguantando la respiración. Estaba orgullosa de que su voz no sonara tan temblorosa como ella se sentía. ¿Debería preguntarle? ¿Quería saber? Reunió el valor—: ¿Qué, eh... —y tragó de nuevo — ¿qué quieres de mí?

—Por ahora, conversación. —Parecía como si estuviera a punto de reírse de ella, con esos ojos dorados haciendo arruguitas en las sienes.

De algún modo extraño, eso la enfadó lo suficiente para que su miedo pasara a un segundo plano. Si había algo que Mia odiaba era que se rieran de ella. Siendo bajita y delgada, y con una falta general de habilidades sociales causada por una fase difícil de la adolescencia que contuvo todas las pesadillas posibles para una chica, incluyendo aparatos en los dientes, gafas y un pelo crespo descontrolado, Mia ya había tenido más que suficiente experiencia en ser el blanco de las bromas de los demás.

Levantó la barbilla, desafiante:

—Vale, entonces, ¿Cómo te llamas *tú*?

—Korum.

—¿Solo Korum?

—No tenemos apellidos, al menos no tal como vosotros los tenéis. Mi nombre es mucho más largo, pero no serías capaz de pronunciarlo si te lo dijera.

Vale, eso era interesante. Ahora recordaba haber leído algo así en el *New York Times*. Por ahora, todo iba bien. Ya casi habían dejado de temblarle las piernas, y su respiración estaba volviendo a la normalidad. Quizás, solo quizás, saldría de esta con vida. Eso de darle conversación parecía bastante seguro, aunque la manera en la que él seguía mirándola fijamente con esos ojos que no parpadeaban era inquietante. Decidió hacer que siguiera hablando.

—¿Qué haces aquí, Korum?

—Te lo acabo de decir: mantener una conversación contigo, Mia. —En su voz se percibía de nuevo un toque de hilaridad.

Frustrada, Mia resopló.

—Quiero decir, ¿qué estás haciendo aquí, en Central Park? ¿Y en Nueva York en general?

Él sonrió de nuevo, inclinando ligeramente la cabeza hacia un lado.

—Quizá tuviera la esperanza de encontrarme con una bonita joven de pelo rizado.

Vale, ya era suficiente. Estaba claro, él estaba jugando con ella. Ahora que podía volver a pensar un poquito, se dio cuenta de que estaban en medio de Central Park, a plena vista de más o menos un millón de espectadores. Miró con disimulo a su alrededor para confirmarlo. Sí, efectivamente, aunque la gente se apartara de forma evidente del banco y de su ocupante de otro planeta, había algunos valientes mirándoles desde un poco más arriba del sendero. Un par de ellos incluso estaban filmándoles con las cámaras de sus relojes de pulsera. Si el K intentara hacerle algo, estaría colgado en YouTube en un abrir y cerrar de ojos, y seguro que él lo sabía. Por supuesto, eso podía o no importarle.

Pero teniendo en cuenta que nunca había visto videos de ningún K abusando de estudiantes universitarias en medio de Central Park, Mia se creyó relativamente a salvo, alcanzó cautelosa su portátil y lo levantó para volver a ponerlo en la mochila.

—Déjame ayudarte con eso, Mia.

Y antes de que pudiera mover un pelo, sintió como le quitaba el pesado portátil de unos dedos que repentinamente parecían sin fuerza, y como al hacerlo rozaba suavemente sus nudillos. Cuando se tocaron, una sensación parecida a una débil descarga eléctrica atravesó a Mia y dejó un hormigueo residual en sus terminaciones nerviosas.

Él alcanzó su mochila y guardó cuidadosamente el portátil con un movimiento suave y sinuoso.

—Ya está, todo listo.

Oh Dios, la había tocado. Tal vez su teoría sobre la seguridad de las ubicaciones públicas fuera falsa. Sintió como su respiración volvía a acelerarse, y cómo su ritmo cardíaco alcanzaba probablemente su umbral anaeróbico.

—Ahora tengo que irme... ¡Adiós!

Después no pudo explicarse como había conseguido soltar esas palabras sin hiperventilar. Agarrando la correa de la mochila que él acababa de soltar, se puso de pie de golpe, notando en lo profundo de su mente que su parálisis anterior parecía haberse desvanecido.

—Adiós, Mia. Nos vemos. —Su voz ligeramente burlona atravesó el limpio aire primaveral hasta ella mientras se marchaba casi a la carrera en sus prisas por alejarse de allí.

*Contactos Peligrosos* ya está disponible. Para saber más y registrarte para mi lista de nuevas publicaciones, visita www.annazaires.com/book-series/espanol.

www.ingramcontent.com/pod-product-compliance
Lightning Source LLC
Chambersburg PA
CBHW060612100726
47907CB00006B/1587